KERSTIN LANGE
Schattenspiel In Moll

Kerstin Lange

Schattenspiel in Moll

Kriminalroman

AAVAA Verlag UG (haftungsbeschränkt)
Quickborner Str. 78 – 80, 13439 Berlin

www.aavaa-verlag.de

1. Auflage 2011

Umschlaggestaltung:
Nora Vollenberg

Printed in Germany
ISBN 978-3-86254-277-2

Alle Personen und Namen sind frei erfunden.
Ähnlichkeiten mit lebenden Personen
sind zufällig und nicht beabsichtigt.

Prolog

Juni 1960

Ich schleiche mich aus dem Haus. Niemand bemerkt etwas, darauf achte ich. Es ist nicht weit bis zu der Schrebergartensiedlung. Dort will er mich sehen. Endlich reagiert er auf meine Briefe und traut sich. In der Milchbar ist immer seine Freundin dabei, aber heute haben sie sich gestritten. Er hat Hemmungen, sich zu mir zu bekennen, weil ich noch so jung bin. Das ist für mich kein Problem und ihn werde ich überzeugen. Meine Eltern werden einer Heirat nie zustimmen, aber vielleicht laufen wir gemeinsam weg? Ich werde für ihn sorgen, für ihn kochen, und er spielt für mich. Seine Tourneen bringen uns in jeden Winkel der Welt, ich manage die Termine. Er wird mich den Journalisten und Bewunderern als die Frau vorstellen, der er alles verdankt und ohne die sein Leben nicht lebenswert wäre. Was soll ich mit einer Schulausbildung, auf die meine Mutter so viel Wert legt? Ich brauche das nicht.

Jedes Mal überkommt mich ein Schauer, wenn er Mozarts Sonata Facile spielt. So viel Gefühl in seinen Händen. Wie es wohl ist, wenn er mich berührt, mich küsst? Vielleicht werde ich es heute erfahren! Ganz bestimmt sogar, wenn nicht er den ersten Schritt macht, dann ich!

Da steht er. Ich gehe auf ihn zu, bin etwas verlegen, weiß nicht, was ich sagen soll. Wie gut er aussieht!

»Hallo, schön, dass du da bist«, begrüßt er mich.

Er streicht durch mein Haar, in meinem Bauch fliegen Schmetterlinge und meine Knie werden weich. Wie aufmerksam er ist! Er zieht mich auf das Sofa. Diese unerwartete körperliche Nähe nimmt mir den Atem, ich bekomme kaum Luft. Seine Zärtlichkeiten und Berührungen fühlen sich gut an, auch wenn mir das alles unheimlich ist. Ich möchte nicht, dass er mich für zu jung hält, wenn er das mit seiner Freundin gemacht hat, wird es nicht verboten sein. Ich will zu ihm gehören! Plötzlich werden seine Bewegungen hastig, ungestüm. Er nestelt an meinem Rock, ich versuche ihn wegzuschieben.

»Stell dich nicht so an, du willst es doch auch.«

Ich verstehe nicht, was passiert, sein Gesicht verzerrt sich zu einem Lachen - ich will schreien und nur noch weg. Er hält mich fest, steckt mir ein Taschentuch in den Mund. Meine Schreie ersticken, finden nur noch in Gedanken statt. Er liegt auf mir, und die Nähe, die ich mir am Nachmittag so sehr gewünscht habe, kann ich nun nicht ertragen. Ich würge, mein Magen rebelliert, mein ganzer Körper schreit: ›Nein‹. Tränen schießen mir in die Augen, vor Scham, Angst und Schmerz. Bewegungslos verharre ich, wartend, was passiert. Er reißt meine Beine auseinander und ein brennender Schmerz durchfährt meinen Körper. Ich liege da und lasse geschehen. Auf einmal spüre ich nichts mehr. Stehe neben dem Sofa, sehe mich dort liegen, beobachte das Geschehen. Das bin nicht ich, der das passiert. Ich sehe ein dummes Mädchen - still liegt sie da, hat jede Gegenwehr aufgegeben. Er stößt und grunzt, irgendwann lässt er von ihr ab.

»Ich war der Erste? War mir ein Vergnügen!«

Legt zwei Münzen auf den Tisch.

»Für einen Milchshake.«

Und geht. Dreht sich noch mal an der Tür kurz um.

»Deine Briefe.«

Er nimmt sie aus der Jackentasche und knallt sie neben die Geldstücke. Langsam werde ich wieder eins, verschmelze mit dem Mädchen auf dem Sofa. Liege immer noch da - Minuten, Stunden? - ich weiß es nicht. Ich reiße das Taschentuch aus dem Mund, würge erneut und endlich kommt etwas heraus, bittere, gelbgrüne Galle. Ich bin wieder ich, kann mich bewegen und denke nur: ›Ganz schnell weg von hier.‹ Etwas Warmes läuft mir die Beine entlang. Es ist bereits dunkel, dennoch mache ich mich klein, damit mich niemand sieht. Plötzlich steht jemand vor mir. Ich weiche zurück, verstehe nicht, was der Mann zu mir sagt. Bin ich die,

die schreit? Er geht nicht fort, redet weiter auf mich ein, ich beruhige mich. Weiß er, was passiert ist? Er nimmt sein Sakko, legt es um meine Schultern und bringt mich nach Hause. Wir reden kein Wort und ich bin dankbar dafür. Ich funktioniere, automatisch setze ich einen Fuß vor den anderen. Nicht denken – nicht fühlen. Ich schleiche ins Haus zurück, ins Bad, will mich waschen. Da steht meine Mutter vor der Tür. Ich wünsche mir, dass sie mich in den Arm nimmt, mich tröstet - doch sie wendet sich ab. Ich bin schuldig. Alles ganz alleine meine Schuld.

1.Kapitel

»Das war der letzte Mist! Den Artikel musste ich raus nehmen. Was ist in dich gefahren, so einen Unsinn zu verzapfen! Langweilig, monoton, das lockt keine jungen Leser an.«

Oskar Müller schleuderte den Text auf den Tisch des Besprechungsraums, warf Konstantin einen vernichtenden Blick zu und fuhr mit seinem Monolog fort.

»Dein Vater hätte es tausendmal besser gemacht! Selten so einen schlecht aufbereiteten Artikel gelesen! Babla, Blabla, nur bedeutungsloses Blabla!«

Konstantin sackte in sich zusammen, während die morgendliche Redaktionssitzung im Haus der Niederrheinischen Morgenpost weiterging.

Cybermobbing war sein Thema gewesen, aber er hatte es nur halbherzig umgesetzt. Er konnte mit dem Thema nichts anfangen. ›Klar, mein Vater hätte auch daraus eine Bombenstory gestrickt‹, dachte er. ›Richard Degen, der Starreporter! Bin halt nicht wie er‹, schimpfte er in seinen Gedanken weiter. ›Ich wurde bestimmt im Krankenhaus vertauscht und bin gar nicht sein leiblicher Sohn.‹

Nicht zum ersten Mal dachte er über diese Möglichkeit nach. Es gab keinerlei Gemeinsamkeiten zwischen ihm und seinem verstorbenen Vater, außer der Körpergröße: ein Meter und sechsundneunzig Zentimeter Länge. Auch charakterlich konnten sie nicht unterschiedlicher sein. Niemals würde er den Erwartungen gerecht werden, die man an den Sohn des bekannten Neusser Journalisten, Richard Degen, stellte. Die ständigen Vergleiche der Kollegen mit seinem Vater zermürbten ihn: Richard Degen hatte einen Umweltskandal aufgedeckt und dafür eine Auszeichnung erhalten. Kurz: Er hatte ein bisschen Stadtgeschichte geschrieben.

Sein früher Tod hatte ihn unsterblich gemacht - es gab keine Gelegenheit mehr zum Versagen.

Konstantin seufzte. Oskar Müller, der Chefredakteur, sprach weiter und wendete sich einem jungen Mann zu.

»Darf ich euch den neuen Kollegen vorstellen? André Gruber. Unser neuer Volontär. Er wird sich um die lokalen Nachrichten in Dormagen kümmern. Ich hoffe, ihr heißt ihn herzlich willkommen.«

Alle blickten den gut aussehenden jungen Mann an, der sich während Müller seinen Namen nannte, erhob.

»Guten Tag zusammen. Ich freue mich auf eine kollegiale Zusammenarbeit. Ich werde nur sporadisch hier im«, er lächelte, »Hauptquartier erscheinen. Mein Platz ist in der Dormagener Redaktion.«

›Was für ein Selbstbewusstsein‹, dachte Konstantin. ›Was für ein Auftritt!‹

Trotz des schwülen Augusttages trug der Neue einen hellgrauen Anzug, italienische Slipper und ein sportliches Hemd ohne Krawatte. Die Hitze schien ihm nichts auszumachen. Neugierige Blicke durchbohrten ihn. Jeder im Raum kannte André Gruber, den Sohn des Geschäftsführers Josef Gruber. Konstantin schwitzte. Unter den Achselhöhlen, an den Handinnenflächen und unter der Baseballkappe. Seine Kleidung war leger, fast ein bisschen nachlässig - das Gegenteil von Grubers Outfit. Ausgeleierte Jeans, ein blau-weiß kariertes Hemd, dazu Sneakers und Baseballkappe. Er wünschte, er hätte sich am Morgen anders gekleidet, um weniger unprofessionell zu wirken. Heimlich wischte er sich die Handinnenflächen an der Jeans ab.

›So müsste man sein‹, dachte er, ›weltgewandt, stilsicher, selbstbewusst.‹

Die Anwesenden wandten sich den Themen für die morgige Ausgabe zu.

»Hans, wie sieht es mit der Umgestaltung des Jahnstadions aus? Klaus, ich brauche den Artikel über das Rhein-Parkcenter. Wie sieht es auf der Rennbahn aus? Rainer, du kümmerst dich um die Sonderbeilage für das Schützenfest, wie weit bist du?«

Routine, Konstantin hörte nur mit einem Ohr hin, bis er die Stille bemerkte und sich umschaute. Alle Augen ruhten auf ihm.

»Träumst du, Konstantin? Hältst du es noch nicht einmal für nötig zuzuhören?« Müllers Stimme wurde lauter. »Ich will Dich in einer halben Stunde in meinem Büro sehen!«

Er schaute jedem Mitarbeiter ins Gesicht, eine Eigenart, mit der er jede Sitzung beendete und marschierte aus dem Raum. Nach und nach verschwanden auch die Kollegen in ihre Büros. Konstantin saß angespannt auf seinem Stuhl und ärgerte sich über sich selbst. Der Tag begann ja großartig. Am liebsten würde er wieder nach Hause fahren, sich in sein Zimmer verkriechen und laute Musik hören. Metal, zum Abreagieren.

»Hallo Konstantin, es ist doch o.k., wenn ich dich duze, oder? Wo ist denn das Problem mit deinem Artikel?«

Konstantin zuckte zusammen. Wer störte?

Er schaute in das Gesicht André Grubers. Süffisantes Lächeln, spöttischer Blick. Das hat ihm noch gefehlt. Dieser Schnösel wagte es, ihn anzusprechen. Als ob Konstantin von einem zusätzlichen Volontär begeistert wäre. Seine Karten standen sowieso nicht gut. Und gegen den Gruber … Er sah seine Felle davon schwimmen, fühlte sich außerstande mit dem Neuen zu sprechen, ohne eine völlig erbärmliche Figur abzugeben.

»Ich …, wir, wir duzen uns alle.«

Jetzt bitte nicht stottern, oder erröten, ermahnte er sich.

»----Hab … hab kein Pro – Problem. Al… all… alles gut.«

Im gleichen Moment merkte er, wie ihm die Röte ins Gesicht schoss. Was für ein verpatzter Auftritt.

»Sorry, muss weg!«, brachte er noch heraus und hastete aus dem Raum.

Er lief den Gang entlang und suchte den einzigen Ort im Haus auf, wo er seine Ruhe hatte. Die Toilettenräume. Ein kühles Ambiente, weiße Fliesen, vom Boden bis zur Decke. Weiße Sanitäranlagen. Neonröhren. Desinfektionsmittel. Irgendjemand hatte einen Raumduft aufgestellt. Der Geruch von klinischer Reinheit und karibischem Flair wollte nicht miteinander harmonieren.

Ruhe. Einen Moment Einsamkeit und Stille. Konstantin drehte den Wasserhahn auf und lauschte dem Rauschen. Allmählich beruhigte er sich. Er streckte seine Handgelenke unter den Strahl und ließ das kühlende Wasser über seine Hände laufen. Eine Wohltat. Nur noch ein paar Minuten bis zu dem Termin mit seinem Chef. Er spritze sich Wasser ins Gesicht und blickte in den Spiegel. Betrachtete sein schmales Gesicht, die große Nase und den blauen Augen. Als sein Teint das Rot verloren und sich sein Puls normalisiert hatte, machte er sich auf den Weg in Müllers Büro.

Die Tür stand offen, Müller saß in seinem Sessel und wartete auf ihn.

»Komm rein und mach die Tür hinter dir zu.«

Graugrüne Augen blickten ihn durchdringend an. Konstantin nahm auf einem der Besucherstühle Platz. Wie immer trug Oskar Müller das schlohweiße, bis an die Ohrläppchen reichende Haar, nach hinten gekämmt und mit Frisiercreme fixiert.

»Du weißt, wer André Gruber ist?«

»Natürlich. André E. Gruber, eigentlich legt er großen Wert auf das E. Der Sohn vom Chef, Josef Gruber.«

Konstantin verdrehte genervt die Augen.

»Richtig. Aber auch der kriegt von mir keine Sonderbehandlung.«

Müller verzog keine Miene und sprach weiter.

»Deine Mutter und ich haben uns mächtig ins Zeug gelegt, damit du das Volontariat hier bekommst. Der Ruf deines Vaters eilte Dir voraus, du weißt, dass ich ihn sehr mochte. Genau wie deine Mutter und selbstverständlich auch dich«, erklärte Oskar Müller.

»Sah grad nicht so aus«, brachte Konstantin trotzig hervor.

»Du wirst deshalb nicht bevorzugt behandelt, ganz im Gegenteil. Dein Vater war ein hervorragender Journalist. Für das, was du heute abgeliefert hast, würde er sich schämen. Ganz schlecht recherchiert. Ich versteh gar nicht, wie dir das passieren konnte!«

Er strich mit der Handfläche das Haar hinter dem rechten Ohr glatt.

»Mir fallen sofort ein paar Medien ein, bei denen du dich hättest informieren können. Bei Schüler-VZ einloggen oder über ICQ mit Betroffenen Verbindung aufnehmen. Ich wette, von beidem hast du noch nichts gehört. Es gibt doch Links im Internet! Zum Beispiel www.time4teen.de. Wieso bist du so ideenlos?«

Konstantin rechtfertigte sich nur in Gedanken. ›Alles nicht so einfach, wollte keiner mit mir reden. Die Internetadresse kenn ich noch gar nicht.‹

Er blieb stumm und knetete nervös seine Fingerknöchel.

»Eine Chance hast du noch. Ich hoffe, du kriegst den Artikel hin. Wenn nicht, spielst du dem Gruber in die Hände. Überlass ihm nicht das Feld. Hier, ich hab mal ein paar Dinge aufgeschrieben, die Cybermobbing interessant erscheinen lassen. Daraus müsstest du was machen können. Wenn es nichts Handfestes gibt, stell Fragen. Wie läuft das im Internet? Du bist doch pfiffig und fantasievoll. Schau hinter die Kulissen. Frag nach Auswirkungen! Was macht das mit unseren Kindern? Suche Kontakt zu Lehrern, eventuell bei der Polizei. Schmück es aus, ist doch nicht so schwer.«

Ausschmücken? Konstantin wollte nicht fantasieren. Schaumschlägereien lagen ihm nicht. Er wollte recherchieren, Behauptungen auf den Grund zu gehen, hinterfragen, Fakten präsentieren.

»Bis zur nächsten Ausgabe für die Jugendbeilage hast du etwas Brauchbares«, hörte er sich sagen.

Woher nahm er nur plötzlich diese Sicherheit? Er fühlte sich alles andere als selbstbewusst. Ganz im Gegenteil: Die Selbstzweifel nagten beharrlich an ihm. Müller schien ihn zu durchschauen.

»Gib mir den Artikel vorab zum Prüfen«, forderte er Konstantin auf. »Du weißt, dass ich es gut mit dir meine.«

Nachdenklich blickte er ihm nach, als Konstantin den Raum verließ. Ein flaues Gefühl breitete sich in seiner Magengegend aus. Ihn beschlich die dunkle Vorahnung, dass unruhige Zeiten mit den beiden Volontären bevorstanden.

2.Kapitel

André E. Gruber lächelte vor sich hin. Die Sitzung war gut gelaufen, er war zufrieden mit sich. Er schnippte einen Fusel von seiner Bügelfalte. Und die Gedanken, die er sich über diesen Konstantin gemacht hatte, waren grundlos. Was für eine Witzfigur! Ohne Probleme würde er den Schwächling in die Tasche stecken, selbst ohne die Unterstützung seines Vaters. Den musste er nur überzeugen, sich einmal aus seinem Leben herauszuhalten. Es wurde Zeit erwachsen zu werden und ohne den Einfluss seines Vaters zurechtzukommen. Das schien ihm zu gelingen. Er würde sich mal über Cybermobbing informieren, war ja kein Fehler, über die Themen seines Konkurrenten Bescheid zu wissen. Schaden konnte es jedenfalls nicht. Und was er an Wissen zu wenig hatte, würde er mit Reden kaschieren. Schwätzen konnte er. Selbst ein Eskimo würde ihm einen Kühlschrank abkaufen.

Den Rest des Tages suchte er die anderen Kollegen auf. Informierte sich über ihre Aufgaben, fragte nach ihren Hobbys und Vorlieben. Erkundigte sich nach Familie und Haustieren. Er wusste, wie gerne die Menschen über sich selber reden wollten und er bekam Informationen, die ihm – vielleicht irgendwann-nützen konnten.

Kurz nach siebzehn Uhr, als sich die meisten auf den Weg nach Hause machten, stieg er in seinen Porsche und war zufrieden mit sich. Er lächelte, als er an Konstantin, der sich auf einem alten Fahrrad abstrampelte, vorbei fuhr. Seine Sonnenbrille zurechtrückend grüßte er mit erhobenem Arm.

3.Kapitel

Konstantin hatte sich nach dem Gespräch mit Müller in Routinearbeiten gestürzt. Seinen Schreibtisch aufgeräumt, Unterlagen sortiert, Emails gelöscht. Und aufgepasst, dass er Gruber aus dem Weg ging. Kaum zeigte seine Uhr Feierabend, verabschiedete er sich von den Kollegen und war weg. Draußen empfing ihn eine drückende Schwüle. Es war Ende August, und seit Tagen erreichten die Temperaturen dreißig Grad. Der dunkle Himmel versprach kühlenden Regen – jeden Moment konnte es soweit sein.

›Na, hoffentlich komme ich trocken nach Hause‹, dachte Konstantin, während er kräftig in die Pedale trat. Von der Stresemannallee bis nach Hause waren es knapp fünf Kilometer, weniger, wenn er die Verkehrsregeln missachtete und über die Oberstraße am Clemens-Sels-Museum und dann die Fußgängerzone entlang fuhr. Er beobachtete ständig den wolkenverhangenen Himmel und hoffte, dass dieses Unwetter ihn heute verschonte. Er schaffte es gerade noch unter das Vordach der Haustür, als die ersten Tropfen auf den Asphalt fielen.

»Hallo mein Junge«, begrüßte ihn seine Mutter Sybille.

Konstantin stellte sein Rad ab und verdrehte die Augen. Er hasste es, wenn ihn seine Mutter an der Haustür begrüßte. Meist überfiel sie ihn mit Nichtigkeiten, die sie im Laufe des Tages erlebt hatte. Keine Post, der Braten war angebrannt, lauter uninteressantes Zeug. Mittlerweile platschen die Regentropfen aufs Pflaster und er lief an seiner Mutter vorbei ins Haus.

»Elli ist hier!«, rief sie ihm hinterher.

Konstantin hielt in seiner Bewegung inne und drehte sich zu ihr um.

»Druckt ihr Computer mal wieder nicht?«, fragte er genervt.

Er mochte Elli, die Nachbarin, aber heute wollte er seine Ruhe haben. Das fehlte ihm nach diesem Tag noch: Blöde Fragen beantworten. Seit Elli diesen Laptop hatte, stand sie regelmäßig vor der Tür, wenn damit ein Problem auftauchte. Er sehnte sich nach Ruhe, einer Kleinigkeit zu essen, vielleicht einem Bier. Sich vom Fernsehprogramm berieseln zu lassen erschien ihm eine traumhafte Abendbeschäftigung. Nicht denken, nicht grübeln. Und schon gar nicht nach einem dummen Anwendungsfehler einer Computeranalphabetin suchen.

»Verdreh nicht die Augen Konstantin, ihr geht es schlecht«. Seine Mutter blickte ihn bittend an. »Wir müssen sie aufbauen!«

»Ja, ja. Dass sie sich das immer so zu Herzen nimmt, mit dem Computer. Ist doch albern.«

Er ging ins Wohnzimmer und zuckte zusammen. Elli saß auf dem Sofa und blickte erschrocken auf, als er den Raum betrat. Ihr Gesicht glich einer Totenmaske, die dunklen Augenränder wirkten gespenstisch. Eingefallene Wangen, gerötete Augen zeigten, dass sie stundenlang geweint und zu wenig geschlafen hatte. Auf Wiedersehen Bier und Fernseher – das sah schlimm aus.

»Was ist denn mit dir los, Elli? Alles kein Beinbruch, glaub mir, kriegen wir hin mit dem blöden Ding«, versuchte Konstantin die Nachbarin aufzumuntern, doch seine Mutter sprach wieder.

»Es geht doch nicht um dieses blöde Ding. Klaus wird Vater!«

»Wie bitte?«, entfuhr es ihm.

Er musste sich verhört haben, das konnte nicht wahr sein! Klaus war Ellis Ehemann, seit fast vier Jahrzehnten, jedoch vor ein paar Monaten urplötzlich ausgezogen. Die Familien pflegten keine enge Freundschaft, aber eine gute Nachbarschaft. Mal ein gemeinsamer Grillabend oder ein Fußball-Länderspiel zusammen schauen. Man half sich, wenn es nötig war. Klaus´ Auszug war aus heiterem Himmel gekommen. Ein lapidares ›Hab mich verliebt!‹ und weg war er. Wochen später kam heraus, dass seine Neue eine junge Frau in Konstantins Alter war. Elli erlitt einen Zusammenbruch: Der Kreislauf und die Nerven versagten. Konstantin erinnerte sich noch gut an das Gespräch, das Dr. Reisig, Hausarzt und Freund der Familie Degen, mit seiner Mutter führte.

»Ich halte deine Nachbarin für suizidgefährdet, Sybille. Ein Klinikaufenthalt wäre angebracht, doch sie wehrt sich mit Händen und Füßen. Gegen ihren Willen würde ich sie ungern einweisen. Wenn ich wüsste, dass du dich um sie kümmerst, würde mir das reichen.«

»Ach Hannes, natürlich, liebend gerne! Dass ich da nicht selbst drauf gekommen bin!«

Voller Elan und Begeisterung hatte sich Sybille Degen ihrer Nachbarin angenommen. Konstantin wusste, was das bedeutete. Seine Mutter brauchte etwas Neues, was sie angehen konnte. ›Projekt Ehe‹, ›Projekt Sohn‹, und dann ›Projekt Elisabeth Gärtner - Nachbarschaftshilfe‹. Die Menschen in der Umgebung rühmten Sybilles Hilfsbereitschaft. Konstantin wunderte sich immer, dass noch niemand seine Mutter durchschaut und das fehlende Mitgefühl bemerkt hatte. Für seine Mutter stand nie das Helfen im Mittelpunkt, sondern immer sie selbst.

Auch jetzt blitzten ihre Augen vor Unternehmenslust: eine neue Aufgabe. Sie berührte Konstantins Arm, als wolle sie ihn festhalten und flüsterte ihm zu:

»Die nächste Zeit werde ich mich um sie kümmern müssen, die Arme. Habe mir schon ein Programm für sie überlegt!«

Irritiert über Klaus Vaterschaft und der Unternehmenslust seiner Mutter, setzte er sich neben Elli und drückte ihre Hand. Er wusste von ihrem Kinderwunsch, der sich nie erfüllt hatte. Wie alt war sie jetzt? Dreiundsechzig? Nein, vierundsechzig Jahre musste sie sein.

Ihm fiel ein, dass sie vor Wochen von einem großen Fest zu ihrem fünfundsechszigsten Geburtstag im nächsten Jahr gesprochen hatte.

»Es ist so ungerecht, oder?«, flüsterte sie. »Ich habe mir so sehr Kinder gewünscht. Selbst in den letzten Jahren habe ich die Hoffnung nicht aufgegeben. Diese Zeitungsberichte von Spätgebärenden haben mir so viel Mut gemacht. Wie diese Frau in Bayern, die mit vierundsechzig noch ein Baby bekommen hat. Für Klaus war das nie so wichtig, eine Adoption kam für ihn nicht infrage. Hat immer gesagt, dass man das Schicksal nicht beeinflussen sollte. Hat mich sogar ausgeschimpft, als mir dieser Wunderheiler vor drei Jahren noch versprochen hat, dass er mir helfen könnte. Was man für einen Unsinn glaubt, wenn man verzweifelt ist! Kein Wunder, dass Klaus gegangen ist, als sich diese Schlange bei ihm eingeschleimt hat.«

Ihr Lachen klang schrill.

»Kinder, vier fünf hätte ich gerne gehabt. Ganz eigennützig, ich wollte, dass ein Teil von mir in ihnen weiterlebt. Aber von mir bleibt nichts, nur von Klaus bleibt etwas zurück.«

Neue Tränen liefen über ihr Gesicht. Konstantin überraschte sich selbst, als sich seine Hand wie von selbst hob, um ihre Tränen wegzuwischen.

»Du bist ein lieber Junge. Es war so schön, dich aufwachsen zu sehen. Manchmal habe ich mir vorgestellt, ich wäre deine Mutter.«

Erneut drückte er ihre Hand, weil ihm die Worte fehlten.

›Ich mir auch‹, dachte er im Stillen.

Elli war es gewesen, die mit ihm Laternen zu Sankt Martin gebastelt hatte, und sie war mit ihm im Sommer schwimmen gegangen. Seine Mutter war mit irgendwelchen Projekten beschäftigt gewesen.

Immer noch lag ihre Hand in seiner, als sie weitersprach.

»Die Ärzte, die ich aufgesucht habe waren sich alle einig: ›Nein, Frau Gärtner sie können keine Kinder bekommen, es tut uns leid!‹ Und die, die mir Hoffnung machten, haben sich dumm und dämlich verdient. Ach, was erzähle ich dir!«

Elli zerknüllte das Taschentuch in ihren Händen.

Eine fröhliche Melodie summend betrat Sybille das Zimmer.

»Jetzt schaut mal was ich gebacken habe! Einen Trostkuchen, mit viel Schokolade. Elli, du musst etwas essen, um wieder zu Kräften zu kommen.«

Sie klapperte mit den Tellern, dem Besteck, deckte den Tisch und summte weiter diese Melodie. In diesem Moment fühlte Konstantin eine ohnmächtige Wut auf seine Mutter.

»Es reicht!«, brüllte er. »Halt endlich deinen Mund.«

Sein Ausbruch überraschte selbst ihn. Für einen kleinen Moment hätte man die Fliege an der Wand atmen hören können, so still war es.

»Das Wetter ist schuld. Da muss man ja aggressiv werden«, kommentierte Sybille sein Gebrüll.

»Essen hält Leib und Seele zusammen, das hat meine Großmutter schon immer gesagt.« Sie lächelte. »Leider ist sie viel zu früh gestorben, du hast sie gar nicht mehr kennengelernt, Konstantin.«

Sie deckte den Tisch, ignorierte die Worte ihres Sohns.

Er schüttelte den Kopf, antwortete nicht. Seine Mutter erwartete keine Erwiderung. Hatte sie sich jemals über jemand anderen als Sybille Degen Gedanken gemacht? Er bezweifelte es stark. Sein Zorn verflog, verwandelte sich in Resignation.

Zu Elli sagte er:

»Es tut mir so leid.«

Etwas Geistreicheres fiel ihm nicht ein.

Dachte Elli wieder an Suizid? Würde Sybille ihr tatsächlich helfen können? Auf jeden Fall musste Dr. Reisig informiert werden. Mit ihm konnte man ehrlich reden, er wüsste, was zu tun wäre.

Das Telefonklingeln riss ihn aus seinen Gedanken.

»Ich gehe schon!«, rief seine Mutter und schob ihren Stuhl zur Seite.

»Degen«, hörten sie im Esszimmer den Hörer abnehmen.

»Ja, wirklich, wie schön. Das ist ja wunderbar.«

Stille.

»Selbstverständlich. Natürlich, ich richte es ihm aus. Er wird sich freuen, dass du das tust!«

Wieder Stille.

»Konstantin wird begeistert sein, glaube mir, er ist der Beste. Du wirst es nicht bereuen, bis dann. Tschüsii.«

»Er kommt!«

Mit diesem Ausspruch kam sie zurück. Ihre Wangen waren rot gefärbt und ihre Augen glänzten.

Konstantin und Elli schauten irritiert.

»Wer kommt?«, fragte Konstantin verdutzt.

»Eugen, Eugen Hausmann kommt nach Neuss.«

Sie strahlte über das ganze Gesicht.

»Hatte ich das nicht erzählt?«

Konstantin konnte sich nicht erinnern. Er ignorierte häufig ihr Gerede, war es leid, den ständigen Wiederholungen ihres Geplappers zuzuhören. Das mit Eugen hatte er verpasst. Er kannte ihn, ein Jugendfreund seines Vaters und berühmter Pianist. Seine Mutter hatte im Laufe der Jahre seine Konzerte in der ganzen Welt verfolgt und Reportagen und Fotos aus den Zeitungen gesammelt. Seit ein paar Jahren trat er nicht mehr auf, hatte sich komplett aus dem öffentlichen Leben zurückgezogen. Keine Interviews, keine Fotos, keine Skandale. Er lebte in Berlin und war, soweit Konstantin wusste, das letzte Mal zur Beerdigung seines Vaters in Neuss gewesen - vor einundzwanzig Jahren. Wieso kam er jetzt nach Neuss? Was hatte das zu bedeuten?

»Wieso kommt er, wohin und wann?«, fragte er.

»Du fragst schon wie ein Reporter, mein Junge. Eugen zieht in die Seniorenresidenz am Jachthafen. Er hat die Nase voll von Berlin. Möchte zurück in seine Geburtsstadt. ›Back to the roots‹ nennt man das doch, oder?«

Sybilles Wangenrot vertiefte sich, sie schien völlig aus dem Häuschen zu sein.

»Und ich habe noch andere Neuigkeiten!«, triumphierte sie.

›Wusste ich doch‹, dachte Konstantin.

»Er tut es. Er tut mir den Gefallen.«

»Was denn, Mutter? Jetzt sprich doch endlich mal in ganzen Sätzen!«

Sybille schluckte ein weiteres Mal.

»Er bricht sein Gelübde und macht für den Sohn seines alten Freundes eine Ausnahme. Du darfst ihn interviewen. Das hast du mir zu verdanken. Ist das nicht fantastisch?«

Jetzt war es an Konstantin, zu schlucken. Das war tatsächlich eine Sensation. Der medienscheue Star traf sich generell nicht mit Journalisten, ein Gespräch mit ihm wäre ein Hauptgewinn. Er stellte sich die verblüfften Gesichter seiner Kollegen vor, wenn er ihnen von dieser Neuigkeit erzählte.

»Kommenden Dienstag, neun Uhr. Das schaffst du doch, oder? Ich habe zugesagt.«

Trotz dieser guten Nachricht fühlte er erneut Wut in sich aufsteigen.

›Typisch‹, dachte er verstimmt. ›Ohne mit mir vorher zu reden, hat sie zugesagt. Über meinen Kopf entschieden und bestimmt. Wenn ich sie darauf anspreche, weiß sie garantiert nicht, was mein Problem ist. Sie versteht es einfach nicht‹.

Sybille erzählte bereits von ihren zukünftigen Plänen.

»Elli, das wird toll. Du kennst Eugen gar nicht, nicht wahr? Ein Baum von einem Mann, der wird dir gefallen! Ihr seid ja erst nach Richards Tod hierher gezogen. Damals war er hier, der Eugen. Hatte sogar für uns ein kleines Klavierkonzert gegeben. Ach, ein Gott an den Tasten! Ich werde dich mit ihm bekannt machen und wir werden ihn gemeinsam am Jachthafen besuchen. Das wird wunderbar. Sicher wird er auch da spielen. Wie herrlich! Ein bisschen weltstädtisches Flair in Neuss, wie ich mich freue!«

Sybille plapperte unaufhörlich.

Konstantin überhörte ihre Pläne, gedanklich war er damit beschäftigt, seiner Mutter zu erklären, dass er ihre Bevormundung satt hatte.

Bis ihn ein Schmerz aus seinen Tagträumen riss. Ellis eiskalte Hand lag noch immer in seiner und ihre Fingernägel krallten sich in sein Fleisch.

»Au!« stieß er aus, bevor er in Ellis Gesicht blickte.

»Oh, wie dumm von uns, Elli. Entschuldige, wir reden von Interviews, Erfolg und dich quälen ganz andere Dinge. Es tut mir leid.«

Konstantin war betroffen. Wie gedankenlos!

Ellis Stimme wirkte gepresst, als sie antwortete. Sie stand auf, versuchte ein Lächeln.

»Entschuldige, Konstantin. Das Leben geht weiter, nicht wahr? Alles ist gut, es ist ok. Ich gehe nach Hause.«

Ihr Gesicht war noch eine Nuance blasser geworden, wirkte fast bläulich.

»Bist du sicher?«, fragte Konstantin.

Sorgenvoll zog er die Stirn kraus und spürte eine tiefe Zuneigung.

»Soll ich mitkommen?«, fragte er.

Ihr plötzliches Lachen erschreckte ihn. Sie straffte ihre Schultern, warf den Kopf zurück und lachte, nicht fröhlich, eher zynisch.

»Nein, danke. Macht euch keine Sorgen. Ich werde das mit Klaus verkraften. Es ist nicht so schlimm wie vor sechs Monaten, als er mich verließ. Eine Schlaftablette wird helfen. Danke für alles, ihr beiden.«

»Ich bringe dir nachher etwas zu essen rüber. Deinen Schlüssel habe ich ja, falls du noch schläfst, stelle ich dir den Teller in die Küche und du kannst es dir in der Mikrowelle warm machen, ja? Es geht dir wirklich gut?«

Sybille schaute jetzt doch etwas irritiert.

»Alles gut, bis später vielleicht, sonst bis morgen!«

Ohne sich noch einmal umzublicken, ging sie. Die Tür fiel ins Schloss.

Konstantin beobachtete seine Mutter, wie sie den Tisch wieder abdeckte, den Kuchen in eine Frischhaltedose packte. Sie hatte als Einzige von dem Gebäck gegessen. Er horchte in sich hinein, um festzustellen, was er für seine Mutter empfand. Unverständnis, Befremden - jeder Versuch sie zu verstehen, misslang.

»Ich hab Eugen gesagt, dass du in die Fußstapfen deines Vaters getreten bist. Und ein genauso guter, wenn nicht sogar ein besserer Journalist bist. Dann hat er es ganz von alleine angeboten. Er gibt sonst keine Interviews, wie du sicher weißt. Er hat noch gefragt, wie du jetzt aussiehst, ob du deinem Vater ähnlich bist. Er hat dich ja das letzte Mal als kleinen Jungen gesehen und kann nicht wissen, dass es zwischen dir und Richard überhaupt keine Ähnlichkeit gibt.«

Sybille holte tief Luft, um weiter zu reden, als Konstantin sie erneut unterbrach.

»Bitte, mach Schluss! Ende! Aus! Hör auf damit!«

Irritiert blickte sie ihn an.

»Was ist denn bloß los mit dir?«

Er konnte nicht antworten, zu viele Gedanken durchkreuzten seinen Kopf. Aber sie gab sich selbst eine Erklärung für sein Verhalten. »Du bist überarbeitet, überreizt, kein Wunder. Vielleicht solltest du dich auch hinlegen?«

Konstantin fühlte sich müde und kraftlos, er wollte seiner Mutter keine Gefühle erklären, die sie sowieso nicht verstand. Mit leiser Stimme bat er sie:

»Ruf Dr. Reisig an, damit er mal nach Elli schaut. Das letzte Mal hatte er ihr doch auch helfen können.«

»Oh, ja. Eine gute Idee. Du hast natürlich recht. Wie dumm von mir, wie konnte ich nur so gedankenlos sein! Meinst du, ich sollte noch einmal kurz zu ihr rüber gehen? Ich werde mich entschuldigen. Und Dr. Reisig informieren, aber eigentlich wirkte sie doch ziemlich gefasst, oder? Oh, Oskar wird sich für dich freuen. Aber was möchtest du denn essen? Ich könnte dir ein paar Kartoffeln kochen und außerdem habe ich noch ein Schnitzel übrig. Oder lieber einen Salat bei der Hitze?«

Konstantin fehlten die Worte. Warum war seine Mutter so? War sie schon immer so gewesen? Das konnte nicht sein - unmöglich, dass sich sein Vater in diese gefühlskalte Frau verliebt hatte! Er drehte sich auf dem Absatz um und ging in sein Zimmer.

Erschöpft legte er sich aufs Bett, war aber zu aufgewühlt, um zu schlafen. Er sehnte sich nach einer von Ellis Tabletten, um alles zu vergessen. Seine Gedanken kamen nicht zur Ruhe. Lag seine berufliche Zukunft bei der Zeitung? Warum fiel es ihm so schwer, sich über die Chance zu diesem Volontariat zu freuen? Nach seinem Abitur hatte er nur rumgelungert, seinen Zivildienst absolviert und war dann völlig ahnungslos gewesen, was er mit seinem Leben anfangen wollte. ›Journalismus, das passt zu dir, Konstantin‹, waren die Worte seiner Mutter gewesen. Das einzige Problem war sein Abi-Notendurschnitt. Numerus clausus - Warteliste vorprogrammiert. Und dann hatte sich seine Mutter mächtig ins Zeug gelegt und ihre Beziehungen spielen lassen. Ein Jahr Volontariat bei der Niederrheinischen Morgenpost. Eigentlich hätte er glücklich und dankbar sein müssen. Warum fühlte er nur Trotz? Weil seine Mutter mal wieder über ihn bestimmt hatte, ohne nach seinen Wünschen zu fragen. Wie würde sie reagieren, wenn er sich ihren Plänen widersetzte? Ihm war klar, dass er so nicht weitermachen konnte. Er brauchte Freiheit, Freiraum um seine Träume zu verwirklichen, auch wenn er noch nicht ahnte, wie die aussahen. Manchmal fantasierte er von einer Karriere als Polizist, Kommissar. Daran fände er Gefallen. Bösewichte jagen, undurchsichtige Todesfälle aufklären. Neuss war zwar nicht New York, aber ganz so großstädtisch musste es ja nicht sein. Vielleicht könnte er mit Eugen Hausmann darüber reden. Ihm als Außenstehendem fiel möglicherweise etwas ein, wie er seine Situation ändern könne. Gute Idee. Schließlich hatte er seinen Vater gut gekannt. Vielleicht wäre erst mal eine eigene Wohnung in der Nähe ein guter Anfang. Ein bisschen jobben, kellnern oder so. Sybille hätte immer noch Elli und Eugen, um die sie sich kümmern konnte. Mit Eugen könnte sie stundenlang über die Vergangenheit und seinen Vater reden.

Konstantin seufzte. Wenn seine Mutter wenigstens verstände, dass er nicht wie sein Vater war. Richard Degen war ein großer, stämmiger, muskulöser dunkelhaariger Mann gewesen, der allein mit seinem Auftreten Autorität versprüht hatte. Seine Stimme, dunkel und kraftvoll, hatte vertrauensvoll gewirkt. Konstantins Aussehen hingegen war nichtssagend und unauffällig: blondes, fast weißes, dünnes Haar, einen durchsichtigen Teint, schmächtige

Figur. Kaum Muskeln, sehr große Hände und Füße. Im Verhältnis zu seinem Oberkörper wirkten die Arme zu lang, wussten meist nicht, was sie packen sollten und schlackerten nur hin und her. Trotz allem hielt seine Mutter ihn für ein Genie, was seine Kollegen und sein Chef ganz anders sahen. Kommissar oder Reporter – was für Luftschlösser er bauen konnte! Er war ein Nichts, ein Niemand. Unsicher, unsichtbar, und wusste nicht, wie er das ändern konnte. Vielleicht lag seine Chance in diesem Interview? Sein Kopf fiel aufs Kissen und er begann von dem neuen Neusser Starreporter zu träumen, jemand mit blassem Teint, eins sechsundneunzig groß, clever und unheimlich charismatisch.

4.Kapitel

Juli 1960

Mutter beobachtet mich. Ständig. Sie hat nicht ein Wort über den Abend verloren. Sie fragt nicht, was mit mir los ist, wenn ich früh zu Bett gehe. Manchmal ertappe ich sie, wie sie mich betrachtet und den Kopf schüttelt. Sie kocht und wäscht für mich, aber redet kein überflüssiges Wort mit mir. Schon gar nicht über diesen Abend. Seit ich morgens nichts mehr bei mir behalten kann, fragt sie nach Rücken – oder Bauchschmerzen, und sogar, ob mir der Busen schmerzt. Was soll da wehtun, ist ja nicht viel da. Dann schleppt sie mich zu dieser Frau. Sagt nicht warum, und als ich frage, werde ich angeraunzt:

»Halt den Mund. So ist es das Beste.«

In dem Zimmer stinkt es, auch die Frau riecht ungewaschen, trägt einen schmutzigen Kittel. Ich verstehe nicht, über was die beiden reden, es ist mir auch egal. Ich muss mich auf eine Liege legen und sie drückt mir auf dem Bauch herum. Es ist unangenehm und tut weh, doch eigentlich will ich nur, dass mich alle in Ruhe lassen. Mir ist schon wieder schlecht. Die Stimme meiner Mutter klingt gepresst.

»Nächste Woche, gut. Wie viel?«

Ich verstehe die schreckliche Frau nicht, doch für meine Mutter ist alles klar. »Einverstanden.«

Wir gehen nach Hause und ich habe aufgegeben, irgendetwas aus ihr herauszubekommen.

»Kein Wort darüber!« ist alles, was sie mir sagt.

Als wir am Quirinus Münster vorbei kommen, verharrt sie einen Moment und geht dann hinein. Sie kniet vor der heiligen Mutter Gottes nieder und betet. Um meiner Mutter zu gefallen, tue ich es ihr nach.

Eine Woche später nimmt sie mich an die Hand. Ermahnt mich wieder: »Kein Wort, zu niemandem!«

Wir gehen zu der stinkenden Frau. Ich hätte niemals gedacht, dass mir meine Mutter das antun könnte. Die Schmerzen sind schlimm, schlimmer als das, was er mir angetan hat.

»Stell dich nicht so an, du hast doch deinen Spaß gehabt!«, schimpft die dreckige Frau und lacht höhnisch.

Ich weiß nicht, was mit mir passiert. Das Einzige, was ich weiß, ist, dass ich etwas ganz Schlimmes getan haben muss. Ich, ich bin die, die schuldig ist. Nicht die Anderen, nicht er, nicht die Frau. Ganz allein ich und das ist meine Strafe.

Ich weiß nicht, wie wir nach Hause gekommen sind. Ich blute weiter, es hört gar nicht mehr auf. Und zum ersten Mal schöpfe ich Hoffnung, vielleicht sterbe ich endlich und alles hat ein Ende. Mein Körper kämpft seit Tagen, innerlich brenne ich. Der Arzt blickt meine Mutter vorwurfsvoll an.

»Wir müssen das Fieber senken, es ist ernst.«

Mir ist alles egal, ich will sterben. Lasst mich endlich sterben!

5.Kapitel

»Seit wann weißt du es?«

Gerlinde Gruber schaute ihren Mann verzweifelt an. Josef Gruber blieb mit dem Rücken zu ihr stehen und schaute aus dem Fenster.

»Vor einer Stunde rief mich der Sekretär an. Es ist final. Er weiß auch nicht, was er damit bezweckt. Dieses sentimentale Gefasel über Heimatgefühle glaubt er auch nicht. Dahinter muss etwas anderes stecken. Wir wissen ja, dass er nichts ohne Hintergedanken plant.«

»Ich hab Angst. Was machen wir, wenn er ihn aufsucht? Wenn er nur deshalb nach Neuss kommt?«

»Das ist nicht die Frage: Er wird auf jeden Fall Kontakt mit ihm aufnehmen. Wir müssen es ihm sagen. Er ist ein guter, intelligenter Junge und wird es verkraften.«

»Muss er alles wissen?« Gerlindes Stimme wurde immer leiser. »Ich habe gedacht, ich brauche mich nicht mehr erinnern. Jetzt ist alles wieder da, als wäre es gestern gewesen.« Sie schluchzte.

»Nein. Tatsachen reichen.« Grubers Stimme klang brüchig.

»Ich kann nicht verstehen, warum das Schicksal so grausam ist. Ich sehe sie wieder vor mir. Dieses Gesicht. Ihre Augen. Mein Gott, ich hab sie so gerne gehabt! So viel Leben war in ihr und plötzlich ...«

Ihre Stimme versagte und sie legte ihre Hände in den Schoß.

»Das hatte sie nicht verdient. Dieses Schwein!«, brach es aus ihr heraus.

»Gerlinde, bitte. Lass nicht zu, dass dich die Vergangenheit einholt. Das Hier und Jetzt ist wichtig. Nicht was war. Guck nach vorne. Alles andere hilft uns nicht weiter.«

»Ich habe ihn immer geliebt. Und tue es noch. Was machen wir denn, wenn er sich gegen uns wendet? Wenn er nichts mehr von uns wissen will? Soll denn alles umsonst gewesen sein?«

Erneut schluchzte sie auf. Josef Gruber konnte seine Frau nicht weinen sehen. Auch er hatte Angst vor dem, was vor ihnen lag. Er wiederholte noch einmal: »Er ist ein guter Junge, er liebt uns und hat uns viel zu verdanken. Das weiß er. Alles wird gut.«

Gerlinde sah ihn herausfordernd an.

»Und wenn ich ihn aufsuche? Vielleicht ändert er seine Pläne. Ein Versuch wäre es doch wert, oder?«

»Du kennst ihn, das würde ihn nicht abhalten, sein Vorhaben durchsetzen. Ganz im Gegenteil.«

Er trat einen Schritt auf seine Frau und nahm ihren Kopf in seine Hände.

»Hab Vertrauen, alles wird gut. Gerlinde.«

»Hoffentlich hast du recht. Ich habe so große Angst.«

6.Kapitel

An diesem Morgen beherrschte nur ein Thema die Redaktionssitzung: Eugen Hausmann hatte die Stadt Neuss für seinen Lebensabend auserkoren! Chefredakteur Müller schlug mit seiner Faust auf den Schreibtisch:

»Das wäre es: Die Niederrheinische Morgenpost bringt ein Exklusivinterview mit Eugen Hausmann! Unser Blatt wäre in aller Munde! Doch der Manager blockt jede Anfrage ab.«

Konstantin räusperte sich, erst leise, dann doch etwas lauter. Los, mach schon, das ist deine Chance, feuerte er sich an. Er wischte sich die Handflächen an seiner Jeans ab und meldete sich zu Wort:

»Ich könnte ihn interviewen!«

Niemand nahm ihn wahr. Erneut, diesmal lauter, rief er:

»Ich kann ihn interviewen!«

Es wurde still. Müller schaute ihn entgeistert an. Er war der Erste, der seine Sprache wiederfand.

»Was sagst du da?«

»Ich kenne Eugen Hausmann, er hat mir, eigentlich hat er meiner Mutter, also, sie hat es ...«

Konstantin stotterte, es machte ihn nervös, dass alle ihn anstarrten. ›Reiß dich zusammen!‹, schimpfte er mit sich und tatsächlich formulierte er in normaler Lautstärke den Satz: »Eugen Hausmann ist bereit, sich von mir interviewen zu lassen« heraus. Die eintretende Stille war unheimlich. Alle Augen lagen auf ihm und ihm wurde heiß. ›Schon wieder werde ich rot‹, dachte er und stammelte weiter:

»Er war ein Jugendfreund meines Vaters und hat sich bei meiner Mutter gemeldet. Er wäre bereit mir, aber nur mir allein, ein Interview zu geben.«

»Konstantin, du Goldstück, das ist ja sensationell!«

Müller kam näher und tätschelte wohlwollend mit seiner rechten Hand Konstantins Schulter.

»Großartig, wann?«

»Morgen früh, um neun, würde ihm gut passen«, antwortete Konstantin stolz.

Für den Rest der Sitzung sonnte sich Konstantin in dem Gefühl, im Mittelpunkt zu stehen. Die neidvollen Blicke der Kollegen waren Balsam auf seiner verwundeten Seele. Das Desaster mit dem Artikel über Cybermobbing war vergessen. Er träumte vor sich hin und sah sich bereits als der zukünftige Star der Zeitung. Müller sprach das Schlusswort, schaute jedem in die Augen und entließ die Anwesenden an ihre Schreibtische. Er wandte sich noch einmal Konstantin zu. »Auf ein Wort, ja? «

Einige Kollegen, die den Raum verließen, schlugen ihm anerkennend auf den Rücken. Selbst André E. Gruber zwang sich zu einem Lächeln und reichte ihm die Hand.

»Ich wünsche viel Erfolg«, presste er hervor, bevor er hinaus ging.

Das war grandios, zum ersten Mal fühlte sich Konstantin nicht minderwertig und ging beschwingt in Müllers Büro.

»Konstantin, das ist fantastisch, einfach phänomenal. Deine Chance, dich gegen den Gruber durchzusetzen. Das Interview bringt dich ganz weit nach vorne. Komm wir gehen noch ein paar wichtige Punkte durch, wie sieht es mit einem Fotografen aus? Ich schlage Guido vor.«

Zum ersten Mal, seit Beginn des Volontariats, fühlte sich Konstantin als Journalist. So schlecht war das gar nicht! Auf dem Weg zurück an den Schreibtisch dankte Konstantin im Stillen, wenn auch widerwillig, seiner Mutter.

7.Kapitel

Eugen Hausmann stand an der geöffneten Terrassentür, blies den Zigarrenrauch genüsslich in den Park und beglückwünschte sich zu der Entscheidung, nach Neuss zu ziehen.

»Fantastisch, hier kann man es aushalten«, murmelte er, während er an der Zigarre zog.

Rauchen war streng verboten in der Seniorenresidenz ›Schöne Aussicht‹, aber an solche Vorschriften hielt er sich nicht. Gemäß seinem Leitspruch: ›Jeder ist käuflich, es kommt nur auf den Preis an‹, ließ er sich niemals von Regeln einengen. Eine gute Idee hierher zu ziehen! Berlin war ihm in letzter Zeit zu laut und unruhig geworden, trotzdem empfand er sein Leben eintönig. Vor neun Jahren hatte er sich zurückgezogen, gab weder Konzerte noch Interviews. Er hasste alle Journalisten, doch auf diesen Konstantin war er gespannt. Ob er seinem Vater glich? Da war immer noch diese Rechnung offen, vielleicht könnte er sich am Sohn rächen. Väter und Söhne, dachte er plötzlich. Der Hauptgrund, warum er hier war. Sein Leben versprach wieder spannend zu werden. Das Geld hatte er heute von der Bank geholt.

Dieser Detektiv machte am Telefon einen guten Eindruck, hatte schon einiges herausgefunden. Letztendlich war der Vaterschaftstest ausschlaggebend. Es gab da ein privates Institut. Natürlich nicht ganz legal, jedoch schaffte auch hier sein Geld andere Regeln.

Wenn es tatsächlich wahr wäre, und alle Anzeichen sprachen dafür, müsste er einiges überdenken. Auch das Testament. Spranger ging davon aus, dass er einen dicken Batzen von Hausmanns Vermögen erben würde - nach dreiundzwanzig Jahren Eugen-Hausmann-Zugehörigkeit hatte sich der Sekretär das auch verdient.

»Und wenn ich es jetzt ändere?«

Einem Impuls folgend ging er zum Schreibtisch und schaute, ob Briefpapier vorhanden war. Er malte sich für einen Moment das Gesicht von Walter Spranger aus, wenn er feststellte, dass das von ihm aufgesetzte Testament, durch ein neues ersetzt worden war. Was für ein Spaß! Nur schade, dass er das entgeisterte Gesicht nicht sehen könnte, wenn er tot war. Aus der Laune heraus setzte er sich an das antike Möbelstück und öffnete die Packung Mozartkugeln, die darauf lag.

»Nette Willkommensgeste vom Haus«, murmelte Eugen.

Wie begann man mit seinem Testament?

Mein Letzter Wille!

»Keine Frau mit Brille«, fiel ihm ein.

Er kicherte.

»*Ich, Eugen Hausmann, im Vollbesitz meiner geistigen Fähigkeiten* ...« hieß das so? Oder doch geistigen Kräfte? »*Hinterlasse mein gesamtes Vermögen* ...« vielleicht besser aufteilen! Er schob sich eine weitere Praline in den Mund. »*Vermache meinem langjährigen Sekretär Walter Spranger fünfzigtausend Euro* ... «das reicht, dachte Eugen.

Für den Rest seiner Spielschulden müsste er selbst aufkommen.

»*Des Weiteren bekommt Frau Gabriele Küsters ebenfalls fünfzigtausend Euro für ihre wunderbare Seniorenresidenz. Den Rest meines Vermögens vermache ich* « er zögerte, ›meinem Sohn‹ zu schreiben. Wie sich das anfühlte! Meinem Sohn. Seltsam. Waren das Vatergefühle? Nein, definitiv nicht. Er schüttelte den Kopf und schrieb nur Vor- und Nachname auf. Aber er stellte sich die Reaktionen vor, wenn das Ergebnis positiv war. Nicht auszudenken, dieser Skandal in Neuss! Er rieb sich die Hände und freute sich auf die kommenden aufregenden Wochen. Er aß noch eine der süßen Kugeln. »Mein Testament lasse ich wie zufällig hier liegen, damit es der Spranger morgen sieht. Dem wird alles aus dem Gesicht fallen.«

Schadenfreude machte sich in ihm breit.

»Erst der Vaterschaftstest«, bremste er seine Gedanken.

»Beweise brauche ich. Und dann mal schauen, was das für ein Kerl ist, der mein Sohn sein soll.«

Die Pralinen schmeckten göttlich.

Es ging ihm gut. Er genoss die Aussicht ins Grüne, den Geruch des nahen Wassers und fühlte sich rundum wohl. Lächelnd malte er sich die nächsten Tage aus. Endlich würde wieder etwas los sein in seinem Leben. Menschen würden ihn anbetteln, anflehen. Er könnte Gott spielen, entscheiden, wessen Schicksal positiv verlaufen würde.

Bis ihm plötzlich übel wurde und sein Bauch schmerzte. Sein Magen rebellierte, fühlte sich hart und schwer an. Er schaffte es gerade noch zur Toilette, um sich zu übergeben. Er fluchte, weil er alle Pralinen aufgegessen hatte. Er nahm eine der Tabletten gegen Übelkeit, die ihm sonst gegen Reisekrankheiten halfen und ging ins Bett. Ihm war die Vorstellung zuwider, dass ihn einer der Angestellten so sehen würde, bloß weil er sich bei Mozartkugeln nicht beherrschen konnte.

In den frühen Morgenstunden kamen die Schmerzen zurück und heftige Bauchkrämpfe quälten ihn. Erst jetzt drückte er die Notrufklingel für die Schwester. Es schien etwas Schlimmeres zu sein, hatte nichts mit einer Magenverstimmung zu tun. Sein Körper schwitzte, kämpfte gegen diesen bestialischen Schmerz. Sein Magen verkrampfte und entleerte sich und obwohl nichts mehr vorhanden war, ging das Würgen weiter. Er lag im Bett, unfähig aufzustehen. Das Wasserglas stand in Reichweite, nur eine Armlänge entfernt. Durst meldete ihm sein Gehirn, befahl zu trinken, doch er konnte sich nicht bewegen. Sein Schließmuskel versagte den Dienst. Er roch die Exkremente, stellte sich vor, wie man ihn so fand. Er wollte weinen, doch sein Körper hörte nicht auf seine Befehle. Die Schwester kam herein, schrie auf, hielt sich die Nase zu, holte Hilfe. Als die Sanitäter ihn auf die Bahre legten, ahnte er, dass der Kampf bereits verloren war.

8.Kapitel

»Es sieht wieder nach Regen aus, nimm den Schirm.«

Sybille stand an der Haustür, um ihn zu verabschieden. Sie geizte nicht mit Tipps und Ratschlägen.

»Bestell Eugen einen schönen Gruß! Ich werde ihn besuchen kommen, sobald er sich eingelebt hat.«

Sie wirkte lächerlich, in ihrem Frotteemorgenmantel aus den siebziger Jahren, dem Haarnetz und der übergroßen Brille. In der Sackgasse, dem hinteren Teil der Jostenallee, in der sie wohnten, verirrte sich kaum jemand. Niemand sah sie, außer vielleicht Elli, wenn sie zufällig aus dem Fenster schaute. Doch die stand nicht vor neun Uhr auf. Sybille winkte noch einmal, bevor sie wieder im Haus verschwand, um sich dem Haushalt zu widmen.

›Sie ist meine Mutter und meint es bestimmt gut‹, dachte er. ›Aber ich muss da raus!‹

Er winkte zurück, obwohl sie nicht mehr zu sehen war und hoffte, dass das Auto ansprang. Sybille hatte es im aufgedrängt. Mit seinem Fahrrad könne er unmöglich zu Hausmann fahren, meinte sie. Er wusste, wie sehr sie den alten Mini liebte und dass es sie Überwindung kostete, ihn selbst ihrem Sohn zu überlassen. Sein Vater hatte es ihr zum Geburtstag geschenkt, es war das letzte Geburtstagsgeschenk vor seinem Tod gewesen. Seitdem stand der Wagen meist in der Garage, sie hatte ihn nie gefahren, ab und zu durfte Konstantin ihn mal benutzen. Eigentlich fuhr er lieber mit seinem Rennrad. Aber es gefiel ihm, wenn er als Riese in dem kleinen grünen Wagen, mit weißen Ralleystreifen, durch Neuss fuhr, und die Menschen ihm zulächelten, manche sogar winkten.

Er hatte mit großer Sorgfalt seine Kleidung ausgewählt. Stoffhose und Poloshirt vermittelten einen sportlichen Charakter und wirkten etwas gepflegter, als seine sonstige Kluft. Selbst bei den Turnschuhen hatte er sich für eine Ledervariante entschieden.

Nur ein leises Röcheln des Motors war zu hören, als er den Schlüssel drehte, das dann erstarb. Sein Herz setzte für einen Moment aus.

»Oh nein, bitte spring an!«

Er blickte zur Uhr, die Zeit reichte nicht, um auf Fahrrad oder Bus umzusteigen. Beim zweiten Versuch röchelte der Motor erneut, holte noch einmal tief Luft, und gab dann ein sattes Rumoren von sich.

»Na bitte«, entfuhr es ihm und er wischte sich die Stirn trocken. Hoffentlich verlief jetzt alles nach Plan.

Seine Mutter hatte ihn vor Hausmann gewarnt:

›Dein Vater hat immer behauptet, dass Eugen ein sehr, sehr pünktlicher Mensch ist. Der erwartet das auch von seinen Mitmenschen.‹

Er durfte es nicht vermasseln. Das Interview war die Chance für seinen Durchbruch! Er fuhr durch die schmalen Seitenstraßen und folgte den Umleitungsschildern. ›Wann die hier wohl fertig werden‹, dachte er genervt. Wenn nichts Unvorhergesehenes - Unfall, Panne oder ein Selbstmörder, der sich vor sein Auto werfen würde - geschähe, käme er rechtzeitig am Sporthafen an, um sich mit Guido abzustimmen. Konstantins Handflächen waren feucht vor Aufregung und Neugier auf den Mann, der mit seinem Vater bekannt war. Was er bisher über Eugen herausgefunden hatte, entsprach alles andere als einem sympathischen Menschen, mit dem man gerne befreundet war. Umso mehr wunderte es ihn, dass sein Vater mit ihm eine innige Freundschaft verbunden haben sollte. Konstantin seufzte. Er hatte sich viel vorgenommen mit dieser Aufgabe, schob jedoch die düsteren Gedanken zur

Seite. Jetzt galt es, sich auf die eigenen Stärken zu konzentrieren und einen guten Job zu machen.

›Positiv denken!‹

Konstantin blickte zur Uhr. Noch zwanzig Minuten, alles war gut. Er fuhr auf die Rheintorstraße, am Hessentordamm und Europadamm vorbei. Als er eine Konstantinstraße entdeckte, lächelte er. Wie sympathisch: eine Spielstraße mit gepflegten Reihenhäusern. Bei Gelegenheit würde er hier mal halten müssen. Nach dreihundert Metern bog er nach links, auf die Grimlinghausener Brücke, ab. Er suchte die Parkplätze des Seniorenheims. Ein Hinweisschild führte ihn auf einen schmalen Schotterweg, der zur Toreinfahrt führte. Er stellte seinen Mini in die einzig freie Parklücke, öffnete behutsam die Wagentür und stieg vorsichtig aus. Auf keinen Fall wollte er den Oldtimer links neben ihm beschädigen. Er pfiff anerkennend, als er einen Blick ins Innere der Pagode warf, die so neu wirkte, als wäre sie erst gestern aus einem Autohaus gerollt. Die Marke des rechts stehenden Sportwagens kannte er nicht, doch die vier Auspuffrohre am Heck ließen viel Kraft vermuten. Guido Mann, der Fotograf, wartete bereits. Sie gingen zum Eingang, immer wieder die Augen bewundernd nach rechts und links schwenkend.

»Das ist mal ′ne andere Liga, was? So viel Kohle kann doch kein Mensch auf legale Art und Weise verdienen, um sich diesen Lebensabend leisten zu können, oder?«

»Wie immer sprühst du vor Zynismus!«

Beide lachten leise, eingeschüchtert durch das imposante Gebäude. Das Haus aus dem neunzehnten Jahrhundert hatte ein Fabrikant gebaut und nach seinem Tod seiner Enkelin vererbt. Gabriele Küsters hatte sich gegen sämtliche Zweifler und Schwarzseher durchgesetzt, ihre Pläne verwirklicht und die Villa mit viel Liebe zum Detail in eine Seniorenresidenz umbauen lassen.

Nichts erinnerte an ein Altenheim, eher an ein Fünf-Sterne-Luxus-Hotel. Konstantin versuchte, sich nicht einschüchtern zu lassen, ging hoch erhobenen Hauptes zur Rezeption und fragte freundlich nach Herrn Hausmann. Die Empfangsdame, Emilia Herkenrath las er auf dem Namensschild aus Messing, musterte ihn von oben bis unten. Konstantin fühlte, dass er hier trotz Stoffhose und Poloshirt immer noch underdressed war. Vielleicht sollte er sich doch mal einen Anzug zulegen. So wie der von dem Gruber, der war schick.

›Wenn das heute gut läuft, wer weiß, dann gibt es vielleicht einen Bonus‹, machte er sich Mut.

»Nehmen Sie Platz, ich werde Frau Küsters Bescheid geben.«

Kaum saß er im weichen Ledersessel, ging er in Gedanken noch einmal seine Fragen durch, die er Hausmann stellen wollte. Er war gespannt, was für ein Mensch der Pianist tatsächlich war. Die Jugendfotos, die seine Mutter ihm gegeben hatte, zeigten einen großen, gut aussehenden Mann. Ein bisschen wie Clark Gable. Wie er wohl heute aussah? Grauhaarig? Es gab keine aktuellen Fotos, trotz seines Bekanntheitsgrades hatte er es geschafft, zurückgezogen zu leben. Wieder schweiften Konstantins Gedanken zu seinen Kollegen und seinem Job. Gab ihm dieses Interview den nötigen Rückhalt im Team? Wobei, von Team konnte keine Rede sein, mehr ein Haifischbecken. Und dann dieser Schnösel! André E. Gruber. Wofür wohl das E. stand? Ekel oder eitler Angeber wären passend.

Nervös legte er sein Diktafon bereit auf den Glastisch vor sich. Die Uhr zeigte bereits zehn Minuten nach neun, und weder Herr Hausmann, noch Frau Küsters waren zu sehen. Nervös stand er auf und schritt vor dem Panoramafenster, das ihm einen wundervollen Blick auf den Rhein und einem rauchenden Guido bot, auf und ab.

»Herr Degen?«

Eine attraktive Mittvierzigerin betrat mit ernstem Gesichtsausdruck die Eingangshalle. Sie reichte ihm die Hand.

»Küsters, Gabriele Küsters. Leider muss ich ihnen mitteilen, dass das Treffen mit Herrn Hausmann heute ausfallen muss. Er wurde in der Nacht überraschend ins Krankenhaus eingeliefert.«

»Ins Krankenhaus? So plötzlich? Wieso? Er war doch kerngesund, soweit ich weiß.«

»Es kam für uns alle sehr überraschend. Plötzlicher Schwächeanfall. Mehr kann ich Ihnen im Moment auch nicht sagen.«

Fassungslos blickte Konstantin in das Gesicht der Frau und suchte nach Anzeichen eines Scherzes. Es konnte sich nur um ein Versehen handeln.

»Sobald ich mehr weiß, kann ich mich ja bei Ihnen in der Redaktion melden. Sie kommen doch von der Morgenpost? Lassen sie mir ihre Karte da.«

Während sie sprach, legte sie ihre Hand auf seine Schultern und führte ihn zielstrebig nach draußen. Guido war gerade im Begriff seinen Zigarettenstummel im Kies zu begraben, was ihm einen tadelnden Blick von Frau Küsters einbrachte.

»Kein Interview?«, fragte er, worauf Konstantin den Kopf schüttelte.

»Liegt im Krankenhaus, Schwächeanfall«, antwortete er monoton.

»Na dann. Das war´s. Fahr dann mal wieder.«

Guido lächelte verlegen.

»Kann ja immer passieren, bei den alten Leutchen. Hab noch einen anderen Termin, als Freiberufler muss man sehen, wo man bleibt! Tschüss, bis die Tage vielleicht, mach´s gut, Konstantin.«

Er schlurfte zu seinem Auto, die Kamera baumelte über seine Schulter. Konstantin wandte sich Frau Küsters zu.

»So ein Pech. Entschuldigen Sie, aber was wird denn jetzt aus meinem Interview? Wohin haben sie ihn gebracht? Ins Lukas?«

Frau Küsters nickte.

»Ja, ins Lukas-Krankenhaus. Es tut mir wirklich leid für Sie, aber aufgeschoben ist ja nicht aufgehoben!«

Konstantin ging zu seinem Wagen und schüttelte immer noch ungläubig seinen Kopf. Als er sein Handy aus der Jackentasche nahm, um Oskar Bescheid zu geben, riss ihn eine Stimme aus seinen Gedanken.

»Konstantin? Konstantin Degen?«

Überrascht blickte er in ein hübsches, aber fremdes Gesicht.

»Du bist doch Konstantin?«

Eine gut aussehende Frau in einem weißen Kittel stand vor ihm, er schätzte sie genauso alt wie sich. Blaue Augen blickten ihn fragend an. Er kannte die junge Frau nicht. Woher wusste sie seinen Namen?

»I… i… ich«, stotterte er. Diese Augen hatte er schon mal gesehen, nur wo?

»Ich heiße, ich meine ja, mein Name ist Konstantin Degen. Woher kennen sie mich oder besser kennen wir uns?«

»Du weißt nicht, wer ich bin, oder? Es ist ein paar Jahre her. Sandra, Sandra Becker. Kannst du dich nicht erinnern? Quirinus-Gymnasium? In der achten Klasse bin ich zu euch gestoßen. Die Neue.«

»Sandra? Sandra Becker?«

Er überlegte einen Moment, sah sich als Vierzehnjährigen am Schultisch sitzen und tatsächlich blitzten noch andere Erinnerungen in ihm auf.

»Ja, natürlich, Sandra!«

Er lächelte, als er an den Tag dachte, an dem die Neue einfach so mit dem Klassenlehrer ins Zimmer kam. Alle Jungs waren sofort in sie verliebt, während die Mädchen sie von Anfang an nicht leiden konnten. Sie war so hübsch, wirkte bereits erwachsen, ließ die anderen Mädchen wie Kinder erscheinen. Dass sie sich an ihn erinnerte! Und ihm ausgerechnet hier über den Weg lief. Seltsamer Zufall.

»Ja, so doll hab ich mich doch nicht verändert, oder? Was machst du hier? Ich nehme nicht an, dass du hier einziehen willst. Und deine Mutter ist doch sicher auch noch fit.«

Konstantin brauchte kein Wort heraus, betrachtete sie mit offenem Mund. Sandra Becker stand vor ihm, sein Schwarm aus Teenagertagen. Während er sie noch immer stumm anstarrte, sprach sie weiter.

»Ich habe gerade Pause. Hast du Zeit für einen Kaffee? Wir könnten ins Bistro gehen.«

Sie schritt voran, sein Einverständnis voraussetzend und ihm blieb nichts anderes übrig, als ihr zu folgen. Ihr Pferdeschwanz wippte, und selbst der unförmige Kittel verbarg nicht ihre schlanke Figur. Als sie an einem Tisch im Garten saßen, schauten sie sich einen Moment stumm an, bevor plötzlich beide zu sprechen begannen.

»Lange nicht gesehen.«

Das gemeinsame Lachen befreite und löste die Spannung. Sandra begann als Erstes.

»Nun, noch mal: Was machst du hier?«

Neugierig blickte sie ihn an.

»Eigentlich wollte ich Eugen Hausmann interviewen. Aber deine Chefin sagte mir gerade, dass er heute Nacht ins Krankenhaus gebracht wurde.«

»Den Spinner wolltest du interviewen? Bist du Reporter oder so was? Du wolltest doch immer Polizist werden.«

»Ach, das ist lange her. Nach dem Abi wusste ich nicht so genau was ich machen soll. Zivildienst, soziales Jahr, jetzt bin ich bei der Morgenpost, Volontär. Mal schauen, ob Journalismus was für mich ist!«

Er lächelte verlegen.

»Das Interview heute wäre mein erstes größeres Projekt gewesen. Aber das ist wohl schief gegangen.«

Er nahm einen großen Schluck seiner italienischen Kaffeespezialität.

»Lecker. Und was machst du hier? Wenn ich mich richtig erinnere, wolltest du Medizin studieren und Ärztin werden?«

»Ich arbeite daran, meine Pläne zu verwirklichen. Allerdings habe ich keine reichen Eltern, nur eine gestresste Mutter, und muss während des Studiums ein bisschen Geld verdienen. Die Studiengebühren sind ja nicht von Pappe. Es gibt schlimmere Jobs als das hier. Essen und Trinken hab ich gratis. Die Omis und Opis hier zahlen auch ´ne Menge für beste Verpflegung.«

Sie rührte mit dem langen Löffel im Glas. »Ich war heute Nacht auch hier. Das war schon unheimlich mit dem Hausmann.«

»Wieso unheimlich? Was meinst du damit? Ist da irgendwas nicht mit rechten Dingen zugegangen?«

»Doch, doch, das schon, aber seltsam war das Ganze. Hat ja noch nicht lange hier gewohnt, im Vorfeld für viel Wirbel gesorgt und dann wird er urplötzlich krank.«

»Kann ja immer mal passieren, bei den alten Leuten«, wiederholte er Guidos Worte.

»Aber wie war das denn in der Nacht? Hast du ihn gefunden?«, bohrte Konstantin. »Komm, mir kannst du es doch erzählen.«

Sandra zierte sich.

»Aber kein Wort, dass du das von mir hast. Die Küsters schmeißt mich raus, ich darf nicht über Bewohner sprechen.«

Er verneinte:

»Quatsch, natürlich nicht.«

Bevor Sandra weitersprach, nahm sie einen großen Schluck, als müsse sie sich Mut antrinken.

»Sein Anwalt oder Manager, Spranger heißt der, keine Ahnung was der genau macht, aber auch ein ganz unangenehmer Typ, kam vor zwei Monaten hier an, um mit der Küsters zu reden. Von dem Hausmann hatte ich noch nie gehört, steh ja mehr auf Metal als auf Klassik. Und du?«

Konstantin hörte gebannt zu, die Frage irritierte ihn.

»Ja auch, am liebsten Eagels of Death Metal. Die haben eine neue CD gemacht. Cool. Aber erzähl weiter, bitte.«

Er versuchte ein Lächeln.

»Du meinst das ›Heart on Album?‹ Geil! Aber ja weiter mit Hausmann. Der ist wohl 'ne richtig große Nummer in der Klavierwelt. Wollte hier seinen Lebensabend verbringen, ist in Neuss geboren und wollte zurück in die Heimat. Alte Menschen werden ja manchmal ein wenig sentimental. Erlebe ich tagtäglich. Aber der Typ hatte jede Menge Sonderwünsche und Anliegen. Er wollte auch unbedingt das Zimmer im Erdgeschoss. Ich meine, das würde ich auch nehmen wollen. Es ist das Schönste von allen. Und Geld schien ja echt kein Thema bei dem zu sein. Zwei Zimmer und direkter Zugang zum Park. Kamin inklusive. Das Problem war, dass es bereits bewohnt war. Stell dir vor, das interessierte weder den Hausmann noch seinen Manager!«

Sandra schien immer noch empört zu sein.

»Unmöglich, die haben ihren Willen gekriegt, aber der Helmut war ganz schön sauer. Schimpft immer noch.«

»Helmut?«, fragte Konstantin.

»Ja, Helmut Kunz. Der vorher die Zimmer bewohnt hat. Eigentlich ein ganz lieber Opi. Sitzt im Rollstuhl, hat keine Familie. Nur irgendeine Nichte, die ihn alle Jubeljahre mal besucht.«

»Dass der sauer war, glaub ich gerne. Aber was war denn nun gestern Abend los?«, erkundigte sich Konstantin.

»In jedem Zimmer gibt es am Bett eine Notrufklingel, die im Bereitschaftszimmer Alarm schlägt, wenn der Gast Probleme hat. Man weiß ja nie. Um zwanzig vor fünf ging es los. Ich bin dann sofort in das Zimmer. Mensch, das war grausig. Hausmann hatte starke Schmerzen, das war nicht zu übersehen. Krämpfe müssen ihn geschüttelt haben, er war schweißüberströmt. Das hat gestunken, sag ich dir. Ich habe der Küsters Bescheid gegeben, die den Notarzt verständigt hat. Überall diese Pralinenverpackungen. Im ersten Moment hatte ich gedacht, er hätte zu viel Süßes gegessen und sich den Magen verdorben.«

Sie rührte wieder in ihrem Glas.

»Er hatte eine Schwäche für Marzipan, vor allem für Mozartkugeln. Das hat er mir nachmittags noch erzählt«, fuhr sie fort.

»Nachmittags hast du ihn noch gesprochen? Magst du ihn? Erzähl mal, was ist er für ein Mensch?«

»Ein Unsympath. Wirklich, ein ganz ekliger Kerl. Sehr von sich überzeugt. Und ein Glotzer und Grapscher. Starrt einem ständig auf Po oder Busen und findet immer Möglichkeiten einen, wie zufällig, zu berühren. Der ist echt unmöglich. Aber ich war neugierig auf ihn. Alle im Haus haben von ihm geschwärmt, man hörte nur noch Klaviermusik. Gestern Nachmittag war ich dann bei ihm und hab mich vorgestellt. So das Übliche: Medizinstudentin im vierten Semester und wenn etwas wäre, könne er sich gerne erst mal an mich wenden. Der hat mich vielleicht angeschaut. Und dann mit süffisanter Stimme gemeint, dass er es nicht gewohnt sei, sich von Dilettanten behandeln zu lassen. Er forderte, dass jederzeit ein richtiger Arzt erreichbar sein müsse.«

Sandra war immer noch empört.

»Ich bin viel gewohnt, aber das war echt der Hammer. Na ja, ich habe mir nichts anmerken lassen und habe seine erlesenen Möbel bewundert. Und auf die Packung Mozartkugeln zeigend gemeint, dass ich die auch gerne esse. Da ging das schon wieder los. Ob ich mir einbilden würde, dass er mir etwas anbieten würde? Er würde überhaupt keinen Spaß verstehen, wenn ich eine Praline entwenden würde. Und ich sollte immer auf die gesellschaftlichen Unterschiede achtgeben und sie respektieren. Hast du so etwas schon mal gehört? So ein Spinner. Gönn ich dem, dass es dem so schlecht geht.«

Sie stieß ihrem Atem aus und hob damit ihren Pony in die Höhe.

»Ich hab mich ganz schön aufgeregt. Bin ja viel gewohnt mit den alten Leuten hier, doch meist sind sie nur vergesslich und erzählen immer wieder das Gleiche. Aber so ein bornierter Kerl ist mir noch nicht untergekommen. Hab so getan, als ginge mich das alles nichts an, bin lächelnd aus dem Zimmer raus. Blödmann.«

»Hört sich nicht nach einem netten Zeitgenossen an. Meine Mutter meinte schon, dass er etwas speziell sei. Mein Vater war wohl in Jugendtagen gut mit ihm befreundet. Aber Hausmann ist ja direkt nach dem Abitur nach Berlin gegangen.« Die Sonne blendete plötzlich Sandras Augen und sie versuchte, sich mit einer Hand zu schützen. Dabei fiel ihr Blick auf die Uhr.

»Huch«, rief sie aus. »Meine Pause ist um und dahinten kommt auch die Chefin wieder. Sollen wir uns mal auf ein Bier treffen? Du weißt ja, wo du mich erreichst, oder wir treffen uns mal im Extrablatt. Bin dort Stammgast.«

»Ja, gerne«, Konstantin fühlte sich etwas überrumpelt.

Sandra drehte sich noch einmal um, winkte ihm zu, bevor sie im Haus verschwand.

Was für ein Glück, dass er sie getroffen hat. Sie hatte sich kaum verändert, war wie früher: Immer gut gelaunt, Witz versprühend, nie auf den Mund gefallen. Ein Mensch, den man gern haben musste. Und sie wollte ihn wiedersehen. Kaum zu glauben. Die Freude darüber verdrängte die Enttäuschung über das geplatzte Interview.

Er nahm sein Handy, wählte Oskar Müllers Nummer und erzählte mit knappen Worten von seinem Pech.

»Ich fahre jetzt ins Krankenhaus und schau mal, was ich rauskriege. Komm dann in die Redaktion«, beendete er das Gespräch.

Im Krankenhaus wurde er nicht vorgelassen. Ein Pfleger vertraute ihm an, dass es nicht so gut für den Patienten aussah. Eugen Hausmann lag auf der Intensivstation. Konstantin schrieb seine Telefonnummer auf einen Zettel, erzählte was von Neffen, und bat, dass man ihn sofort verständigen sollte, falls sich der Zustand von Eugen Hausmann verändern würde.

Danach fuhr er zur Zeitung, entschied gemeinsam mit Oskar eine Abwartestrategie, schrieb ein paar Zeilen über den Fortschritt der Renovierung des Huma-Einkaufcenters, bis er pünktlich um siebzehn Uhr Feierabend machte. Er beschloss ein After-Work-Bier im Extrablatt zu nehmen, mit der kleinen Hoffnung im Hinterkopf, eventuell Sandra wiederzusehen.

9.Kapitel

Susi Brauer, Oberschwester auf der Intensivstation im Neusser Lukas-Krankenhaus, schüttelte den Kopf. Dem Patienten ging es schlecht. Sie kontrollierte die Daten und befürchtete, dass jede Hilfe zu spät kam. Colchicin-Vergiftung in hoher Dosis, vor etlichen Stunden eingenommen.

»Hinterhältiges Teufelszeug«, murmelte sie.

Zuerst schienen die Erste-Hilfe-Maßnahmen Erfolg zu haben, doch jetzt verschlimmerte sich der Zustand vehement. Das EKG veränderte sich dramatisch, sie bereitete alles zur Intubation vor.

»Wer hat dir das angetan?«, fragte sie laut.

Er schaute sie an, aber sie bezweifelte, dass er wusste, was mit ihm passierte.

Der Tod trat um 22.53 Uhr ein.

»Keine natürliche Todesursache. Wer den wohl um die Ecke gebracht hat? Ich informier die zuständigen Behörden.«

Dr. Müller blickte nachdenklich zur Oberschwester, während er weiter den Totenschein, der amtlich korrekt Todesbescheinigung hieß, ausfüllte. Sie nickte und nahm sich einen kleinen Moment zur Trauer, wie sie es bei jedem Verstorbenen tat. Die Klingel unterbrach ihre Gedanken, der nächste Patient wartete. Die Dinge nahmen ihren Lauf.

10.Kapitel

Januar 1961

Heute werde ich entlassen. Die Ärzte glauben, dass ich nicht mehr versuche, mir etwas anzutun. Ich bin mir nicht so sicher. Draußen steht meine Mutter, mein Vater hat es vorgezogen, zu Hause zu bleiben. Einmal hat er mich in dem halben Jahr besucht, die restlichen Male ist meine Mutter immer alleine gekommen.

»Er hat so viel zu tun«, hat sie ihn entschuldigt.

Ich weiß es besser, er hat sich geschämt. Bei dem einen Besuch hat er mir ganz stolz versichert, dass niemand etwas davon mitbekommen hätte, von dieser ganzen Schande. Eine schwere Krankheit hatte er jedem erzählt, der es wissen wollte. So konnte man es auch nennen. Lebensmüdigkeit, so nenne ich es.

Ich funktioniere wieder, kann morgens aufstehen, sogar etwas essen. Es ist einfach, weil die anderen bestimmen, was ich tun muss. Und gehorchen kann ich. Ohne zu murren, ohne zu hinterfragen, die wissen schon, was gut für mich ist. Wie wird es die nächsten Tage sein? Zuhause? Wieder in Neuss? Ich habe Angst.

11.Kapitel

»Unnatürlicher Todesfall im Seniorenstift ›Schöne Aussicht‹! Komm, Franjo, wir fahren hin. Ich erzähl dir den Rest im Auto.«

Kommissar Eberhard Wurm, ein Mittvierziger, sehr großer, sehr schmaler Mann, mit Hakennase und stechenden grünen Augen, war hektisch wie immer. Zum wiederholten Male versuchte er, mit dem Rauchen aufzuhören. Er nahm sein Sakko vom Haken und stürmte, ohne sich zu vergewissern, dass ihm sein Kollege folgte, aus dem Büro.

»Unser Hibbel, manchmal geht der mir so auf die Nerven«, beschwerte sich Franjo Obermeier bei seiner Kollegin Natascha Kaminsky. »Ist der schon wieder auf Nikotinentzug?«

Sie nickte, lachte auf, blieb aber stumm.

»Bis später, Natascha«, entgegnete Franjo und hechtete hinter seinem Kollegen her.

»Mensch, jetzt erzähl mal, was ist los? Du kannst mich doch nicht einfach so dumm stehen lassen!«

Er holte Eberhard im Treppenhaus ein. Vor einem halben Jahr war Franjo aus einer bayrischen Kleinstadt, nahe Regensburg, - aus privaten Gründen, mehr gab er nicht preis, - nach Neuss gezogen. Mittlerweile hatte er sich an Wurms spröden Charme gewöhnt, auch wenn er manches Mal seine Geduld überstrapazierte.

»Eugen Hausmann. Sagt dir der Name was?«, fragte Eberhard.

»Nee, müsste er? Kenn ich nicht.«

»Er ist ein berühmter Pianist und hat sich vor Jahren zur Ruhe gesetzt.«

»Aha.«

Franjo Obermeier interessierte sich nicht für klassische Musik. Schon gar nicht für Klaviermusik.

»Und der ist tot? Keine natürliche Ursache, klar, weißt du schon mehr?«

Sie nahmen den grauen Opel Astra, der auf dem Parkplatz zur Jülicher Landstraße stand. Eberhard hatte den Schlüssel und Franjo blieb gar nichts anderes übrig, als auf dem Beifahrersitz Platz zu nehmen.

»Vergiftet meint der Arzt. Ist erst vor ein paar Tagen von Berlin nach Neuss, ins Seniorenstift am Jachthafen, gezogen. Vorletzte Nacht ist er mit dem Notarzt ins Krankenhaus gebracht worden. Und gestern, kurz vor Mitternacht verstorben.«

»Woran?«

»Gift.«

»Nimm dir endlich eine Zigarette, du bist ohne nicht auszuhalten! Klar mit Gift! Was für eins? Weißt du schon was Näheres?«

»Colchicin, vermutet der Arzt. Ein sehr giftiges Alkaloid, nahezu geruchslos, und in den meisten Fällen tödlich«, erklärte ihm Eberhard.

»Kenn ich. Findet man in den Blättern und Samen der Herbstzeitlosen oder auch Giftkrokus, wie der Volksmund sagt. Die Blätter kann man leicht mit Bärlauch verwechseln.«

Franjo interessierte sich nicht für klassische Klaviermusik, dafür umso mehr fürs Essen. Seine einhundertfünfundfünfzig Kilo kamen nicht von ungefähr.

»Du überraschst mich immer wieder. Vielleicht war es eine Verwechslung, ein Unfall. Eine Verwechselung mit Scherlauch?«

Eberhard Wurm war es egal, was er aß, kochen tat er schon mal gar nicht.

»Du kennst dich gar nicht aus, oder? Bärlauch, nicht Scherlauch! Nein, jetzt ist keine Zeit für Bärlauch. Der wächst im Frühjahr.«

Franjo Obermeier schüttelte verständnislos den Kopf.

Eberhard nahm die Antwort gelassen hin. Er fand es nicht schlimm, dass er keine Ahnung von Küche und dem ganzen Drumherum hatte. Gegensätze ziehen sich an, dachte er, als er seinen Kollegen mit einem Seitenblick betrachtete. Er war nicht viel größer als Franjo, brachte aber nur die Hälfte dessen Gewichts auf die Waage. Und selbst an den bayrischen Dialekt hatte er sich mittlerweile gewöhnt. Trotz weniger Gemeinsamkeiten hatten sie im letzten halben Jahr gemeinsam jeden Fall gelöst.

Nachdem sich die Kommissare vorgestellt und ausgewiesen hatten, führte Frau Herkenrath sie in das Büro von Frau Küsters. Ein spartanisch eingerichteter Raum, den man in diesem prachtvollen Haus nicht erwartete. Gabriele Küsters stand neben dem einzigen Schmuckstück, einem antiken Schreibtisch aus Kirschbaum, im Raum. Ein ultradünnes Notebook befand sich auf der mit Leder bezogenen Schreibtischplatte. Frau Küsters fuhr sich immer wieder nervös mit den Händen durch das kurze, braune Haar. An der gegenüberliegenden Wand hing ein großformatiges Ölgemälde in einem kunstvoll gestalteten Rahmen. Das Porträt eines alten, streng blickenden Mannes, der seine Betrachter zu fixieren schien. Frau Küsters war Wurms Blick gefolgt.

»Mein Großvater, er hat das Haus gebaut. Hier passt das opulente Werk hin. Der alte Herr liebte es üppig, wie man am Baustil des Hauses unschwer erkennen kann. Aber was führt sie zu mir? Was kann ich für sie tun? Vielleicht erst einmal eine kleine Erfrischung? Einen Kaffee? Oder Wasser?«

Die Kommissare lehnten dankend ab. Franjo Obermeier begann das Gespräch. »Vorgestern Nacht wurde ihr Bewohner Eugen Hausmann mit dem Notarzt ins Krankenhaus gebracht.«

Er machte eine Pause und beobachtete ihre Reaktion.

»Ja, natürlich, deshalb kommen Sie. Das Krankenhaus hat angerufen und mir mitgeteilt, dass er verstorben ist. Ganz schrecklich. Ein toller Musiker, aber er lebte in letzter Zeit sehr zurückgezogen. Ich habe gedacht, es sei ein Herzinfarkt, aber dann wären Sie nicht hier, nicht wahr?«

»Nein, Frau Küsters, kein Herzinfarkt.«

»Was ist passiert?«

Sie schaute fragend von einem zum anderen.

Franjo Obermeier gab keine Antwort, sondern forderte sie auf, zu erzählen, was sich in in der Nacht abgespielt hatte.

»Ja, selbstverständlich. Hausmann litt unter heftigen Magen- und Darmkrämpfen. Es schien mir am sichersten, ihn ins Krankenhaus einliefern zu lassen.«

»Haben Sie eine Idee, was zu den Krämpfen geführt haben könnte?«

Obermeier bemühte sich, hochdeutsch zu sprechen.

»Nein, ich vermutete, er habe sich den Magen verdorben, dass er zu viel genascht hätte. Nachmittags brachte ich ihm ein Päckchen Pralinen ins Zimmer und das war leer, als ich ins Zimmer kam.«

Sie seufzte.

»Und weiter? «

Aufmunternd schaute er sie an, obwohl es ihn anstrengte, nicht in seinen heimischen Dialekt zu verfallen. Frau Küsters schien zu überlegen, atmete tief ein und sagte:

»Ja, wo fang ich an? Die Nachtwache rief mich, Viertel vor fünf Uhr, muss das gewesen sein. In den Zimmern der Gäste gibt es eine Notfallklingel, die hatte er gedrückt. Frau Becker ist in sein Zimmer gerannt, hat ihn auf dem Boden liegen gesehen und mich sofort benachrichtigt. Sie hat sich vorbildlich verhalten. Als ich das Zimmer betrat und ihn sah, rief ich sofort den Notarzt. Eugen Hausmann lag da, mit schmerzverzerrtem Gesicht. Gekrümmter

Körper. Aschfahl. Schweißüberströmt. Und dann dieses Papier. Diese Mozartkugelverpackung. Herr Hausmann erfreute sich einer hervorragenden Gesundheit. Das muss ich natürlich wissen, bevor jemand hier einzieht. Spontan dachte ich an eine Magenverstimmung. Aber eigentlich waren die Symptome dafür zu heftig.«

Wieder ergriff der bayrische Beamte das Wort.

»Sie wohnen hier im Haus?«

»Ja, ich bewohne hier zwei kleine Zimmer, meine Wohnung in der Innenstadt habe ich vor einem halben Jahr aufgegeben. Diese Fahrerei war lästig. Und ich bin immer hier, wenn ich gebraucht werde.«

Obermeier nickte verstehend.

»Was geschah dann?«

»Wie gesagt, ich rief den Notarzt. Es dauerte nicht lange, bis der Krankenwagen kam. Soweit ich das beurteilen kann, war Hausmanns Zustand unverändert. Er krümmte sich immer noch, es war unübersehbar, dass er heftige Schmerzen hatte. Gestern sagte man mir noch, dass sein Zustand unverändert sei und heute Morgen kam der Anruf, dass er verstorben sei. Ganz plötzlich.«

»Gestern kurz vor Mitternacht ist der Tod eingetreten. Durch Vergiftung.«

Frau Küsters sprang auf.

»Was sagen Sie? Vergiftet? Das kann nicht sein!«, rief sie erschüttert aus. »Das wäre eine Katastrophe, das kann nur Selbstmord oder ein Versehen sein!«

»Das gilt es herauszufinden«, antwortete Franjo Obermeier.

»Ich hoffe, Sie nehmen nicht an, dass das Essen hier im Haus …« Sie brach ab.

»Mord? Deshalb sind Sie hier?«, fragte sie erneut ungläubig und ließ sich auf einen Sessel fallen. »Das ist eine absolute Katastrophe!«, wiederholte sie flüsternd.

Eberhard Wurm fand es an der Zeit, dass er auch mal etwas sagen könnte, und räusperte sich.

»Einen Suizid schließen wir zum jetzigen Stand unserer Erkenntnis aus, und denken schon in die Richtung, dass es sich um Mord handeln muss.«

»Das kann, das darf nicht sein. Es muss sich um einen Irrtum handeln!«, entgegnete sie.

Hektisch stand sie auf und machte sich am Schreibtisch zu schaffen. Sie öffnete die Tür und holte eine Kognakflasche heraus. Ohne Zögern goss sie zwei Fingerbreit des bernsteinfarbenden Getränks ins Glas und kippte es in einem Zug hinunter.

Die beiden Kommissare staunten.

»Normalerweise biete ich meinen neuen Gästen ein Glas an, um sie willkommen zu heißen. Allerdings selten um diese frühe Uhrzeit. Ich brauche eine Stärkung. Sie trinken nicht im Dienst, oder?«

›Du wirkst nicht so, als wäre es das erste Mal, dass du dich damit stärkst‹, dachte Wurm. Laut sagte er:

»Nein, danke Frau Küsters. Erzählen Sie uns etwas über Eugen Hausmann. Was war er für ein Mensch?«

»Er ist ja erst letzte Woche eingezogen. Ich freute mich, einen solch berühmten Gast zu beherbergen. Den ganzen organisatorischen Kram machte Hausmanns Manager, Walter Spranger. Als Hausmann letzte Woche einzog, begrüßte ich ihn hier im Büro, bot ihm auch ein Glas Chabass an, was er ablehnte. Er machte nicht den Eindruck, als ob er viel Wert auf Gesellschaft legte. Etwas borniert und arrogant könnte man ihn beschreiben. Künstler halt.«

Sie zuckte die Schultern.

»Gibt es Beispiele dafür?«

Sie blickte den hageren Kommissar an, als müsste sie abwägen, inwieweit sie ehrlich sein konnte. Ihre Finger glitten erneut durchs Haar.

»Ich habe mich gefreut, als die Anfrage von Hausmanns Manager kam, ob wir ein Zimmer für ihn hätten. Es gab mal eine Reportage über die ›Schöne Aussicht‹ in einer Zeitschrift; die hat er wohl gelesen. Er bestellte das Erdgeschosszimmer. Das wurde in dem Artikel damals abgebildet. Stellen Sie sich vor: Er hat wortwörtlich bestellt gesagt, als wären wir ein Urlaubshotel. Es ist aber auch das schönste Zimmer im Haus, natürlich sind die anderen genauso komfortabel ausgestattet, verfügen aber nicht über den direkten Zugang zum Park und haben keinen Kamin. Wie Sie sich denken können, war das Zimmer belegt. Herr Kunz hat sich nach einigem Hin und Her bereit erklärt, umzuziehen und so stand dem Einzug von Herrn Hausmann nichts mehr im Weg.«

»Was hat Sie daran irritiert? Finde ich nicht ungewöhnlich, dass man sich ein schönes Zimmer wünscht. Du etwa?«, fragte Wurm seinen Kollegen.

»Ne, ich auch nicht. Was also war daran so sonderbar?«

»Die Art und Weise wie das Ganze abgelaufen ist. Alles lief über Herrn Spranger, mit Herrn Hausmann habe ich erst am Tag seines Einzugs gesprochen. Ich sprach ihn an, ob er uns denn mal abends etwas vorspielen könnte, wenn man so einen berühmten Mann im Hause wohnen hat. Das jedoch lehnte er rigoros ab.«

»Hat er es begründet?«

Wurm schaute erstaunt.

»Nein.« Erneut zuckte sie mit ihren Schultern.

»Finde ich merkwürdig«, fuhr Wurm fort, »meist sind die Künstler doch ganz versessen darauf, ihre Talente zur Schau zu stellen.«

Er machte eine kleine Pause.

»Aber mit dem Zimmer, da habe ich noch eine Frage. Wie hat denn der bisherige Bewohner reagiert?«

»Zunächst nicht sehr begeistert, doch dann erklärte er sich bereit das Zimmer zu räumen.«

»War es ihm eine Ehre für so einen berühmten Menschen zurück zustecken?«

»So könnte man es ausdrücken. Ja, aber Hausmann hat ja nun nicht lange etwas von den Annehmlichkeiten des Zimmers gehabt.«

Sie seufzte.

»Wie geht es nun weiter?«

»Wir würden dann gerne Hausmanns Zimmer sehen. Die Spurensicherung müsste jeden Moment kommen. Wir halten sie auf dem Laufenden, Frau Küsters. Es werden sicherlich noch Fragen auftreten, dann kommen wir erneut auf sie zu.«

»Ja natürlich, jederzeit. Kann das Ganze diskret ablaufen? Ich mag mir gar nicht vorstellen, wie es wird, wenn die Regenbogenpresse davon Wind bekommt, dass es vielleicht Mord war.«

»Darauf müssen Sie sich einstellen, allerdings wird es von unserer Seite nicht aufgebauscht. Aber ein wenig Presse kann doch nicht schaden? Sagt man nicht, schlechte Werbung ist besser als keine?«

»In meinem Fall wäre es eine Katastrophe, wenn das Haus als Mörderhaus oder ähnlich abgeschmackt tituliert wird. Wer soll denn dann noch kommen? Ich habe lange Jahre gebraucht, um mir ein gutes Renommee aufzubauen. Die Menschen, die sich entschließen, hier einzuziehen, suchen kein Altersheim im herkömmlichen Sinn. Es sind Menschen, die keine Familienangehörige haben und nicht alleine sein wollen. Mein Haus ist mehr ein Altershotel, hier gibt es Gleichgesinnte. Meine Gäste stammen aus einflussreichen Familien, ehemalige Firmenchefs, die in der

Vergangenheit einiges in der deutschen Wirtschaft bewirkt haben. Manager, Beamte in hohen Positionen, Politiker. Schließlich ist unsere Landeshauptstadt nicht weit entfernt.«

Verzweifelt schaute sie die beiden an.

»Da haben sie recht. Auch das ist ein Aspekt, aus dem wir das Geschehen betrachten müssen. Nun denn, können Sie uns einen Raum zur Verfügung stellen, in dem wir die anderen Bewohner, sowie die Mitarbeiter befragen können? Jeder Hinweis, was in jener Nacht passiert ist, ist wichtig. Manchmal hat man etwas bemerkt und weiß gar nicht, dass es für die Ermittlungen bedeutend ist.«

»Ist mein Büro für sie in Ordnung? Ich kann ihnen leider kein anderes Zimmer zur Verfügung stellen. Sicher brauchen sie eine Liste der Namen, der Angestellten und Bewohner, oder?«

Geschäftsmäßig und routiniert instruierte sie ihre Sekretärin. Als Organisatorin wirkte sie sicher und selbstbewusst.

»Ich lasse sie nun allein. Ich muss meine Mitarbeiter informieren, wir sehen uns später.«

Sie verließ mit schnellen Schritten den Raum. Die beiden Kommissare blieben zurück und schauten sich im Zimmer um. Helle Fliesen auf dem Boden, weiß gestrichene Wände. Nirgendwo gab es einen Farbtupfer, kein Teppich, keine Blume. Bis auf das riesige Bild. Doch auch das wirkte düster; lockerte die Atmosphäre im Zimmer nicht auf.

»Was hältst du von ihr?«, fragte Wurm seinen Kollegen.

»Eiskalt, wie dieser Raum. Hat es trotz ihrer Proteste ganz gefasst aufgenommen, lässt sich nicht so leicht in die Karten schauen. Wie nehmen sie uns noch mal vor, wenn wir mit den anderen gesprochen haben. Die werden ja nicht alle so zugeknüpft sein.«

Obermeier grinste seinen Kollegen an.: »Also ans Werk.«

12.Kapitel

In der Redaktion der Morgenpost war die Hölle los. Der Tod Eugen Hausmanns war bereits Gesprächsthema Nummer eins. Die Nachricht verbreitete sich rasend schnell.

»Hat einer was von Konstantin gehört? Verdammt noch mal, wo ist der denn!« Oskar Müller polterte durch die Gänge. Was dachte sich dieser Kerl nur? Wo steckte er und warum ging er nicht an sein Handy?

Auf seinen alten Kumpel bei der Polizei war Verlass. Müller saß wieder an seinem Schreibtisch und blickte nichts Gutes ahnend auf das Display, als das Telefon klingelte.

»Oskar Müller. Guten Morgen Herr Gruber! Ja, ich bin da, ja gerne. Einen Kaffee habe ich immer für sie. Natürlich. Bis gleich.«

Er wusste, was kam.

»Jetzt kann ich dir nicht mehr helfen, Konstantin.«

Konstantin ahnte von den ganzen Aufregungen nichts. Er hatte den Wecker nicht gestellt, um etwas länger zu schlafen. Mit Oskar war abgemacht, dass er heute Morgen direkt ins Lukas-Krankenhaus fahren wollte, um zu schauen, wie es seinem Interviewpartner ging. Gegen Mittag wollte er in der Redaktion auftauchen. Er fühlte sich immer noch beschwingt, weil er Sandra getroffen hatte und sie ihn wiedersehen wollte. Sein Leben schien ein ganz kleines bisschen schöner geworden zu sein. Und das Interview ließ sich nachholen. Wie hatte Frau Küsters gesagt: ›Aufgeschoben ist nicht aufgehoben!‹

Er überlegte gerade, ob er in die Stadt zum Frühstücken fahren sollte, statt sich eine Scheibe Brot zu schmieren, als er zufällig auf sein Handy blickte. Fünf Anrufe in Abwesenheit! Scheinbar hatte er nach dem gestrigen Krankenhausbesuch vergessen, die

Lautstärke des Handys wieder einzuschalten. So ein Mist. In diesem Moment blinkte es erneut und er sah die Nummer der Redaktion auf dem Display. Er nahm ab und die kraftvolle Stimme von Oskar Müller dröhnte an seinem Ohr.

»Wo bist Du? Ich versuche die ganze Zeit dich zu erreichen. Hausmann ist tot!« Seine Stimme überschlug sich fast.

»Was redest du da? Tot? Ich wollte gerade ins Lukas. Wie kann das sein?« Konstantin schluckte.

»Mausetot! Vergiftet hat mir mein Informant gesagt. Konstantin, du bist raus. Der Gruber hat mich gerade angerufen. Er will, dass André das übernimmt.«

Konstantin versuchte zu begreifen, was ihm sein Chef gerade sagte.

»Was soll das? Das geht doch nicht!«

»Ich hab mir was überlegt, vertrau mir, Konstantin. Mach Urlaub. Fahr zwei Wochen nach Mallorca. Die sind hier im Moment nicht gut auf dich zu sprechen. Irgendwie scheint dir das Glück nicht gewogen zu sein, alles, was du anpackst, geht schief.«

»Ich versteh das alles nicht, Oskar. Das ist doch nicht meine Schuld! Wieso soll ich weg?«

»Nimm Urlaub, mach es einfach. Ein paar freie Tage stehen dir zu, und ich glaube, es ist ein perfekter Zeitpunkt. In zwei Wochen sieht alles wieder anders aus. Ich steh hinter dir und regel das. Vertrau mir, aber jetzt muss ich auflegen.«

Konstantin hielt das Telefon noch immer an seinem Ohr. Zum ersten Mal verstand er, die Redewendung ›wie betäubt sein‹. Er hätte gar nicht gewusst, welche seiner Körperteile er bewegen sollte. Es ging nicht. Nur seine Gedanken wiederholten sich ständig.

»Du bist raus, nimm Urlaub, Hausmann ist tot, vergiftet, du bist raus, nimm Urlaub …«

Die Sätze hämmerten in seinem Kopf, begannen stetig von Neuem. Wieder klingelte sein Handy und riss ihn aus dieser Endlosschleife.

»Konstantin, hey! Was hast du vor?« Gernot Schaumburg wirkte erfrischend gut gelaunt. »Hast du Lust mit mir in der Stadt zu frühstücken? Hab heute frei! In einer halben Stunde am Markt? Ok?«

Mechanisch antwortete Konstantin:

»Ja, gute Idee. Bin gleich da.«

Er hatte nichts Besseres vor, nahm seine Jacke vom Haken und ging in die Garage. Gernot war der einzige Mensch, den er jetzt um sich haben wollte. Was für ein Zufall! Gernot war sein bester – eigentlich sein einziger - Freund.

Er schwang sich aufs Rad und trat kräftig in die Pedale. Er sah weder nach rechts noch nach links und ignorierte sämtliche Verkehrszeichen.

»Elf Minuten, Bestzeit«, lobte er sich, lehnte das Fahrrad an einem Laternenpfahl am Marktplatz und schloss ab. Gernot saß bereits an einem der Tische, draußen, geschützt an der Außenwand. Er winkte ihm zu.

»Grüß dich!« Er stutzte. »Wie siehst du denn aus! Nicht gut, gar nicht gut, wenn ich das sagen darf. Ist was passiert?«, fragte er neugierig.

Konstantin legte sein Portemonnaie auf den Tisch, ließ sich auf den Stuhl fallen. »Gleich, muss erst mal was trinken. Hab richtig Gas gegeben.«

Er wischte sich den Schweiß von der Stirn, bestellte eine Apfelschorle bei der Kellnerin und dann sprudelte es aus ihm heraus:

»Nichts klappt so, wie ich möchte. Und wenn es mal so aussieht, als könne es in die richtige Richtung laufen, geht es letzten Endes doch wieder schief.«

Er nahm einen großen Schluck. »Du kennst so was nicht, ich weiß! Dir gelingt alles, niemand legt dir Steine in den Weg. «

»Ach komm, ganz so ist es ja auch nicht. Im Moment streite ich mich ständig mit Gabi. Macht auch keinen Spaß, aber das ist jetzt nicht wichtig. Komm, wer legt dir Steine in den Weg? Wen soll ich umhauen?«

Konstantin brachte ein Lächeln zustande, berichtete von seinem Desaster mit dem geplatzten Interview, Hausmanns Tod und dass André seinen Job machen soll. Aufmerksam hörte Gernot zu.

»Eugen Hausmann ist tot? Das ist aber merkwürdig.«

Er sah seinen Kumpel bestürzt an.

»Wieso sagst du merkwürdig? Es ist eine Katastrophe, es ist tragisch, aber was ist daran merkwürdig?«, fragte Konstantin irritiert.

Gernot sah ihn eindringlich an.

»Das muss unter uns bleiben, ok?«

Konstantin blieb stumm.

Inständig bat Gernot erneut: »Ok?«

»Ja klar, Mann, jetzt erzähl schon!«

»Die Kollegin vom Schalter, die Rothaarige, die kennst du doch, oder? Auf jeden Fall, die war vorgestern Morgen ganz aus dem Häuschen. Sie ist ein großer Klassikfan und hat mir erzählt, dass der Hausmann in der Bank war. Hat eine größere Summe abgeholt, bar. Fünfzehntausend. Hatte er vorher telefonisch bestellt.«

Gernot flüsterte und schaute sich immer wieder um, ob ihn auch niemand belauschte.

»Was zum Henker wollte der mit so viel Geld?«

Konstantin und Gernot tauschten ratlose Blicke.

»Ist vielleicht das Mordmotiv,« stellte Gernot fest.

»Unwahrscheinlich. Wenn er wirklich vergiftet wurde, hat das jemand von langer Hand geplant. Hätte ihn jemand bestehlen wollen und wäre erwischt worden, hätte er Hausmann erschlagen, mit einer Schere erstochen oder so was in der Art. Irgendwas im Affekt.«

Die beiden bestellten sich einen weiteren Milchkaffee und ein Croissant.

»Was soll ich denn jetzt machen?«, fragte Konstantin kauend seinen besten Freund.

»Wenn du tatsächlich Urlaub nimmst, bist du weg vom Fenster. Warum versuchst du nicht herauszufinden, wer dahintersteckt? Und warum? Gernot kaute während des Sprechens weiter, was Konstantin normalerweise zu spöttischen Bemerkungen veranlasste.

»Du meinst statt Interview mit Hausmann, ein Interview mit dem Mörder?«

»Oder Mörderin. Genau. Viel besser als auf Mallorca rumzugammeln.«

Es sollte spöttisch klingen, doch in Konstantins Augen war es im Moment tatsächlich verlockender auf Mördersuche zu gehen, als im Sand zu liegen und sich einen Sonnenbrand einzufangen.

»Meine Mutter hat mir eine Kiste gegeben. Sie meinte, es könnte mir bei dem Interview helfen. Das sind alte Fotos und Postkarten drin. Vielleicht finde ich da einen Anhaltspunkt. Es wäre eine Wohltat, wenn ich es diesem eingebildeten Lackaffen André E. Gruber zeigen könnte.«

»Verbrenn dir nicht die Finger Konstantin. Der kommt aus richtig gutem Stall mit viel Einfluss. Er kann dir bei der Zeitung das Leben zur Hölle machen!«

»Der Müller passt auf mich auf und steht hinter mir. Der mag diesen Schönling auch nicht. Ich hab Urlaub, weiß doch keiner, was ich in meiner Freizeit mache.«

Gernot sah zur Uhr und sprang hastig auf.

»Ich muss los. Sorry, Hab mich noch mit Gabi verabredet. Wenn ich sie warten lasse, redet sie wieder zwei Tage nicht mit mir. Übernimmst du die Rechnung? Ich bin das nächste Mal dran.«

Für eine Erwiderung war es zu spät. Konstantin saß da und überlegte, das wievielte Mal es wohl war, dass Gernot ihm auf diese Weise die Rechnung unterjubelte. Seufzend rief er die Kellnerin und bezahlte.

Gedankenversunken ging er zu seinem Rad. Fünfzehntausend Euro! Die Summe imponierte ihm. Wofür brauchte man so viel Bargeld? Spontan fiel ihm ein Autokauf ein, oder – in Hausmanns Fall – ein Klavier. Aber unwahrscheinlich direkt nach seinem Einzug in die Seniorenresidenz. Nein, er schob den Gedanken zur Seite. Erpressung, Bestechung, Schwarzgeld? Auch eher unwahrscheinlich. Wo war das Geld jetzt? Die Polizei hatte es bestimmt sichergestellt und den Raum versiegelt. Vielleicht konnte ihm Sandra mehr erzählen, sie war in dem Zimmer gewesen. Er fuhr langsam nach Hause, dieses Mal jede Verkehrsregel beachtend. Er war gespannt, wie seine Mutterauf auf die Neuigkeiten reagieren würde.

13.Kapitel

»Wie kann das sein? Tot, Eugen tot?«

Fassungslos schaute Sybille ihren Sohn an. Sie hielt den Putzlappen hoch.

»Das ist unmöglich, er freute sich so auf Neuss und wollte ein paar Bekannte treffen. Wir hatten uns für einen Besuch im Clemens Sels Museum verabredet. Ich wollte ihm zeigen, wie sehr sich Neuss verändert hat. Er war doch seit der Beerdigung deines Vaters nicht mehr hier. Provinz hatte er immer geschimpft. Kein Wunder, er hatte so viel von der Welt gesehen.«

Sie hatte das Putztuch gegen ein Taschentuch getauscht und schniefte ständig. Konstantin konnte keine Tränen entdecken. Sie redete wie ein Wasserfall, schniefte, räusperte sich, und fuhr dann wieder mit dem Putzlappen über das Edelstahlbecken.

»Wann hat dich Hausmann angerufen, Mutter?«

Irritiert schaute sie auf.

»Was fragst du? Wann er angerufen hat, willst du wissen? Letzte Woche, da warst du doch dabei. Elli war hier, das war der Tag, an dem sie das mit Klaus erfahren hat. Mein Gott, es kommt mir vor, als sei es eine Ewigkeit her.«

Sie holte Luft, bevor sie weitersprach, »in dieser Seniorenresidenz muss es wirklich toll sein«, schwärmte sie und Konstantin wunderte sich mal wieder über die Gefühlskälte seiner Mutter.

»Eine kleine Suite, ausgestattet mit teuren Hölzern und Teppichen. Die Badezimmer mit Dampfduschen. Kannst du dir das vorstellen? Alles vom Feinsten. Eugen hatte sich sogar ein Apartment mit Südwestterrasse gemietet. Toll. Medizinische Versorgung und Pflegekräfte im Haus, ein wunderbarer Koch, der früher im Elsass tätig war. Traumhaft. Aber Eugen konnte es sich leisten. Wenn nicht er, wer dann. Und wenn ich an früher denke…«

»Das heißt, du, ich und Elli, sowie die Leiterin des Stifts wussten, dass er wieder nach Neuss kommt.«

Konstantin musste den Redefluss seiner Mutter unterbrechen, er brauchte Fakten.

»Aber wer noch? Samstag ist er in die Residenz eingezogen, Dienstag ist er tot. Die Polizei geht von Gift aus.«

»Gift? Du meinst, du glaubst, das heißt, er ist umgebracht worden? Das glaub ich nicht. Mord? Unmöglich.«

»Leider doch, und mir haben sie die Story weggenommen.«

Sie drehte sich zu ihm um, den Lappen schmiss sie in das Spülbecken.

»Wer hat das gewagt? Warum hat man dir diese Story weggenommen? Du bist Konstantin Degen, dein Vater hat viel für diese Zeitung getan. Na warte, ich werde noch mal mit Oskar sprechen. Er war doch ganz begeistert, dass du diese Chance bekommst. Das ist deine Story!«

Ihre Stimme war immer lauter geworden. Empört beendete sie ihre Schimpftirade.

Besonders traurig war sie nicht über Hausmanns Tod, mehr schien sie sich wegen der Titelstory aufzuregen, die man ihrem Sohn weggeschnappt hatte.

»Oskar hat mir Urlaub empfohlen, und mir geraten, nach Mallorca zu fliegen.«

Er ließ den Satz im Raum stehen.

»Also das ist das Allerletzte, was du tun solltest. Du kannst nicht verschwinden. Du musst hier bleiben, und herausfinden, wer für Eugens Tod verantwortlich ist«, empörte sich Sybille. »Mallorca, so ein Quatsch, das kann auch nur einem Mann einfallen.«

»Vielleicht kann mir Sandra helfen, sie war ja vor Ort«, überlegte Konstantin laut. Aufmerksam schaute seine Mutter ihn an.

»Sandra? Wer ist Sandra?«, fragte sie.

»Kennst du doch, die aus meiner Klasse, die damals mit ihrer Mutter hier nach Neuss gezogen ist.«

»Ich erinnere mich. Die Mutter ist doch Kellnerin, oder? Alleinstehend? Kein guter Umgang, wenn ich mich recht entsinne. Naja, aber das weißt du ja selbst. Ich muss noch zu Elli rüber. Schauen, wie es ihr geht. Ob ich ihr davon erzählen soll? Oder ob sie das noch mehr in ihre Depression zieht? Aber so ein Mord kann auch ablenken.«

Konstantin verschluckte sich am Tee und begann zu husten.

»Ablenken? Ich dachte, Eugens Tod trifft dich tief«, wiederholte er irritiert.

»Es ist, wie es ist. Sterben müssen wir alle mal. Naja, schade ist es auf jeden Fall, aber ein netter Zeitgenosse war er eh nicht. Auch dein Vater war nicht immer nur gut Freund mit ihm. In dem Schuhkarton, den ich dir gegeben habe, findest du einiges über Hausmann. Vielleicht entdeckst du da eine Erklärung. Zu mir war Eugen allerdings immer sehr zuvor kommend.« Sie blickte zur Uhr. »Ich muss jetzt los.«

Sie entledigte sich ihrer Gummihandschuhe und hangelte den Schlüssel vom Schlüsselbrett.

»Soll ich mitkommen?«

»Nein, lass uns Frauen mal alleine. Da störst du nur.«

14. Kapitel

In Konstantins Zimmer wartete die Kiste auf ihn. Ein Stiefelkarton für derbe Schneeschuhe, wie das Bild auf der Kopfseite zeigte. Der Karton war schon ein paar Jahre alt, selbst er erkannte, dass der Stiefel nicht der aktuellen Mode entsprach. Er griff hinein und nahm die unsortierten Fotos und Postkarten heraus. Die Postkarten stammten alle von Eugen Hausmann, wie er feststellte. Auf den meisten waren berühmte Opernhäuser, sogar die New Yorker Carnegie Hall, abgebildet. Der Text war karg. »Gut« oder »Sensationell«. Als Unterschrift fand er E.H.

›Merkwürdiger Typ‹, dachte er erneut.

Kein persönliches Wort, noch nicht einmal schöne Grüße an Sybille. Seltsam. Es schien, als wolle Eugen Richard nur seinen Erfolg vor Augen führen. Dann fand er einen Schnellhefter, in dem Zeitungsausschnitte, Kritiken von Konzerten oder Kurzmitteilungen wie: »Eugen Hausmann gestern auf Mallorca gelandet. Er verbringt wie immer, drei Wochen Ferien auf der Insel« abgeheftet waren. Ein Interview war ausgeschnitten und auf weißen Karton geklebt worden. Konstantin fiel auf, dass Eugen Hausmann nie lächelte, sondern immer grinste. Spöttisch, als ob er sich über den Fotografen oder den Leser lächerlich machen wollte.

Er wühlte weiter und fand ganz unten kleine, schwarze Notizbücher. Neugierig nahm er eins zur Hand. Kalenderbücher, mit goldfarbenen Jahreszahlen auf der Vorderseite. 1960 bis 1988.

»Mein Gott«, rief er aus und nahm neugierig 1985, sein Geburtsjahr zur Hand.

Er ließ die Seiten durch seine Finger gleiten und suchte den Monat März. Täglich gab es Einträge, wenn auch nur über unbedeutende Kleinigkeiten.

»Heute schrecklicher Arbeitstag. Freu mich auf zuhause und meine Familie«, las er am 23.März.

Da war Konstantin gerade zwei Wochen alt. Er hatte kaum Erinnerungen an seinen Vater. Nur die Erzählungen seiner Mutter, aus denen er sich ein Bild gemacht hatte. Ein immer großzügiger, gut gelaunter, stets erfolgreicher Mann. Einer, der immer Zeit für seinen Sohn fand, mit ihm spielte, spazieren ging, im Wald Buden baute, Rehe beobachtete, ihm zuhörte, ihn unterstützte, ihn beriet, wenn er Probleme hatte. Er vermisste diesen Vater sehr, vor allem in den letzten Jahren, als er so orientierungslos durch die Welt irrte. Nicht nur in den letzten Jahren, immer noch. Wie sehr hätte er so einen Menschen jetzt um sich gebrauchen können!

Er las weiter in den Notizen.

»24.März: Er lächelt so gerne. Jedes Mal berührt es mein Herz, wenn der Kleine lächelt. Ein Wunder der Natur.«

»25.März: Ich liebe die beiden, es gibt nichts Wichtigeres auf der Welt!«

»26.März. Was soll dieses sinnlose Jagd nach Sensationen? Ist es die Erfüllung? Will ich das?«

Sein Vater hatte mit seinem Job gehadert? Das war ein Gedanke, der Konstantin nie gekommen wäre. Vielleicht war er ihm doch ähnlicher als er glaubte?

»02.April. E. hat sich als Pate angeboten. Unmöglich!«

Sein Pate? Seine Paten waren eine Schulfreundin seiner Mutter und ihr Mann, von denen er seit Jahren nichts gehört hatte. Tante Maria und Onkel Günther. Verblasste Erinnerungen. Wer war E.? Eugen Hausmann? Er blätterte weiter.

»26.September. Ich könnte schwören, K. hat heute Papa gesagt! R. Sitzung grausam. Könnte alles hinschmeißen.«

»1.Dezember. Bald ist Weihnachten. Mit Kindern bekommt es eine neue Bedeutung.«

Konstantin nahm ein älteres Exemplar zur Hand. 1960. Auch hier blätterte er durch. Ein roter Filzstifteintrag fiel ihm ins Auge.

»E. versteht es nicht. Muss weg. Kann ihn nicht decken.«

Das klang spannend. Immer vorausgesetzt, E. bedeutete Eugen Hausmann. Vielleicht wäre es eine Spur. Allerdings, E. könnte Emil, Eberhard, Ernst, Ewald oder etwas ganz anderes bedeuten. Ob er Oskar fragen könnte? Schließlich waren sie in der Zeit befreundet.

Nachdenklich betrachtete er die übrigen Kalender. Es gab auch das Jahr 1988. Sollte er, oder besser nicht? Hatte er über seine Krankheit geschrieben? Zögerlich nahm er das betreffende Jahr und hielt das Buch in der Hand. Er wollte es durchblättern, doch es fiel an einer Stelle automatisch auseinander.

»15.Juli 1988. War heute beim Arzt. Wie bringe ich es S. bei?«

»13.August. Die Schmerzen in der Brust sind unerträglich. Bekomme kaum Luft. Hab S. immer noch nichts erzählt. War mit K. im Zoo. Wie schade, dass ich nicht erleben werde, wie er aufwächst.«

»21.August. Mein Gewissen belastet mich.

E. sagt, nichts aufwärmen. Ist gut so, wie es ist.«

»22.September. Habe beschlossen, den Dingen ihren Lauf zu lassen. Habe Schuld auf mich geladen, kann nichts mehr ändern. Arme M., A. geht es gut. G. hat alles organisiert.«

Das war der letzte Eintrag. Tags darauf wurde Richard ins Krankenhaus eingeliefert, wo er drei Wochen später verstarb. Lungenkrebs. Konstantin schluckte. Er kannte den Verlauf der Krankheit von den Erzählungen seiner Mutter. Sie hatte ihm immer berichtet, dass sein Vater eine Erkältung gehabt hatte, die zu einer Lungenentzündung führte. Erst im Lukas-Krankenhaus hätten die Ärzte Lungenkrebs diagnostiziert. Und dann war alles zu spät gewesen.

Konstantin holte tief Luft. Wenn er die Aufzeichnungen richtig verstand, hatte sein Vater bereits viel früher gewusst, dass sein Zustand ernst gewesen war, und niemanden informiert. Konnte das sein? Das passte überhaupt nicht zu dem Bild, was er sich von seinem Vater gemacht hatte. Und wieso hatte er Schuld auf sich geladen? Es gab sicher eine ganz einfache Erklärung. Oskar, er musste mit Oskar reden. Er schaute zur Uhr und erschrak, dass es bereits so spät war. Sein Chef müsste jetzt zu Hause sein und vermutlich die Tagesschau gucken. Jedenfalls war er erreichbar, auch wenn ihm die Nachrichten heilig waren und er sich ungern stören ließ. Konstantin wählte die Nummer, ließ es klingeln, doch Oskar nahm nicht ab, weder am Festnetz, noch am Handy.

Und jetzt? Konstantin hatte das Gefühl zu platzen, er musste raus, mit Irgendjemandem reden. Auch bei Gernot erreichte er nur die Mailbox. Selbst Sybille wäre ihm jetzt recht gewesen, doch sie war noch bei der Nachbarin. Ihn beschlich das Gefühl, verrückt zu werden. Er nahm seine Jacke von der Garderobe, den Autoschlüssel vom Haken und fuhr in die Stadt. Heute Abend wollte er nicht Radfahren.

Er beobachtete die Menschen auf den Straßen. Stellte sich vor, wie es vor zweiundzwanzig Jahren gewesen war. Sicher waren auch da Ende August die Straßen für das Schützenfest geschmückt. Überall wehten die Fahnen, vereinzelt standen Schützen, zu erkennen an ihren Uniformen, in Gruppen zusammen. Klar, Gernot war mit seinem Zug unterwegs, deshalb nicht zu erreichen. Konstantin fragte sich, wieso er eigentlich nicht mehr im Schützenverein war. Dieser blöde Streit vor ein paar Jahren. Über - es fiel ihm nicht mehr ein - und dann war er aus dem

Verein ausgetreten. Niemand hatte ihn aufgehalten, scheinbar auch keiner vermisst.

Er parkte im Parkhaus der Kreisverwaltung an der Oberstraße. Hier fand er immer einen Platz, wenn er seine Mutter ins Landestheater begleitete oder das Hitch-Kino besuchte. Nichts erinnerte mehr an die Pracht des ehemaligen Horten-Kaufhauses. Nur im Gedächtnis der Neusser war es immer noch präsent.

»Lass uns bei Horten parken«, hörte man häufig. Für Nicht-Neusser verwirrend, Horten gab es seit Jahren in keiner deutschen Stadt mehr.

Konstantin machte sich auf den Weg zum Extrablatt. Vielleicht endete dieser fürchterliche Tag glücklich in einem Rendezvous. Sandra war ein nettes Mädchen, das ihm gut gefiel.

Auf dem Platz vor dem Café bereitete man Tribünen für die Parade vor. Die ganze Stadt fieberte dem Schützenfest entgegen. Für ein paar Tische vor der Eingangstür des Extrablatts hatte man noch Platz gefunden. Sie waren alle belegt, meist von Rauchern. Konstantin war dankbar für das Nichtraucherschutzgesetz. Er hatte nie angefangen, der Tod seines Vaters hatte ihn abgehalten.

Er blieb einen Moment im Eingang stehen, um sich einen Überblick zu verschaffen. Seine Hoffnung erfüllte sich nicht, keine Sandra an einem der Tische oder an der Bar.

»Hi, ein Alt«, bestellte er bei der weiblichen Bedienung.

Sie lächelte ihn an und nickte als Bestätigung, dass sie verstanden hatte. Es war laut. Seine Ohren brauchten einen Moment, um sich an das Stimmengewirr und die soulige Stimme, die aus dem Lautsprecher dröhnte, zu gewöhnen. Er nahm einen großen Schluck und schaute sich die anderen Gäste an. Das Publikum war gemischt – ältere Ehepaare in Kleid und Sakko, Jugendliche mit bunt gefärbten Haaren, Tattoos und Piercings und die Yuppies mit teurer Uhr am Handgelenk und Porscheschlüssel vor sich auf dem Tisch liegend. In der hintersten Ecke entdeckte Konstantin plötzlich den Menschen, den er am allerwenigsten treffen wollte. Seinen Kollegen, André E. Gruber. Unwillkürlich duckte er sich, um nicht gesehen zu werden. Seine Angst schien unbegründet. André saß mit einem jungen Mann zusammen, den Konstantin auf Anfang zwanzig schätzte. Er war sehr blond, erinnerte fast an einen Albino. Konstantin hatte ihn noch nie gesehen. Die beiden unterhielten sich angeregt, doch es war nicht zu übersehen, dass André bereits einige Bier getrunken hatte. Gerade in diesem Moment ließ er seinen Kopf auf die Tischplatte fallen. Konstantin wünschte sich an einen anderen Ort und betete, dass Sandra bald käme. Hoffentlich entdeckte ihn dieser Angeber nicht.

Er orderte ein zweites Bier und überlegte, wie er das Gespräch mit Oskar anfangen sollte. Wenn er am nächsten Morgen ganz früh in die Redaktion fuhr, hatte er gute Chancen seinen Chef alleine anzutreffen.

»Ach das ist ja mein Kollege!«

Diese verhasste Stimme. Seine Hoffnung, dass André ihn übersehen würde, blieb unerfüllt. Etwas wackelig auf den Beinen schritt André zur Toilette und streifte mit seinem Arm Konstantins Schulter. André sah wieder aus, als wäre er einem Männermodemagazin entsprungen. Braune weite Leinenhose, ein helles Poloshirt eines bekannten Designers.

»Ich komme gleich zu dir, dann reden wir mal Klartext!«, nuschelte er, bevor er hinter der Toilettentür verschwand.

Auf gar keinen Fall, dachte Konstantin und suchte mit der Kellnerin erneuten Blickkontakt; er wollte zahlen und raus! Sie schaute jedoch ständig an ihm vorbei. Als er sein Kleingeld zusammenkramte, um es einfach auf den Tresen zu legen, hörte er wieder Andrés Stimme.

»Da bisse ja noch, Kollege.«

Andrés Kumpel war verschwunden.

»Der hat's gut«, dachte Konstantin und hoffte, dass André ihn nicht zu lange nervte.

»Mein ach so überaus geschätzter Kollege! Mit einem so sauberen Herrn Vater. Fällt ja leicht, in diese Fußstapfen zu treten.«

Was redete er denn? Andrés Stimme wurde immer lauter und die Gäste blickten sich irritiert nach ihnen um.

»Lass es gut sein André. Komm, ich bring dich nach Hause. Dein Freund ist auch schon gegangen.«

André blickte ihn leicht schwankend an.

»Will nich nach Hause. Hab kein zu Hause.«

Die letzte Bemerkung flüsterte er fast. Sein Kopf fiel nach unten, die Schultern sackten zusammen. In diesem Moment fühlte Konstantin Mitleid mit ihm. Wie er da stand, hatte er nichts mehr von dem selbstbewussten jungen Starjournalisten, den er so gerne gab, sondern wirkte verletzt und angreifbar.

Die Bedienung blickte endlich auf und Konstantin zahlte.

»Für den auch?«

Sie zeigte mit dem Kopf leicht zur Seite.

»Ja, ich bring ihn nach Hause.«

Er schluckte, als er die Summe hörte, die sie addierte, und fragte sich zum zweiten Mal innerhalb kürzester Zeit, wie er es schaffte, ständig die Rechnung anderer zu zahlen.

Es gestaltete sich etwas kompliziert André zum Auto zu bringen. André schaffte keine drei gerade Schritte hintereinander. Immer wieder machte er einen seitlichen Ausfallschritt, blieb dann wieder stehen und schaute ihn entweder anklagend an, oder murmelte: »Ja, ja.«

Konstantin war genervt, er wollte seinen Rivalen so schnell wie möglich nach Hause bringen und griff ihm stützend unter die Arme. André weigerte sich vehement seine Hilfe anzunehmen.

»Kann ich alleine«, lallte er.

Der Weg zum Parkhaus zog sich hin. Konstantins Laune sank auf den Nullpunkt.

»Ein alter Mini!«, rief André aus.

Begeistert blieb er vor dem Kleinwagen stehen.

»Von so einem habe ich immer geträumt. Kultig! Ist das deiner? Ich dachte, du fährst nur Fahrrad.«

Konstantin wollte gerade zu einer Erwiderung ansetzen, doch André hörte nicht zu. Er bückte sich, um einen Blick unter das Auto zu werfen, geriet jedoch aus dem Gleichgewicht, wäre beinahe umgekippt. Im letzten Moment fing er sich, fand seine Mitte wieder und lächelte schief. Behutsam streichelte er die Zusatzscheinwerfer, klopfte gegen das Blech.

»Toller Zustand. Und der Motor? Zuverlässig?«

Konstantin kam aus dem Staunen nicht mehr heraus. Er wusste, dass André Porsche fuhr. Wie konnte man dann von einem achtzehn Jahre alten Mini mit einigen, zugegebener Maßen gut getarnten Rostflecken, aber unzuverlässigen Eigenleben träumen? Konstantin hätte gerne getauscht.

»Muckt ab und zu, aber im Moment ist er ganz treu. Wo soll ich dich hinbringen? Du siehst aus, als könntest du eine Couch vertragen, oder ein Bett«, antwortete Konstantin. Absichtlich vermied er zu erwähnen, dass der Wagen eigentlich seiner Mutter gehörte. Der Schnösel musste nicht alles wissen, seine Bewunderung für das Auto tat gut.

»Nee, lass mal. Nicht nach Hause. Dahin auf gar keinen Fall!«

Andrés Stimme wurde immer lauter und schallte in dem Betonbunker. Sie waren alleine in dem Parkhaus, niemand konnte sie hören.

»Das Leben ist doch ätzend im Moment! Nichts ist auf einmal mehr so, wie es war. In der einen Sekunde denkst du, alles ist grandios und in der nächsten steht dein ganzes bisheriges Leben Kopf.«

Konstantin staunte. Er kannte das Gefühl, was André gerade beschrieb. Wenn nicht er, wer dann? Aber der erfolgreiche Kollege? Was sollte dem denn passieren?

»Du denkst alles ist in Ordnung, machst Pläne, hast Träume. Und auf einmal, so mir nichts, teilt dir jemand etwas mit, was dein ganzes Leben verändert. Ein Satz und nichts ist mehr so, wie es war. Peng, Träume zerplatzt wie Luftballons. Weißt du es schon? Oder hast du es vielleicht die ganzen Jahre gewusst?«

Konstantin hatte angestrengt zugehört, um Andrés Lallen zu verstehen. Jedes Wort hatte seine Ohren erreicht, den Sinn verstand er jedoch nicht.

»Wovon redest du?«, fragte er ratlos.

»Alle haben mich belogen! Ich bin nicht der Sohn des erfolgsverwöhnten Geschäftsführers. Gesetzlich schon, doch nicht wirklich. Ich habe mich immer gefragt, warum ich so anders bin als mein Vater. Aber das bin ich wahrscheinlich gar nicht, allerdings habe ich meinen leiblichen Vater ja nie kennengelernt. Und jetzt ist er tot!«

André spie die Sätze heraus, blickte seinen Kollegen herausfordernd an.

»Was für eine Neuigkeit, oder? Ja, der große Gruber ist nicht mein leiblicher Vater, er hat mich adoptiert. Drei Mal darfst du raten, wer mein Erzeuger ist!«

Verblüfft antwortete Konstantin:

»Du willst doch nicht andeuten, ... heißt das, dass ... Hausmann...?«

André nickte. Mechanisch öffnete Konstantin die Fahrertür und nahm irritiert Platz. Was erzählte André da? Er war adoptiert und Hausmann sein leiblicher Vater?

Konstantins Gedanken überschlugen sich, die Neuigkeit warf plötzlich ein ganz anderes Bild - auf alles.

15.Kapitel

Gerlinde Gruber blickte in den Garten. Ihr war kalt, seit Tagen fühlte sie sich ausgelaugt, fand nachts keinen Schlaf. Ihre Falten um Augen und Mund vertieften sich, ihre Haut wirkte grau, das Haar glanzlos. Ihre Mühen, die Zeichen des Alters zu bekämpfen, waren angesichts der Katastrophe zwecklos. Sie, die immer soviel Wert auf ihr Äußeres legte, wirkte ungepflegt und alt.

›Schlafen, endlich mal wieder richtig schlafen‹, dachte sie. Die Tabletten halfen ihr dem Alltag zu entfliehen, versetzten sie in einen totenähnlichen Zustand, in dem sie keine Erholung fand. Das Aufwachen wurde von Morgen zu Morgen schlimmer. Von jetzt auf gleich war ihr Leben aus den Fugen geraten, ihre sorgfältig aufgebaute heile Welt lag in Trümmern vor ihr. All die Jahre war alles gut gegangen.

Gerlinde veränderte die Wahrheit von Jahr zu Jahr ein bisschen mehr, bis sie selbst daran glaubte. Die Vergangenheit war nur noch schemenhaft als Bedrohung aus ganz weiter Ferne zu ahnen, wie ein Meteor, der zwar riesige Ausmaße besaß, aber so weit entfernt von der Erde war, dass er nicht gefährlich werden konnte. Dass er plötzlich die Umlaufbahn verlassen hatte, hatte sie nicht bemerkt und die Wucht des Aufpralls legte ihre heile Welt in Schutt und Asche. Die Vergangenheit war wieder da. Ungeschönt, unverfälscht. Alles, was sie sorgfältig verpackt und in den Tiefen ihres Unterbewusstseins versteckt, säuberlich umhüllt und verschnürt hatte, war an die Oberfläche gekommen. Aber das Schlimmste war die Erkenntnis, dass sie es tief in ihrem Innern gewusst hatte. Es war nicht nur eine Ahnung, sondern Gewissheit gewesen, dass sich die Wahrheit nicht verdrängen ließ – sie fand immer ihren Weg. Trotzdem klammerte sie sich an den Gedanken, dass alles gut werden würde, hoffte, dass das Unvermeidliche nicht passieren würde. Doch dann war es vor ein paar Tagen soweit gewesen. Ohne Vorankündigung, es hatte keine dunklen Zeichen gegeben, die der Apokalypse vorangegangen waren. Sie fröstelte und zog den Gürtel ihres Morgenmantels fester um ihre Taille.

Man konnte seiner Vergangenheit nicht entfliehen, egal wie sehr man sie verdrängte.

Sie ging wieder ins Schlafzimmer und hörte ihren Mann gleichmäßig atmen. Wenigstens er konnte schlafen, ihn erschütterte nichts.

Josef Gruber hörte, wie sich seine Frau neben ihn legte. Er hatte Angst. Zum ersten Mal in seinem Leben fühlte er richtige Angst. Seine Frau hatte sich seit der Rückkehr Hausmanns verändert, sie wirkte wie ein Schatten ihrer selbst. Sie war verschlossen, sprach kaum mit ihm. Er wusste nie, wo sie sich aufhielt, wenn er im Büro war. Eine Frage hatte sich in seinem Kopf festgesetzt, die er nicht verdrängen konnte. Hatte seine Frau die Pralinen vergiftet und Hausmann gebracht? Er wusste nicht, über was er mehr entsetzt war: Dass er Gerlinde die Tat zutraute, oder, dass er kein Bedauern über den Tod eines Menschen empfand.

16.Kapitel

Der Mini sprang sofort an. Sie fuhren ziellos durch die Gegend, bis André beschloss, statt zu Hause im Hotel zu übernachten. Konstantin bog in die Hammer Landstraße ab, und fuhr am zukünftigen Rheinpark Center vorbei. Immer noch standen Kräne und Bagger vor riesigen Baulöchern und es fiel schwer, die gezeichneten Zukunftsvisionen mit dem jetzigen Zustand in Einklang zu bringen. Konstantin hielt vor dem geschmackvollen Gebäude. Fahnen flatterten im Wind, und der großzügig gestaltete Eingang wirkte einladend. ›Swissôtel Düsseldorf/Neuss‹ prangte in großen Buchstaben an der Außenfassade.

»Bist du sicher, dass die ein Zimmer für dich haben?«, fragte Konstantin skeptisch.

»Klar, der Name Gruber ist hier nicht unbekannt«, erwiderte André zynisch.

Jetzt saßen sie in der Bar des Hotels. Die Lounge war sehr modern eingerichtet. Ledersessel, in denen man zu versinken drohte. Gedämpftes Licht, moderne Gemälde an den Wänden und überdimensionale Blumengestecke, die farblich mit allen anderen Einrichtungsgegenständen harmonierten. Die Atmosphäre, die Kellner im schwarzen Anzug und Tablett auf der Handinnenfläche – kein Vergleich mit der lauten Atmosphäre des Extrablatts. Konstantin bestellte einen doppelten Espresso und André einen Whisky, Single Malt.

»Die ganzen Jahre hatte keiner den Mut gehabt, mir etwas zu sagen, aber alle haben es gewusst! Ich stelle mir immer vor, wie sie hinter meinem Rücken reden und tuscheln. Alle wussten es, nur ich nicht!«

Andrés Stimme wurde immer lauter.

›Seltsame Situation‹, dachte Konstantin. ›Unterschiedlich wie Tag und Nacht sind wir, und trotzdem kann ich nachvollziehen, wie er sich fühlt. Ich bin auch belogen worden.‹

»Belogen haben die mich, hintergangen. Alles Lüge«, flüsterte André nun wieder. Jetzt saß er wie ein Häufchen Elend in dem Sessel und stierte vor sich hin.

Konstantin nahm einen großen Schluck und verbrannte sich die Unterlippe. »Mist,« entfuhr es ihm.

André lächelte.

»Eigentlich bist du ganz nett, auch wenn ich das bei der Zeitung nie zugeben würde. In den letzten Tagen ist viel über mich hereingebrochen.«

André sprach wieder normal, verschluckte keine Endungen mehr. Er wirkte nüchtern.

»Die Ankündigung, dass Eugen Hausmann in Neuss seinen Lebensabend verbringen will, hatte bei mir nicht viel Überraschung ausgelöst. Nett, dass er nach Neuss zieht, hab ich noch bei mir gedacht. Ganz anders meine Eltern.«

Er stülpte seine Unterlippe nach vorne und stieß Luft aus.

»Meine Eltern - ist ja eigentlich falsch. Meine Adoptiveltern, wie ich jetzt weiß.«

Er nahm einen großen Schluck aus seinem Glas.

»Ich habe diese ganze Aufregung gar nicht verstanden. Bis sie mich Sonntagabend zur Seite nahmen und mir ganz feierlich etwas mitteilen wollten. Ich habe an alles Mögliche gedacht, Haus verkaufen und irgendwo am Meer etwas Neues kaufen, oder so was in der Art, aber was dann kam, hat mir echt den Boden unter den Füßen weggerissen. Sie fingen von ganz vorne an. Naja, meine richtige Mutter ist die jüngere Schwester meiner Mutter gewesen. Eugen Hausmann hat sie ins Unglück gestoßen – wie man so schön sagt. Meine leibliche Mutter hat sich umgebracht, mit Tabletten und die Schwester, die nette Frau Gerlinde Gruber hat mich aufgenommen. Weil sie ihre Schwester so geliebt hat. «

André blickte in die Ferne, nahm einen Schluck, bevor er weitersprach.

»Sie muss ganz anders als meine Mutter gewesen sein. Nicht so staubtrocken. Erklärt einiges. «

Er nahm noch einen großen Schluck. Es schien, als würde er von Schluck zu Schluck nüchterner.

»Weißt du, mein Vater, ich mein jetzt Eugen Hausmann, war kein netter Mensch, schon gar nicht zu Frauen, er nahm sie, wenn er wollte. So hat ihn mir mein Adoptivvater beschrieben. Meine Mutter muss ihn abgöttisch geliebt haben. Den Fehler hat wohl jede gemacht. Seine Musik war so unbegreiflich schön und gut, dass man sich nicht vorstellen konnte, dass er einen so durchtriebenen Charakter hatte. Einer wusste Bescheid, was er für ein Schwein war. Dein Vater.«

Konstantin schaute ihn völlig entgeistert an.

»Was erzählst du da? Das ist doch Blödsinn!«

»Nein. Es ist wahr, er hat ihn gut gekannt, oder? Deine Mutter hatte dir diese Exklusiv-Story verschafft, nicht wahr? Dein Vater hat dafür gesorgt, dass Hausmanns Name nicht in Verbindung mit dem Selbstmord meiner Mutter gebracht wurde.«

Andrés Glas war leer, und er bestellte noch einen Whisky.

»Für mich auch«, brachte Konstantin heraus.

Die Gedanken jagten durch seinen Kopf und er war unfähig einen klaren Satz zu fassen. Konnte das wahr sein? Ja, es konnte. Warum sollte André ihn anlügen? Außerdem hatte er in den Kalenderbüchern seines Vaters gelesen, dass er ein Geheimnis hütete. Aber war das Bild, das er sich von ihm gemacht hatte, tatsächlich so falsch? Er mochte es nicht glauben. Seine Mutter und auch Oskar Müller beschrieben einen ganz anderen Richard Degen. Ein Mann, der Ideale verkörperte. Irgendetwas war an dieser Geschichte mit Andrés Adoption seltsam, dieses Vertuschen passte nicht zu Konstantins Vater. Etwas sehr Wichtiges musste ihn dazu gebracht haben. Noch ein Rätsel, und Konstantin fühlte sich, als bewege er sich im Kreis und kam keinen Schritt vorwärts. Auf einmal hatte er von allem genug, von André, von Erinnerungen, von Träumen, die sich so langsam als Albtraum entpuppten. In einem Zug leerte er das Whiskyglas und genoss den Moment der Wärme, der ihn durchströmte. Entschlossen nickte er André zu, schoss aus dem Sessel hoch und floh aus der Lounge. André, die Kellner, sowie die anderen Gäste blickten ihm irritiert nach.

›Soll der Schnösel doch bezahlen‹, dachte er und setzte sich ins Auto.

Wohin sollte er? Was für ein schrecklicher Tag! Dreiundzwanzig Uhr, er sollte nach Hause fahren. Die Häuser in der Jostenallee lagen im Dunkeln. Trostlos, leblos, freudlos. Er fühlte sich wie der einsamste Mensch der Welt und ging hinein. Kein Fernseher lief, keine Lampe leuchtete, Sybille schien bereits zu schlafen. Er hatte noch nicht einmal mehr Lust die Notizen seines Vaters zu lesen.

›Sowieso alles gelogen!‹, dachte er und fiel in einen unruhigen Schlaf.

17. Kapitel

Eberhard Wurm spielte ungeduldig mit seiner Zigarettenschachtel.

»Soll ich, soll ich nicht?«

Im Polizeigebäude herrschte Rauchverbot, und seit Wochen versuchte er aufzuhören. Eigentlich seit einem halben Jahr, doch so einfach fiel es ihm nicht. Die Gewissheit einer vollen Packung in seiner Nähe half ihm, der Versuchung zu widerstehen. Jetzt kämpfte er mit sich, ob er nicht kurz nach draußen gehen sollte, heimlich, um seiner Sucht zu frönen. Viele seiner Kollegen hatten es geschafft, doch er wurde immer wieder rückfällig. Am Wochenende hatte er von Rauchentwöhnung unter dem Einfluss von Hypnose gelesen und überlegte ernsthaft an dieser Möglichkeit. Seine Kollegen spotteten nur noch, über seine Versuche Nichtraucher zu werden.

»Recht haben sie ja, es ist lächerlich.«

Er hatte unzählige Ratgeber gelesen zu dem Thema, Bücher verschlungen, Nikotinpflaster ausprobiert, Kaugummi als Ersatz genossen. Doch in schwierigen Phasen, die sein Job mit sich brachte, konnte er auf den Glimmstängel nicht verzichten. Sobald er das Streichholz entzündete, an die Zigarette hielt und den ersten Lungenzug nahm, fing sein Gehirn an zu arbeiten.

›Pure Einbildung‹, versuchte er sich jeden Tag einzureden, doch sein Körper und sein Gehirn sahen das anders.

Der Obduktionsbericht lag vor ihm. Eugen Hausmann war ermordet worden, wie bereits der Arzt vermutete mit einem Alkaloid namens Colchicin. Ein sehr tödliches Gift, welches in der Blüte, Stängel und Samen der Herbstzeitlosen vorkommt. Der Gerichtsmediziner hatte eine handschriftliche Notiz hinzugefügt: ›Sehr selten!‹

›Aha‹, dachte Wurm und erinnerte sich, dass sein bayrischer Kollege das Gift kannte.

Er las weiter:

»Die tödlichen Vergiftungserscheinungen treten erst nach drei bis sechs Stunden auf und äußern sich durch Brennen und Durchfall. Im Fall von Hausmann trat der Tod durch Atemlähmung ein.«

Der Kommissar verzog das Gesicht. Da hatte jemand Hausmann einen schmerzhaften Tod gewünscht. Automatisch griff seine rechte Hand zur Schachtel und er steckte sich eine Zigarette in den Mund, ohne sie anzuzünden. Trockenrauchen. Albern, doch er konnte es nicht lassen.

›Ich bin ein Aussätziger‹, dachte er und schämte sich nicht zum ersten Mal, dass er der letzte rauchende Kommissar in der Dienststelle war.

Wie demütigend!

Der merkwürdige Tod von Eugen Hausmann in dem Altersheim beschäftigte ihn weiter. Er kannte viele Altersruhesitze, aber das Haus ›Schöne Aussicht‹ war mit Abstand das luxuriöseste. Er hatte sich immer gefragt, wer sich das leisten konnte. Die Antwort hatte er heute Morgen bekommen. Weltberühmte Stars wie Eugen Hausmann. Im Internet fand er einige interessante Details zu seiner Karriere. Als Kind zeigten sich bereits seine musikalischen Fähigkeiten und mir zwölf Jahren spielte er sogar öffentlich eigene Kompositionen. Nach dem Abitur am Quirinusgymnasium ging er an die Berliner Hochschule für Musik. Es folgte ein kometenhafter Aufstieg. Er stellte die Musikwelt mit seinem außergewöhnlichen Talent auf den Kopf. Jahrelang tourte er durch die Welt, lebte abwechselnd in Amerika und auf Mallorca. Vor neun Jahren hatte er beschlossen, nicht mehr aufzutreten und es war still um ihn geworden. Irgendetwas musste ihn dazu gebracht haben, seinen

Lebensabend in Neuss zu verbringen. Es gab keine Familienangehörige mehr. Sein Anwalt und Manager, Helmut Spranger, hatte alles für ihn arrangiert und den erwartete er gleich. Es gab viele Fragen und er hoffte, endlich Antworten zu bekommen.

Und diesen Journalisten, Konstantin Degen, musste er auch noch auf den Zahn fühlen. Seine Mutter hatte ihm das Interview verschafft. Das war kaum zu glauben, warum sollte er ausgerechnet diesem Grünschnabel ein Interview gewähren? Und dann: Wer wollte ihn lieber tot als lebend sehen? Einen alten Mann, der seinen Lebensabend in Ruhe verbringen wollte.

Er packte die Zigarettenschachtel und spielte mit ihr.

»Verdammt, Fragen über Fragen!«, schimpfte er laut, als sich die Tür öffnete.

Sein bayrischer Kollege Franjo stieß die Tür zu seinem Büro mit einer Schulter voran auf, in seinen Händen hielt er ein Tablett mit zwei dampfenden Kaffeetassen und einem Teller mit Gebäck.

»Jetzt lass uns erst einmal stärken. Und pack die Schachtel weg. Du brauchst das nicht!«

Wurms Kollege dachte ständig ans Essen und Trinken. Am liebsten Deftiges, wie Wurst und Braten, dazu natürlich Weißbier. Wurm konnte nicht wirklich glauben, dass es in dem bayrischen Provinznest, aus dem Franjo kam, tatsächlich Bier wie Wasser getrunken wurde.

»Bin gespannt, was der Spranger zu sagen hat. Ich habe ihn ins Verhörzimmer eins bringen lassen.«

»Er ist schon da? Warum sagst du nichts? Keine Zeit zum Kaffee trinken und essen, wir haben zu arbeiten!«

Leise vor sich hin schimpfend machte er sich auf den Weg. Manchmal fragte er sich, ob alle Bayern so – ihm fiel das Wort nicht ein – doch, so eindimensional waren. Obwohl ihm die Erlebnisse in letzter Zeit gezeigt hatten, dass man Franjo nicht unterschätzen durfte. Er wirkte langsam im Denken, hinter der Fassade des behäbigen bayerischen Gehabes arbeitete ein brillanter Verstand. Und seine Ermittlungen hatten zu einigen respektablen Ergebnissen geführt. Nur seine Gelassenheit und Ruhe machten Eberhard Wurm wahnsinnig. Wie kam jemand auf die Idee, in aller Ruhe Kaffeeklatsch zu halten, während die vermeintliche Antwort seiner dringendsten Fragen im Nebenzimmer saß?

Vor der Tür straffte er sich noch mal, atmete tief durch, setzte sein sympathischstes Lächeln auf und öffnete die Tür.

»Guten Tag Herr Spranger.«

Er reichte ihm die Hand. Helmut Spranger war ein kleiner Mann, maximal maß er ein Meter und fünfundsechzig. Was nicht weiter auffiel, wenn er saß.

»Klassischer Sitzriese!«, fiel Wurm ein.

»Schön, dass sie da sind.«

Dann blieb der Kommissar still. Er beobachtete wie Spranger, erst freundlich lächelnd, dann immer nervöser werdend, auf dem Holzstuhl hin und her rutschte. Wurm blätterte in den Akten, räusperte sich. Entschuldigte sich, dass er noch auf seinen Kollegen warte. Spranger wurde immer unruhiger. Was nicht weiter verdächtig war, den meisten Unschuldigen erging es so. Nur ganz abgebrühte Kriminelle zeigten sich unbeeindruckt in einem Verhörzimmer, die Erfahrung hatte Wurm häufiger gemacht. In diesem Moment betrat das bayrische Urgestein, kauend, den Raum.

»Grüß Gott, zusammen. Dann wollen wir mal.«

Wurm war jedes Mal überrascht, wie der Bayer auf seine Umgebung wirkte. Übergewichtig und mit seinem bayrischen Dialekt kam er wie der nette Nachbar von nebenan daher. Mit dunkler Stimme sprach er sehr langsam, damit ihn die ›Preußen‹ überhaupt verstehen konnten. Dazu die karierten Hemden mit Hirschhornknöpfen – er war ein Original. Eine gute Taktik, denn nur wer genau hinschaute und sich von den Äußerlichkeiten nicht ablenken ließ, entdeckte den wachen Blick. Die meisten Menschen fassten rasch Vertrauen zu ihm, gerade die, die der Polizei mit Vorsicht begegneten.

Ein schneller, kurzer Augenkontakt. Sie verstanden sich mittlerweile ohne Worte, und durch ein Kopfnicken gab der Bayer den Startschuss für den einheimischen Kommissar.

»Herr Spranger, jetzt ist es amtlich. Eugen Hausmann ist an vergifteten Pralinen gestorben.«

Wurm machte eine Pause. Die Stille war greifbar und vier Augenpaare hefteten sich auf die Gesichtszüge Sprangers. Es gab viel zu sehen. Er riss seine Augen weit auf, öffnete den Mund, um ihn dann doch wieder zu schließen. Ein erneuter Versuch, eingeleitet durch ein Räuspern.

»Vergiftung? Aber wie? Wer? Und warum?«

»Das alles sind Fragen, die es zu klären gilt. Das ›Wie‹ kann ich ihnen gerne beantworten. Ihm wurden vergiftete Mozartkugeln untergejubelt. Jemand brachte sie als Geschenk verpackt an die Rezeption des Seniorenstifts. Frau Küsters gab ihm persönlich das Päckchen. Soweit sind wir mit unseren Ermittlungen.«

»Mozartkugeln? Eugen liebte Mozartkugeln. Er war süchtig nach den Dingern. Es konnte passieren, dass er eine komplette Packung innerhalb kürzester Zeit aufaß.«

»Wer wusste davon?«, fragte Wurm.

»Das war kein Geheimnis. Er hat es mal vor Ewigkeiten einem Reporter gegenüber erwähnt.«

»Sie haben bisher in Berlin gelebt. Was hat sie veranlasst nach Neuss zu ziehen?«

»Heimweh, glaube ich. Vor ein paar Wochen begann er über den Ort seiner Kindheit zu erzählen und dass er gerne dorthin zurück möchte. Ich nehme an, dass er zur Ruhe kommen wollte und ihm Neuss dafür perfekt schien.«

»Erzählen Sie mehr über ihn. Sie standen ihm sehr nahe?«, fragte Franjo Obermeier höflich.

»Ich arbeite seit dreiundzwanzig Jahren für ihn. Er hat eine Wohnung in Berlin, auf Mallorca und ein Ferienhaus in Miami. Er ist rastlos und liebt warme Gefilde. Wir sind auch außerhalb der Tourneen viel gereist. Seit ungefähr neun Jahren tourt er ja nicht mehr, doch ich bin in seinen Diensten geblieben, vielleicht kann man mich am besten als seinen persönlichen Kammerdiener verstehen. Er konnte nicht alleine sein, und brauchte jemanden, den er rumkommandieren konnte. Er ist hier geboren, hat bis zum Abitur hier gewohnt, aber nie hat er in all den Jahren, die ich ihn begleitet habe, von Heimweh gesprochen. Bis vor ungefähr zwei Monaten«, er verdrehte seine Augen nach oben als fände er die richtigen Antworten unter der Decke versteckt, »da meinte er völlig unverhofft, dass er seine Wohnung in Berlin aufgeben wollte und ins Haus ›Schöne Aussicht‹ umziehen wolle. Er wolle nach Hause. Später hatte ich in einer Zeitschrift einen Bericht über dieses exklusive Altenheim gelesen - ich glaube in der Vanity Fair oder war es GQ? Das muss ihn wohl inspiriert haben. Aber es musste das beste Zimmer im Erdgeschoss, diese kleine Suite mit Balkon und Parkzugang sein. Alles andere war indiskutabel. Sonst wäre er nicht hierhergekommen. Die Diskussionen mit Frau Küsters waren heftig, aber letztendlich hat Hausmann bekommen, was er wollte. So wie immer.«

»Sie sprechen von ihm, als wäre er noch am Leben.«

Spranger schlug sich die Hand vor den Mund. »Entschuldigung. Ich kann nicht glauben, dass er tot ist. «

»Erzählen Sie mir mehr von seiner Ankunft in Neuss. Soviel wie ich weiß, war das Zimmer oder die Suite besser gesagt doch bewohnt, oder?«

»Ja, so sagte man mir. Der bisherige Bewohner zog eine Etage höher, der Raum wurde nach Herrn Hausmanns Wünschen renoviert und der letzte Freitag wurde als Termin für den Umzug festgelegt. Ich bin mit dem Umzugsunternehmen angekommen und habe dafür gesorgt, dass alles nach Herrn Hausmanns Wünschen abläuft. Er kam dann am Samstag. Natürlich fand er etwas, was nicht ganz seinen Ideen entsprach, alles andere hätte mich auch sehr überrascht. Aber das waren Kleinigkeiten. Dass er jetzt tot ist ... ich kann es noch gar nicht glauben.«

»Sie waren sein Anwalt und Manager und in den letzten Jahren sein Faktotum. Was waren genau ihre Aufgaben? Wie müssen wir uns das vorstellen? Wie verlief sein aktives Leben? Was sollten sie hier in Neuss für ihn erledigen? Sie sind viel gereist? Ist ihnen etwas bekannt, ob etwas passiert ist, was seinen Tod erklären könnte?«

»Mein Gott, so viele Fragen! Ich beginne mit meinen Aufgaben: Ich habe sein komplettes Leben gemanagt. Ich war sein Mädchen für alles: Sekretär, Anwalt, Prellbock, suchen sie sich was aus. Ich sorgte dafür, dass sein Leben ohne Komplikationen ablaufen konnte. Dafür wurde ich bezahlt, und das gut.«

Die Kommissare blieben stumm, nickten nur auffordernd, damit Walter Spranger weiter erzählte.

»Er war kein einfacher Zeitgenosse. Als Musiker ist er genial gewesen, das kann ihnen jeder bestätigen, außerdem sprechen die vielen Auszeichnungen für sich. Doch er verstand es, Menschen gegen sich aufzubringen. Ich denke, es machte ihm Spaß. Noch mehr erfreute ihn dann zu beobachten, wie ich mich abmühte, die Wogen wieder zu besänftigen.«

»Haben sie Beispiele für uns? Gibt es einen Menschen, der ihnen einfällt, den er vielleicht besonders gegen sich aufgebracht hat?«

»Wo soll ich anfangen?«

Ein gequältes Lächeln begleitete die Frage.

»Ein zu Unrecht beschuldigtes Zimmermädchen, das passierte in jedem Hotel. Hausmann war ein unordentlicher Mensch, legte oft gedankenlos irgendwo etwas ab und fand es dann nicht wieder. Aber beschuldigte stets eins der Zimmermädchen und beschwerte sich bei der Hotelleitung. In allen Fällen stellte sich heraus, dass Hausmann den Gegenstand verlegt hatte. Doch er hat sich nie entschuldigt, ich beruhigte dann die Gemüter mit Geldzuwendungen. Das wirkt immer. Und Geld war nie ein Problem.«

Er machte eine Pause.

»Er hatte nicht viel übrig für seine Mitmenschen. War voller, wie nennt man das? Standesdünkel. Auch seine Konzertproben waren gefürchtet. Die Dirigenten standen entweder vor einem Tobsuchtsanfall oder Herzinfarkt. Hausmann pickte sich immer einen Musiker aus dem Orchester, meist den unscheinbarsten und beschimpfte ihn. Unterstellte ihm, dass er sein Handwerk nicht verstehe. Und sie können sich sicherlich vorstellen, wie ein schüchterner Mensch reagiert, wenn ihm ein Star bescheinigt, nichts zu können. Einige sind regelrecht unter seinen Beschimpfungen zusammengebrochen. Er hat die Wogen dann oft mit einer Einladung für alle in einer Bar geglättet, oder jedem ein teures Geschenk gemacht. Er genoss diese Machtdemonstrationen. Erst haben sie alle über ihn hinter seinem Rücken geschimpft, aber niemand traute sich, ihm etwas ins Gesicht zu sagen. Na, und wenn dann die Geschenke oder Einladungen kamen, gab es keinen der sie nicht angenommen hätte. Hausmann liebte es, die Menschen zu manipulieren.«

»Haben sie Namen für uns? Jemanden der besonders unter ihm gelitten hat?«

»So ad hock fällt mir keiner ein, ist ja alles schon eine Weile her und es waren so viele.«

»Sobald ihnen doch noch ein Name einfällt, melden Sie sich bei uns, ja? Was werden sie nun machen?«

Franjo Obermeier sprach zum ersten Mal in diesem Verhör.

»Ich werde mich zur Ruhe setzen. Ein paar Euros hat er mir vermacht. Das weiß ich, weil ich als sein Anwalt sein Testament verfasst habe«, bemerkte er hastig, als er den Blickwechsel zwischen den Kommissaren bemerkte.

»Herr Hausmann war sehr reich und mit der Erbschaft werde ich mein Auskommen haben. Parallel berate ich einen Konzern, hier in Düsseldorf. Bin ja Anwalt, damit ist mein Auskommen gesichert. Das Erbe sehe ich als Schmerzensgeld. Hausmann war kein angenehmer Arbeitgeber. Und ja, er hat viel Geld verdient und einen guten Riecher bei Aktien bewiesen. Er war nicht verschwenderisch und spenden tat er grundsätzlich nicht. Er lebte einfach, aber auf großem Fuß.«

»Hat er in den letzten Wochen anonyme Briefe bekommen? Gab es Feinde? War irgendetwas anders als sonst?«

»Feinde? Er hatte keine Freunde. Das trifft es eher. Aber er hatte in den letzten Wochen Geheimnisse. Ich weiß nichts Genaues, aber da war was im Busch. Ich ha es nur an Kleinigkeiten gemerkt. Er hat den Telefonhörer aufgelegt, wenn ich den Raum betrat, oder sprach auf einmal von etwas ganz anderem.«

»Haben Sie die Pralinen vergiftet?«

Franjo Obermeier fragte ganz beiläufig.

»Nein, natürlich nicht!«

»Danke Herr Spranger, sie haben uns erst mal mit vielen Informationen versorgt, die uns hoffentlich dem Täter näher bringen. Bitte halten Sie sich zu unserer Verfügung.«

»Wir stecken fest. Es gibt keine neuen Erkenntnisse. Nur eins ist jetzt sicher, die Pralinen waren tatsächlich mit Colchicin versetzt. Das Gift ist aus der Pflanze gewonnen worden, also nicht synthetisch hergestellt.«

Eberhard Wurm blickte aus dem Fenster in den Hinterhof des Polizeigebäudes. »Früher hat man Gichtkranke damit behandelt. Gerade jetzt blüht die Pflanze. Hat es eine besondere Symbolik? Herbstzeitlose? Darin steckt die Kraft des Alters oder so was in der Art …«

»Hmm, alles klar, Eberhard. Ein bisschen weit her geholt, oder? Geld! Das ist ein Motiv, und es ist genug vorhanden. Wer erbt? Was ist mit diesem Manager? Mein Gefühl sagt mir, er ist nicht koscher. Könnte ich drauf wetten!«

»Du spinnst doch, habt ihr das in Bayern immer so gemacht? Auf den Mörder gewettet?«

Eberhard war empört.

»Also, der Hausmann war steinreich, das haben wir herausgefunden. Penthousewohnung in Berlin, die wollte er vermieten, Finca auf Mallorca. Aktienpakete, Bundesschatzbriefe. Alles zusammen knapp drei Millionen. Ich frage mich nur, warum zieht Hausmann dieses Altenheim in Neuss dem Mittelmeer vor? Ich würde doch lieber in der warmen Sonne sitzen, als am verregneten Niederrhein.«

»Ich auch, da hast du recht. Seltsam. Aber er scheint ja ein verschlossener und nicht sehr menschenfreundlicher Mann gewesen zu sein. Wer weiß, was der vorhatte!«

»Und da sollten wir ansetzten! Warum Neuss? Vielleicht hat er tatsächlich Heimweh bekommen und wollte seinen Lebensabend in Neuss verbringen. Vergiss nicht, den Luxus der ›Schönen Aussicht‹ findet er nicht auf seiner Finca. Lasst uns mal in der Vergangenheit graben. Aber passt das zu ihm? Was war er tatsächlich für ein Mensch?«

»Wenn man den Erzählungen glauben kann, kein netter Zeitgenosse. Ein Ekel. Egoistisch, selbstsicher, kein Mitgefühl für irgendjemanden oder irgendetwas außerhalb seiner Person. Die Meinungen der Angestellten der Seniorenresidenz stimmen überein. Und er war dem jungen weiblichen Geschlecht nicht abgeneigt. So ein Grabscher, wie diese Sandra Becker erzählte. Wenn der schon immer so war? Er ist sicherlich dem ein oder anderen auf die Füße getreten.«

Franjo machte eine kleine Pause und strich sich eine Strähne aus dem Gesicht.

»Ich recherchier mal bei seinen alten Klassenkameraden, Lehrern. Er war am Quirinus. Da gibt es Listen Ehemaliger.«

Wurm wurde einer Antwort enthoben, denn plötzlich schwang die Tür auf. Natascha, ihre Assistentin, betrat den Raum.

»Ich hab Neuigkeiten!«

Triumphierend hielt sie ihre Notizen in die Luft.

»Es gibt ein Testament.«

»Ja sicher, vor Jahren wurde eins aufgesetzt. Der Manager erbt alles. « Wurm schaute seine Assistentin fragend an. Natascha fuhr fort.

»Das mag ja sein, aber Eugen Hausmann hat kurz vor seinem Tod ein neues geschrieben!«

Die beiden blickten irritiert auf.

»Wie jetzt, wo, ich versteh nicht, woher du das wissen willst. Wir haben in Hausmanns Zimmer nichts gefunden. Da war nichts«, antwortete Wurm.

»Konnte man auch so ohne Weiteres nicht sehen. So wie es aussieht, hat der Hausmann auf einem Block Briefpapier seinen Letzten Willen aufgeschrieben.«

»Und wo soll der gewesen sein? Hat er ihn noch mit der Post verschickt?«

»Das sieht nicht so aus, die SpuSi glaubt, er hat das Testament unmittelbar vor seinem Tod geschrieben und jemand hat es entfernt. Die haben nur die Durchschrift auf dem Block gefunden und«, sie machte eine kleine Pause, »Fingerabdrücke.«

»Fingerabdrücke sind gut«, bemerkte Franjo. »Die könnte man sogar verwerten. Wenn man Vergleichsabdrücke hätte«, fuhr er fort.

Auf einmal war es sehr still im Raum.

»Das bedeutet von den Angestellten und Bewohnern im Seniorenheim Fingerabdrücke zu nehmen.« Natascha stöhnte auf. »Bin gespannt, was dabei rauskommt. Aber wollt ihr gar nicht wissen, wer in dem Testament bedacht ist?«

Ihre Kollegen nickten gehorsam.

»Walter Spranger ist auch darin bedacht, allerdings nur mit fünfzigtausend Euro, die gleiche Summe geht an das Altenheim ›Schöne Aussicht‹ und der Rest, jetzt haltet euch fest, an André E. Gruber.« Triumphierend schaute sie ihre Kollegen an.

»Wer ist André Gruber?«

Eberhard Wurm blickte verwirrt seine Kollegen an. Natascha genoss, dass sie den beiden die sensationelle Nachricht mitteilen konnte.

»André E. Gruber ist der Sohn von Josef Gruber und Josef Gruber ist der Geschäftsführer der Niederrheinischen Morgenpost«, klärte sie auf.

»Versteht ihr die Testamentsänderung? Was soll das?«

»Keine Ahnung, aber vielleicht bringt uns ein Gespräch bei den Grubers und dem Altenheim weiter. Außerdem brauchen wir die Fingerabdrücke. Der Karl geht mit seinem Team ins Seniorenheim, und wir fahren zu den Grubers!«

Franjo Obermeier rieb sich die Hände.

»Vielleicht gibt's da auch Kuchen.«

»Du denkst auch nur ans Essen.«

Hauptkommissar Wurm schüttelte den Kopf.

»Und Natascha: Du begibst dich auf eine Zeitreise in die Vergangenheit. Finde alles, was es über den Hausmann gibt. Wer kannte ihn? Wer kann uns etwas erzählen? Lehrer, Schüler, Priester usw.«

Natascha verzog enttäuscht das Gesicht, als die Kollegen den Raum verließen. Nicht ein Wort des Dankes oder des Lobes. Danke Natascha, das war gute Arbeit! Du bist die Beste! Sehr unwahrscheinlich, dass sie das in diesem Leben von ihren Kollegen hören würde!

18. Kapitel

Oskar Müller war ein Frühaufsteher, der für die Morgenpost lebte. Er war alleine, hatte weder Frau, noch Freundin, die ihn daran hinderten. Wenn er nicht für die Zeitung arbeitete, hantierte er in seinem kleinen Garten. Wie Konstantins Vater hatte er als Jugendlicher hier im Haus seine Lehre begonnen. Durchlief alle Abteilungen und erlebte sämtliche Veränderungen der letzten Jahrzehnte innerhalb der Zeitung. Richard wäre von den Erneuerungen überwältigt gewesen. Oskar sah die technologische Entwicklung zwiespältig und mit wachsender Sorge. Die Arbeit war leichter geworden, aber man benötigte immer weniger Mitarbeiter für mehr Arbeit. Wo sollte das hinführen? Aber in den frühen Morgenstunden war es fast wie früher, er genoss die Ruhe im Bürohaus, die endlos langen Gänge, die um diese Uhrzeit verwaist wirkten. Zwei Stunden später glichen dieselben Gänge einem Bienenstock.

Konstantin saß bereits, einen dampfenden Kaffeepott vor sich, ihm gegenüber. ›Wie wenig ähnlich er seinem Vater sieht!‹, dachte Müller zum wiederholten Male, während er die Papiere ordnete und sortierte, die sich auf seinem Schreibtisch stapelten.

»Ich bin noch meilenweit von einem papierlosen Büro entfernt«, lachte er. »Hab´s aber gleich.«

Oskar Müller trug, wie jeden Tag, ein weißes Hemd und dazu eine dunkle Hose. Schwarze oder braune Lederschuhe und einen farblich passenden Gürtel. Im Winter trug er stets einen Strickpullover über seinem Hemd, im Sommer beschränkte er sich darauf, die Hemdsärmel akkurat bis zur Ellenbogenbeuge hochzukrempeln.

Konstantin empfand die Zusammenarbeit mit Müller stets als angenehm. Er lernte viel von ihm und erfuhr in Nebensätzen immer etwas über seinen Vater. Oskar liebte es, von der Vergangenheit zu sprechen.

»Was kann ich für dich tun, Konstantin? Wolltest du nicht wegfahren? Du nimmst doch Urlaub, oder? Für den Urlaubsantrag hättest du nicht unbedingt vorbei kommen müssen, das weißt du doch«, sagte Oskar Müller in väterlichem Tonfall.

»Gestern ist viel passiert und ich habe einiges erfahren. Ich brauche jemanden der mir etwas von früher erzählt. Ohne Lügen.«

Konstantin machte eine Pause und beobachtete Oskar genau. Der Chefredakteur schaute erstaunt.

»Also los, ich versuche es.«

»Sybille gab mir einen Karton mit den alten Kalenderbüchern Richards. Er war ja mit Eugen befreundet. Du eigentlich auch?«

»Befreundet wäre zu viel gesagt. Hausmann war ein solcher Egoist, mit dem konnte man nicht befreundet sein. Er hatte Bewunderer, oder solche, die er ausnutzte. Aber keine Freunde.«

»Aber wozu zählte dann mein Vater? Ich kann mir nicht vorstellen, dass er ein unkritischer Fan war oder sich ausnutzen ließ. Das stimmt nicht mit den Erzählungen überein.«

»Nein, was das genau war, was deinen Vater mit diesem Hausmann verband, kann ich dir nicht sagen. Seltsam. Aber ich glaube wirklich, dass dein Vater der einzige Mensch war, der Eugen die Meinung sagen konnte. Die Wahrscheinlichkeit, dass er auf ihn hörte, war größer als bei jedem anderen. Was hast du entdeckt?«, erkundigte er sich.

»Postkarten von Hausmann, aus allen Teilen der Welt, alle unterschrieben mit E.H. Kein einziges persönliches Wort. Die Kalender habe ich nur überflogen, doch 1988 bin ich über etwas gestolpert.«

»1988? Sein Todesjahr. Was irritiert dich?«

»G. hat alles in Ordnung gebracht. A. geht es gut. M. kann ich nicht mehr helfen. Hast du eine Ahnung, was das bedeuten kann?«

Oskar stand auf und drehte ihm den Rücken zu.

Konstantin fuhr fort. »Und dann treffe ich gestern Abend André E. Gruber zufällig. Völlig betrunken, und er erzählt mir, dass er von Gruber adoptiert wurde. Dass Eugen Hausmann sein Vater war - und das Beste von allem ist, dass mein Vater das gewusst hat und aktiv daran beteiligt war, die ganze Geschichte unter den Teppich zu kehren.«

Seine Stimme wurde immer lauter.

Oskar antwortete mit belegter Stimme:

»Ja, ich denke, dann weißt du alles.«

»Wie ich weiß alles? Nichts weiß ich. Was soll das alles? Ich verstehe gar nichts!«

Oskar räusperte sich und atmete tief ein bevor er zu sprechen begann.

»Eugen Hausmann war bereits als Schüler ein grandioser Pianist. Er hat etliche Schulkonzerte gegeben, am liebsten Mozart gespielt, daher sein Spitzname Mozart. Aber auch Schumann, Brahms oder Liszt. Ich weiß nicht, ob du klassische Musik magst, aber er ist richtig gut gewesen, hatte bereits als junger Mann einen wahnsinnig großen Erfolg. Nur, menschlich, hatte er Defizite. Vor allem in Bezug auf Frauen. Er hatte viele Verehrerinnen, und wir dachten, dass ihm das zu Kopf gestiegen ist. Selbst ganz junge Mädchen himmelten ihn an. Dein Vater hat sich mit Eugen immer gut verstanden, die beiden standen sich sehr nah. Bis sie einen fürchterlichen Streit hatten. Das war in dem Jahr, in dem Eugen nach Berlin gezogen ist. Er hatte einen Studienplatz an der deutschen Hochschule für Musik, aber das weißt du sicher.«

»Ja, davon hab ich gehört.«

»Er ist manchmal nach Neuss gekommen, um seine Eltern zu besuchen. Nicht oft, ich glaube, die hatten keine engen familiären Bindungen. Bei einem dieser Besuche ist es dann zu einem Vorfall gekommen. Davon wissen nur ganz wenige Menschen.«

Oskar Müller sprach monoton und emotionslos über die Vergangenheit, wie ein Nachrichtensprecher.

»Eugen war zu diesem Zeitpunkt bereits sehr bekannt, und hatte kurz vorher eine Auszeichnung erhalten. Ich meine den Robert-Schumann-Preis. Dein Vater hat auch darüber berichtet, im Archiv müsstest du noch was darüber finden. Eugen sah immer noch blendend aus, die Mädchen umschwärmten ihn. Unter anderem auch die Schwester von der Frau unseres obersten Chefs. Monika hieß sie. Ein bildhübsches Mädchen.«

Er blieb einen Moment still, als würde er in der Vergangenheit versinken.

»Sie war ein Mensch, für die es nur schwarz oder weiß gab. Wenn sie etwas machte, stand sie zu einhundert Prozent dahinter. Sie war bereit für Eugen alles aufzugeben und mit ihm zu gehen. Sie muss ihn mit Briefen bombardiert haben, besuchte jedes seiner Konzerte und versuchte ihm aufzulauern. Heute würde man sie wohl wegen Stalkens belangen. Es muss sehr lästig gewesen sein. Eugen machte sich darüber lustig und bei einem seiner Besuche hier in Neuss muss es dann passiert sein. Monika glaubte sich am Ziel ihrer Träume, für Eugen war es nur ein Abenteuer. Als sie dann schwanger wurde, dachte sie tatsächlich, dass er sie heiraten würde. Er ließ sie fallen und sie ist zusammengebrochen. Sah wohl keinen Sinn mehr in ihrem Leben. Das hat Eugen überhaupt nicht interessiert, Geld hat er ihr angeboten, um das Kind abtreiben zu lassen. Grubers waren schon verheiratet und warteten vergeblich auf Nachwuchs. Gerlinde Gruber hat sich sehr um ihre Schwester gesorgt, und sich um sie gekümmert. Es sah so aus, als habe sie sich gefangen, doch nach der Geburt hat sich Monika mit einer Überdosis Tabletten umgebracht. Für die Grubers war es klar, dass sie den Jungen aufnehmen und als ihr Kind aufziehen.«

»Deshalb André E, wie Eugen?«

»Nehme ich an. Dein Vater hat sich das übrigens sehr zu Herzen genommen.«

»Er wusste damals schon, dass er krank ist. Ich habe es in den Kalendern gelesen. Aber warum hat er es verschwiegen? Als Strafe? Ich verstehe das nicht.«

»Wirklich? Ich nehme an, er glaubte, er sei verantwortlich für den Selbstmord Monikas. Schließlich hatte er den Vorfall mit dem jungen Mädchen Jahre vorher vertuscht. Ich habe geahnt, dass er über den Ernst seiner Krankheit Bescheid wusste, war mir aber nicht sicher. Dein Vater konnte sehr zugeknöpft sein.«

Konstantin schwieg und starrte auf einen Fleck an der Wand hinter Oskar. Er sprach sehr langsam, betonte jede Silbe.

»Weißt du eigentlich, was das alles bedeuten kann? Dass vielleicht einer der Grubers mit dem Tod Eugen Hausmanns zu tun hat. Unser Chef, der nicht will, dass die Geschichte an die Öffentlichkeit kommt. Oder er befürchtet, dass seine Frau ihre Schwester gerächt hat. Seine Frau hat Angst, dass André sich von ihr abwendet. Sogar André - alle kämen infrage. Dass ich in Urlaub geschickt werde, passt auch zu der Geheimniskrämerei. Alles ein abgekartetes Spiel. Wie damals, nur mit dem Unterschied, dass mein Vater davon gewusst und mitgespielt hatte. Und alle anderen ihren Mund hielten. Das wird jetzt nicht passieren, darauf kannst du dich verlassen.«

Oskar nickte nur. Konstantin sprang von seinem Stuhl auf und lief aufgeregt hin und her. Sein Gesicht nahm eine rote Farbe an, aber seine Stimme klang ernst und feierlich.

»Ich fahre nicht weg. Ich werde den Mörder zur Strecke bringen, darauf kannst du Gift nehmen.«

Draußen stieß er mit seinem Fuß vor einen Stein, der im Weg lag. Sein Entschluss stand fest, doch wo sollte er mit seinen weiteren Recherchen beginnen? Wer konnte ihm Auskunft über früher geben? Seine Gedanken wanderten zu Sandra. Und von dort zu dem Altenheim und seinen Bewohnern. Es wäre ein Anfang, mit diesem Herrn Kunz zu reden, ob der wirklich ohne Reue seine Suite für Hausmann geräumt hatte. Und wenn er Sandra traf, umso besser!

19.Kapitel

Frau Herkenrath sah ihn genauso herablassend an wie beim ersten Mal. Auch wenn ihr Gesichtsausdruck »Was wollen Sie denn hier?« sprach, formte ihr Mund die höfliche Frage:

»Was kann ich für sie tun, Herr Degen?«

»Ich würde gerne Herrn Kunz besuchen, natürlich nur, wenn sie nichts dagegen haben.«

Sein süffisantes Lächeln quittierte sie mit einer hochgezogenen Augenbraue. »Nehmen Sie bitte einen Moment Platz, ich lasse anfragen, ob er Sie sehen will. Unsere Gäste dürfen entscheiden, wen sie sehen wollen«, erwiderte sie in einem arroganten Tonfall.

»Wenn die Gäste entscheiden und nicht irgendjemand, der ihnen einen Maulkorb verpassen will, ist es ja in Ordnung«, murmelte Konstantin.

Seine Antwort ließ auch die zweite Augenbraue hochwandern.

Konstantin hatte es sich gerade in dem eleganten Ledersessel bequem gemacht, als Herr Kunz in seinem Rollstuhl zu ihm geschoben wurde.

»Guten Morgen!«

Eine kräftige Stimme, die nicht zu dem gebrechlich aussehenden Mann passen wollte, begrüßte Konstantin.

»Herr Degen, ich freue mich, sie kennenzulernen.«

»Wieso wissen sie, wer ich bin?«, staunte Konstantin.

»Na, zum einen hat Frau Herkenrath Sie so angekündigt, natürlich noch mit dem Zusatz, das ist der, dem wir diesen Schlamassel zu verdanken haben, zum zweiten finde ich das alles total aufregend. Diese Ereignisse sind ein richtiger Jungbrunnen für mich. Dass ich das noch in meinem Alter erleben darf!«

Seine Augen funkelten.

»Sie hören sich nicht so an, als würden Sie den Tod von Herrn Hausmann sehr bedauern.«

Herr Kunz schnaubte erbost.

»Nein, das tue ich auch nicht. Ich habe ihn als ekelhaften Widerling kennengelernt und wage zu behaupten, dass er tatsächlich über Leichen gegangen wäre. Natürlich nur bildlich gesprochen. Jetzt ist jemand über seine Leiche gegangen.«

»Sie hatten Schwierigkeiten mit ihm, nicht wahr?«

Herr Kunz nickte heftig.

»Sie sprechen auf den Zimmertausch an? Ja, die ursprünglichen Zimmer waren perfekt mit dem Rollstuhl zu befahren. Nun muss ich in den ersten Stock. Natürlich ist es mit dem Aufzug kein Problem, aber die Erdgeschosszimmer hatten Vorteile. Ich konnte von der Terrasse direkt in den Park fahren. Es ist jetzt etwas umständlicher, doch die Aussicht vom Balkon ist besser. Und auch noch preiswerter. Unterm Strich habe ich sogar ein Geschäft gemacht.«

Sein Gesicht strahlte.

»Ist es denn für Sie so wichtig, ein Geschäft zu machen? Ich meine, sie können ihren Lebensabend genießen, finanziell sind Sie doch unabhängig, oder?«

Er blickte Konstantin streng an.

»Junger Mann, wenn Sie so denken, werden Sie es nie zu etwas bringen. Mein Lebensmotto war immer, das Beste für mich aus allen Lebenslagen herauszuholen. So halte ich auch heute noch. Das ist wie das Salz in der Suppe.«

Er blinzelte ein wenig mit den Augen, als die Sonne durch die Gardine auf sein Gesicht schien.

»Schieben Sie mich in den Park, dann können wir ungestört reden. Sie wollen mich doch ausfragen, oder?«

Während Konstantin den Rollstuhl durch den Park schob, erklärte Herr Kunz ihm den Ursprung jeder Blume, jedes Strauchs inklusive des lateinischen Namens. »Botanik ist seit jeher mein Steckenpferd. Ich liebe die Pflanzen, die Bäume ohne die wir Menschen nicht lebensfähig wären. Schauen Sie mal, die Pflanze da vorne. Die beginnt jetzt bald zu blühen. Im Sommer ist sie braun, unscheinbar und hässlich. Im Winter und Frühling lässt sie sich gar nicht blicken sondern wächst im Untergrund, im Verborgenen. Eine interessante Pflanze. Und schauen Sie jetzt Ende August, wenn die Blütezeit vieler Pflanzen sich dem Ende neigt, kann man sich an ihrer Schönheit erfreuen. Wissen Sie wie die Pflanze heißt?«

»Ich habe keine Ahnung!«

Konstantins einzige Berührungspunkte mit der Botanik waren die leidigen Versuche, den Rasen grün zu halten. Er fand Wildwiesen toll, auf denen man jegliches Unkraut, was man so Unkraut nannte, wachsen ließ. Doch auch wenn seine Mutter ihm viel durchgehen ließ, in Sachen Rasen war sie unerbittlich. Rasenmähen war sein Job. Was die Blumen anging, konnte er gerade mal eine Tulpe von einer Rose unterscheiden. Und die Tanne von der Eiche. Herr Kunz fuhr fort in seinem Monolog:

»Sie sollten sich mehr mit der Symbolik der Pflanzen beschäftigen. Es ist doch interessant, dass in einem Altenheim eine Blume angepflanzt wird, die im Herbst ihre Hochzeit hat. Mir ging es auch noch nie so gut wie hier. Ich bin zwar nicht mehr so mobil wie vor einigen Jahren, aber heute weiß ich das Leben zu genießen. Ich habe hart gearbeitet und vieles in Kauf genommen. Ich war ein Workaholic. Meine Familie hat nicht viel von mir gehabt. Es erschien mir immer erstrebenswert zu arbeiten, meist zwölf bis fünfzehn Stunden am Tag. Und was ist mir geblieben? Das Geld, zum Glück, sonst könnte ich mir das hier nicht leisten.«

Er seufzte.

»Mein Sohn ist tödlich verunglückt, meine Frau hat mich verlassen. Nun ja, was soll's.«

Traurigkeit verhüllte seinen Blick und er blieb stumm. Konstantin überlegte, wie er das Gespräch wieder auf Eugen Hausmann bringen sollte. Die Botanik und ihre Symbolik interessierten ihn überhaupt nicht. Aber es widerstrebte ihm, die Erinnerungen des alten Herrn zu unterbrechen. Wer hörte ihm schon sonst zu? Herr Kunz war sympathisch, er ließ ihn in seinen Erinnerungen schwelgen, irgendwann käme er wieder auf Hausmann.

»Die ist giftig.«

Konstantin blickte erschrocken auf, er hatte nur mit einem halben Ohr hingehört.

»Bitte?«

»Ich langweile Sie, Sie passen nicht auf, junger Mann. Ich sagte, sie ist giftig. Hochgiftig.«

»Wer ist giftig?«

»Na die Herbstzeitlose. Die Blume, von der ich Ihnen gerade erzählt habe.«

»Aha.« Konstantin fragte sich gerade, ob der ältere Herr nicht doch ein wenig verschroben war.

»Ich bekomme viel mit, was hier im Haus so passiert. Hausmann ist vergiftet worden, mit diesen Pralinen. Ich habe gehört, wie die Kommissare von Colchicinvergiftung sprachen. Das ist der giftige Wirkstoff der Herbstzeitlosen Bekommen Sie jetzt den Zusammenhang, oder soll ich es Ihnen aufmalen?«

Konstantin blieb abrupt stehen.

»Ich verstehe nicht recht, Herr Kunz. Was wollen Sie sagen? Dass ein Bewohner oder ein Angestellter aus diesem Haus ihn umgebracht hat?«

»Ich will gar nichts andeuten, wollte Ihnen nur meine Beobachtungen mitteilen. Habe gedacht, Sie sind cleverer. So wie Ihr Vater.«

»Mein Vater? Kannten sie ihn denn?«, erkundigte sich Konstantin neugierig.

»Halten Sie mal an, hier unter der Trauerweide. Ich liebe diesen Baum. Ist es nicht schön, wie die Zweige herab hängen und sich im Wind bewegen? Die meisten Menschen verbinden mit diesem Baum Friedhof, aber für mich bedeutet sie nur Ruhe. Kommt vielleicht auf das Gleiche raus. Dieser Teich ist auch wunderbar angelegt, nicht wahr? Frau Küsters hat einen ausgesprochen guten Riecher für perfektes Personal, egal ob es sich um Pfleger, Gärtner oder Küchenpersonal handelt. Das hätte ich mir früher auch gewünscht. Hatte ein paar Mal reingepackt. Man schaut den Menschen vor den Kopf und nicht hinein. Naja, Lehrgeld hat wohl jeder in seinem Leben bezahlen müssen.«

Konstantin parkte den Rollstuhl und genoss die Aussicht. Vögel zwitscherten, zwei Enten schwammen auf dem Teich, die Zweige des Baumes bewegten sich leicht im Wind. Idylle. Kaum zu glauben, dass dies die Kulisse für einen Mord war.

»Ihrem Vater hatte ich es zu verdanken, dass ich damals nicht bankrott machen musste«, fuhr Herr Kunz fort. »Ich hatte einen windigen Bauleiter eingestellt. Ich war sehr erfolgreich gewesen, hatte große Aufträge, nicht nur in Neuss, sondern auch im Ausland. Aber dieser Mensch hätte mich fast um Kopf und Kragen gebracht. War ein fähiger Journalist Ihr Vater. Und Sie wollen in seine Fußstapfen treten?«

Konstantin war beeindruckt von der Begeisterung, mit der Herr Kunz über Richard Degen redete. War vielleicht gar nicht so schlecht, Journalist zu sein? Ob später mal jemand auch so über ihn sprechen würde, Jahre nach seinem Tod? Er musste sich eingestehen, dass ihm diese Vorstellung gefiel.

»Ja, ich möchte so sein, wie er«, sagte er und ein warmes Gefühl breitete sich in seiner Brust aus.

In den Augen des alten Mannes glitzerte es.

»Sie sind auf dem besten Weg, glauben Sie mir. Ich wünschte ich hätte auch einen Sohn, der mir nacheifern wollte.«

Es war ein wunderschöner Spätsommermorgen. Die Sonne spiegelte sich im Teich, die Zweige der Trauerweide tanzten im Wind. Herr Kunz und Konstantin schauten einträchtig ins Wasser, jeder in seine Gedanken versunken.

»Mein Vater ist gestorben, als ich drei Jahre alt war, ich weiß nicht viel von ihm. Ein paar Erinnerungen sind da, aber das können auch die Erzählungen meiner Mutter sein, die ich als meine adaptiert habe. Ich habe vor Kurzem alte Notizbücher meines Vaters in die Hand bekommen. In denen hat er seine Gedanken aufgeschrieben. So unähnlich sind wir uns gar nicht.«

Er schwieg einen Moment.

»Er war mit Eugen Hausmann in jungen Jahren befreundet. Mir erscheint es so sonderbar. Soweit ich herausfinden konnte, war er kein angenehmer Zeitgenosse, ist es nie gewesen. Ich weiß gar nicht, was die beiden verbunden hat«, fragte sich Konstantin.

»Ihr Vater wird schon einen Grund gehabt haben. Er war ein guter Mensch. Hausmann kenne ich nicht, nur das, was man von ihm in der Zeitung gelesen hat. Er muss ein genialer Pianist gewesen sein. Aber menschlich ein Ekel. Ich glaube fest daran, dass jeder Mensch etwas Gutes in sich trägt. Mit Sicherheit auch Hausmann. Ihr Vater wird auch in Hausmann etwas gesehen haben, das den anderen verborgen geblieben war.«

Wieder schwiegen sie.

»Woran ist ihr Sohn gestorben?«, wagte Konstantin zu fragen.

»Er hatte einen Motorradunfall.« Kunz fiel es schwer, darüber zu reden.

»Meine Frau hatte ihm das Motorradfahren verboten und ich habe ihm heimlich eins gekauft. Ich fand der Junge sollte auch mal Spaß haben und nicht nur lernen. Dann ist er im Sommer fünfundsiebzig tödlich verunglückt. Eine Kurve zu schnell genommen. Gegenverkehr. Er war sofort tot. Kurz darauf ließ sich meine Frau scheiden. Es war ihr nicht möglich, mir zu verzeihen. Wie denn auch, ich mache mir tagtäglich Vorwürfe.«

»Kommt Sie denn nie jemand besuchen?«

»Doch, doch, die Kinder meines Bruders, Nichte und Neffe, ich bin der Erbonkel, Sie geben mir das Gefühl, sie hätten mich gern. So ist das, wenn man alt ist«, lachte er gekünstelt auf. »Bringen Sie mich zurück, ich könnte jetzt eine kleine Stärkung gebrauchen. Der Koch bereitet hervorragende Kleinigkeiten zu. Ich lad sie ein, wenn Sie mögen.«

»Das ist ausgesprochen nett von Ihnen, doch ich muss noch ein paar Dinge erledigen. Darf ich sie ins Haus zurückschieben?«

»Gerne, und besuchen sie mich mal wieder. Ich habe die Unterhaltung sehr genossen.«

Sie verabschiedeten sich mit einem festen Händedruck und Konstantin nahm sich fest vor, Herrn Kunz öfter zu besuchen.

Nachdenklich ging Konstantin zum Ausgang. Diese giftige Pflanze konnte ein Anhaltspunkt sein. Hatte Kunz recht, wäre es ein Hinweis darauf, dass der Mörder von Hausmann irgendwann verletzt worden war. André hätte ein Motiv - Rache für den Tod seiner Mutter. Eigentlich glaubte Konstantin nicht an diese Möglichkeit. Wer käme noch infrage? Jemand von früher? Weil er nach Neuss gezogen war? Wer wollte ihn hier nicht sehen? Plötzlich fiel Konstantin das Geld ein. Er hatte es verdrängt, weile es überhaupt nicht in das Ganze passen wollte. Wofür waren die fünfzehntausend Euro gedacht gewesen? Wem hatte Eugen sie gegeben, oder waren sie entwendet worden? Er konnte nicht behaupten, dass ihn die Flut seiner Gedanken weiterbrachte. Ganz im Gegenteil, je mehr Informationen er bekam, desto verworrener wurde die Situation.

»Du schon wieder hier?«, hörte er eine Stimme hinter sich.

Sandra kam näher und schlug ihm mit ihrer Hand auf die Schulter.

»Ich hab Pause und brauche ein bisschen Luft und Bewegung. Hast du Lust mit an den Rhein zu gehen? Hab eine halbe Stunde Zeit.«

Die Aussicht mit Sandra Zeit zu verbringen, wenn auch nur eine halbe Stunde, war verführerisch. Außerdem liebte Konstantin den Rhein am Neusser Jachthafen und nickte heftig.

»Gerne.«

Die beiden spazierten am Ufer entlang, niemand sprach. Als sie an die Stelle kamen, wo die Flüsse Erft und Rhein aufeinander treffen, fiel Konstantin der Refrain des Neusser Heimatliedes ein. ›Dort, wo die Erft den Rhein begrüßt…‹ Hubert Derrez hatte es 1956 komponiert. Auf jedem Schützenfest schmetterten die Menschen den Text voller Andacht und Inbrunst.

Miniwellen brachen sich an den Ufersteinen. Sandra und Konstantin blieben zeitgleich stehen und blickten auf die Schiffe. Transportkähne, mit schwerer Ladung, die tief im Wasser liegend, gegen die Strömung kämpften. Kleine Wirbel, saugende Luftströme unter Wasser, die das Schwimmen im Rhein so gefährlich machten. Die Fahrrinnen der Schiffe hinterließen Muster auf der Wasseroberfläche und vergrößerten die Wellen am Ufer. Wenn man die Augen schloss, bekam man für einen kleinen Augenblick das Gefühl von Urlaub und Meer.

»Ich würde gerne mal mitfahren auf so einem Schiff. Bis Rotterdam. Nur Wasser um einen herum, Landschaften, die an einem vorüberziehen, Wind, der um die Nase weht und trübe Gedanken vertreibt.«

Konstantin bekam einen schwärmerischen Zug um den Mund.

»Du bist ja romantisch. Glaub mir, ganz schön hartes Los, auf so ′nem Kutter. Kein Zuckerschlecken, Termindruck, Existenzangst. Willst du das wirklich?«, fragte Sandra spöttisch..

»Vielleicht hätten sich alle Probleme bis zu meiner Rückkehr von alleine gelöst. Meine Mutter hätte mich rausgeschmissen. Was natürlich absurd ist.«

»Jeder andere Mensch würde das für ein Problem halten, und nicht für die Lösung.«

Sie schaute ihn fragend an, aber Konstantin wollte nichts erzählen. Sandra sprach weiter.

»Ich bin froh, dass ich meine Mutter hab. Sie hat viel für mich getan, was nicht ganz einfach ohne Partner war. Wir verstehen uns sehr gut.«

»Was ist mit deinem Vater? Soweit ich mich erinnere, hast du nie von ihm gesprochen, oder vertu ich mich? «, fragte er neugierig.

Sandra bekam einen harten Zug um den Mund.

»Nein. Lange Geschichte. Meine Mutter hat mich alleine aufgezogen. Es gab und gibt auch heute keinen Mann an ihrer Seite. Sie weigerte sich immer, mir seinen Namen zu nennen. Es hat Zeiten gegeben, da habe ich mir bei jedem Mann in Mamas Alter überlegt, ob er es ist. Habe mir ausgemalt, was er für ein grandioser Mann sein muss. Jetzt ist es nicht mehr schlimm, einfach nicht mehr wichtig.«

Sie drehte den Kopf zu ihm.

»Aber warum bist du wieder hier? Zum Schnüffeln?«

»Wenn du es so nennen willst, ja. Ich hab Urlaub und beschlossen, dem Mörder von Hausmann auf die Spur zu kommen.«

»Wie aufregend! Wenn ich dir helfen kann, sag Bescheid. Die Polizei war heute Morgen da und hat mich noch mal verhört. Aber ich konnte denen ja nicht viel Neues erzählen. Das Gift war in den Pralinen, das steht jetzt fest. Das Ulkige ist, meine Chefin hat sie ihm ins Zimmer gebracht. Die lagen an der Rezeption. Ein Päckchen mit rotem Schleifchen drum und einem Zettel: ›Für Eugen Hausmann‹ – sonst nichts. Sie hat sich nichts dabei gedacht und sie ihm gebracht. Aber selbst der Drache konnte sich nicht entsinnen, wer die dahin gelegt hat.«

»Der Drache ist Frau Herkenrath? Passender Name, wenn sie mich sieht, würde sie am liebsten Feuer spucken«, lästerte Konstantin.

Sandra erwiderte lachend:

»Die mag niemanden, noch nicht mal sich selbst. Schreckliche Frau. Aber die Küsters ist ganz begeistert von ihr. Arbeitet superakkurat, ist ein Zahlengenie und nimmt ihr viel von dem administrativen Teil ab.«

Konstantin überlegte einen Moment, bevor er fortfuhr:

»Vielleicht kannst du mir wirklich helfen. Ich hab erfahren, dass Eugen Hausmann viel Geld in seinem Zimmer gehabt haben muss.«

»Bargeld? Wofür denn das?«

Sandra wirkte erstaunt.

»Das weiß ich nicht, aber fünfzehntausend Euro sind kein Pappenspiel. Vielleicht kriegst du etwas heraus? Die Bewohner haben vielleicht was beobachtet, eventuell gibt es sogar jemanden der Hausmann von früher kannte. Du kannst den Leuten ja mal auf den Zahn fühlen. Jede Information ist wichtig für mich. Ich bin überzeugt, der Tod hängt mit seiner Vergangenheit hier in Neuss zusammen.«

»Das wird ja aufregend. Und fünfzehntausend Euro? Selbst für hier, ´ne Menge Geld. Wie machen wir das dann? Wie soll ich dir berichten, was ich herausgefunden habe?«

Sandra wirkte aufgeregt.

»Wir telefonieren, ich weiß ja nicht, wie das mit deiner Schicht ist. Hier. «

Konstantin reichte ihr eine Visitenkarte.

»Kein Problem, ich melde mich sofort, wenn ich was herausgefunden habe. Aber jetzt muss ich wieder was tun, meine Pause ist vorbei.«

»Ich freu mich auf unsere Zusammenarbeit!«, brachte Konstantin heraus.

Sandra lachte noch einmal auf, während sie zurück zum Haus ging..

Am Fenster ihres Büros stand Gabriele Küsters und blickte hinaus auf den Rhein. Verwundert sah sie den jungen Journalisten mit Sandra Becker herumalbern. Das fehlte ihr noch, dass sie die Presse direkt mit den neuesten Informationen hier aus dem Haus versorgte. Sie musste ihre Pflegerin ins Gebet nehmen und sie eindringlich warnen.

Erst vor ein paar Minuten war dieses seltsame Paar von Kommissaren gegangen. Dass ausgerechnet sie Hausmann die vergifteten Pralinen gebracht hatte! Die ganze Zeit während des Verhörs, anders konnte sie es nicht bezeichnen, hatte sie gelächelt. Gabriele Küsters, die erfolgreiche Unternehmerin, die nichts zu verbergen hatte und mit der Polizei kooperierte. Erst jetzt entspannten sich ihre Gesichtsmuskeln - Erschöpfung und Angst kamen zum Vorschein. Warum hatte dieser schreckliche Hausmann herkommen müssen? Als die Anfrage von dem Manager und Anwalt gekommen war, hatte ihr Herz einen Luftsprung gemacht. Was für eine Ehre für sie und ihr Haus! Doch bereits nach dem ersten Gespräch hatten sie Zweifel beschlichen, ob der exzentrische Pianist in die Hausgemeinschaft passen würde. Das Drücken in der Magengegend hatte seit Beginn der Verhandlungen über Hausmanns Einzug in die ›Schöne Aussicht‹ nicht nachgelassen. Der Begriff Harmonie war ein Fremdwort für ihn gewesen. Ihr war gar nicht in den Sinn gekommen, dass jemand einen an den Rollstuhl gebundenen Menschen aus seiner gewohnten Umgebung vertreiben wollte. Doch genau das hatte er, wie selbstverständlich, von ihr gefordert, als sie mit ihm und seinem Manager das Haus besichtigt hatte. Sie hatte sich den Mund fusselig über die Vorzüge ihrer Einrichtung geredet. Sie war stolz auf ihr Werk. Entgegen sämtlichen Zweiflern war es ihr gelungen, ein Altenheim zu konzipieren, das dem Standard eines Fünf-Sterne-Hotels entsprach. Es war ihr Baby. Ihre ganzen Ersparnisse steckten in diesem Traum, den sie ehrgeizig verwirklicht hatte. Doch sie hatte die Unterhaltskosten unterschätzt. Es war eine große Summe, die jeden Monat scheinbar im Nichts verschwand.

Nachdem Hausmanns Anwalt alle Bedingungen für den Einzug ausgehandelt hatte, gab der Star ihr ein paar Wochen später die Gelegenheit für ein Vier-Augen-Gespräch. Sie hatte vorgehabt, ihm das Zimmer von Herrn Kunz auszureden und sich ganz auf ihre Redekunst verlassen. Berühmte, egozentrische Menschen waren für sie nichts Ungewöhnliches, doch an Eugen Hausmann hatte sie sich die Zähne ausgebissen. Die Androhung einer Schadensersatzklage war das kleinste Übel gewesen, was er ihr in Aussicht gestellt hatte, wenn Sie seine Bedingungen nicht erfüllte.

»Frau Küsters, ich glaube kaum, dass Sie sich einen Skandal erlauben können. Ihre finanzielle Situation lässt Ihnen keine

Bewegungsfreiheit, um dieses Spiel mit mir auszuprobieren. Ich sitze am längeren Hebel, kenne die einflussreicheren Leute. Wollen Sie es darauf ankommen lassen?«

Süffisant, mit einem Lächeln und eiskaltem Blick saß er ihr gegenüber. Sie hatte nicht einen Moment gezweifelt, dass er ernst machen würde.

»Keinesfalls Herr Hausmann, da müssen Sie mich missverstanden haben«, hatte sie mit versteinertem Gesichtsausdruck geantwortet.

Nun, jetzt war Hausmann tot. Sie trauerte ihm nicht nach, er war ein abscheulicher Mensch. An seinem Einzugstag hatten die anderen Bewohner eine kleine Willkommensfeier organisiert, doch er war nicht einmal für die Dauer eines Getränks geblieben. Was war er doch für ein egozentrischer, alter Mann! Selbstverliebt, ein Narziss, wie er im Buche stand. Unvorstellbar, dass sich hinter diesem kaltherzigen Menschen ein so genialer Pianist verbarg. Gabriele Küsters mochte keine klassischen Klavierwerke, doch die letzte CD von ihm hatte sie gekauft und verzückt gelauscht. Er war tatsächlich ein Zauberer an den Tasten gewesen. Kaum fassbar, dass dieses Ekel solche Gefühle mit seinem Klavierspiel auslösen konnte. Vielleicht war sein Tod doch gut für die ›Schöne Aussicht‹? Ein Konzert zur Erinnerung? Mit Bürgermeister und all den anderen Honoratioren der Stadt? Sie hoffte nur inbrünstig, dass die sicherlich bald auftauchenden Fernsehsender nicht zu viel kaputt machten. Es stand viel auf dem Spiel.

20.Kapitel

Mai 1971

Ich erwarte ein Baby! Meine Freude ist riesig. Ich genieße das Muttergefühl und schwelge in Tagträumen. Das Zimmer ist fertig renoviert, ich bin mir sicher, dass es ein Mädchen wird, und habe die Farbe rosa gewählt. Die Tapeten, der Teppich, die Gardinen. Die Bettwäsche ist weiß und mit rosa Blüten bestickt. Sie wird sich wohlfühlen, meine Kleine! Ein paar Strickstrampler, Leibchen und Lätzchen habe ich auch bereits gekauft. Nur der Kinderwagen muss warten. Es bringt Unglück, den Kinderwagen vor der Geburt zu besorgen. Ich bin nicht abergläubig, doch ich will nichts riskieren. Aber ich gehe stundenlang durch die Geschäfte auf der Suche nach dem schönsten Wagen.

Oft stehe ich in dem Kinderzimmer und male mir aus, wie es sein wird, wenn hier mein kleines Mädchen schläft und träumt. Ich bin so glücklich!

Juli 1971

Mein Kind ist tot.

21.Kapitel

Josef Gruber beendete gerade ein Telefongespräch, als sein Sohn den Raum betrat.

»Ich hätte nie erwartet, dass die ganze Geschichte mit Hausmann solche Wellen schlagen würde. Auf einmal ist nichts mehr so, wie es mal war. Wo bist du gewesen?«

Er sprach mit normaler Stimme, als würde er über das Wetter philosophieren. Nichts an seinem Aussehen, an seinen Bewegungen ließ ahnen, wie aufgewühlt er war.

»Im Hotel«, spie André aus.

Josef nickte verstehend.

»Ich kann mir vorstellen, wie du dich fühlst. Es tut mir sehr leid, dass alles so gekommen ist.«

Josef Gruber verzog keine Miene. Starrer, eiskalter Blick, emotionslose Stimme. Ganz anders André. Seine Wut musste raus.

»Leid tut es dir. Vielen Dank, Mitleid ist durchaus angebracht. Und so hilfreich! Ich bin wütend! Ihr habt mich angelogen, hintergangen, mir etwas vorgespielt. Und du hast eine Vorstellung davon, wie es in mir aussieht? Ich tue dir leid! Pah!«

André lief im Raum auf und ab, setzte sich schließlich in den Cocktailsessel neben dem Kamin. Seine Hände zitterten vor Erregung. Niemand sprach. Josef Gruber blieb stehen, jetzt am Fenster und blickte hinaus.

Seine scheinbare Ruhe wirkte ansteckend. Andrés Hände beruhigten sich und mit bedächtigen Bewegungen, seinen Vater weiterhin beobachtend, nahm er eine Zigarre aus dem Humidor, der auf dem Tischchen vor ihm stand. Die letzte Cohiba, die Lieblingszigarren von Josef Gruber. Er vollzog das Ritual des Anzündens provozierend langsam. Zuerst entfernte er den Kopf der Zigarre, entzündete ein Zedernstreichholz. Er hielt die Spitze an die Flamme, drehte sie, damit rundherum Asche entstand. Erst dann nahm er sie in den Mund, immer noch seinen Adoptivvater betrachtend. Einen Zentimeter vor der Flamme stoppend, drehte er wieder das kostbare Stück, zog kräftig daran, damit sich überall Glut bilden konnte. Er paffte ein paar Züge und legte sie dann im Ascher ab.

»Deine Mutter mag es nicht, wenn tagsüber geraucht wird«, bemerkte Josef Gruber.

»Ich weiß, aber es interessiert mich nicht. Sie ist nicht meine Mutter!«, erwiderte André. »Es war deine Letzte, Vater!«

Er machte eine kleine Pause vor dem letzten Wort, bevor er es mit spöttischem Unterton aussprach.

Josef Gruber ließ sich nichts anmerken.

»Kein Problem, ich weiß, wo ich neue bekomme. Gerade kam ein Anruf der Polizei. Die Kommissare werden gleich da sein.«

»Deshalb bin ich hier, Vater.«

Andrés Tonfall blieb spöttisch, und wieder klang das Wort Vater wie Hohn.

Es klingelte.

Die beiden Männer hörten, wie Frau Gruber die Tür öffnete und zwei Herren herein bat. Sie führte die Herren ins Wohnzimmer, wo alle einen Moment stumm stehen blieben, bis Hauptkommissar Wurm das Gespräch begann.

»Eugen Hausmann, den Sie …«

Josef Gruber unterbrach ihn. Seine Stimme durchdrang den Raum. Ein Mensch, der gewohnt war, Gespräche zu dirigieren.

»Wir wissen alle, warum Sie hier sind. Eugen Hausmann ist der leibliche Vater unseres Sohnes. Um eins vorwegzunehmen, niemand von uns hat ihn umgebracht.«

»Dass wir uns auf ihre Aussage nicht verlassen können, ist ihnen sicherlich klar, oder?«, entgegnete Eberhard Wurm sarkastisch.

»Wir brauchen Ihre Fingerabdrücke und eine DNA-Probe von André. Wir dachten, diese Prozedur wäre Ihnen hier lieber als im Polizeirevier.« Franjo Obermeier stellte die Utensilien auf den Tisch und Eberhard Wurm erkundigte sich bei Frau Gruber: »Wann haben Sie erfahren, dass Eugen Hausmann nach Neuss kommt?«

»Mein Mann erzählte mir davon am Sonntag. Wir haben dann beschlossen, André über die Adoption zu informieren. Wir wussten ja nicht, warum Eugen Hausmann nach Neuss gekommen war. Ob das mit André zu tun hatte. Oder aus welchen Gründen auch immer.«

»Ihr Sohn wusste nichts davon, dass sie nicht die leiblichen Eltern sind?« fragte Franjo Obermeier fassungslos.

»Nein, wir haben die ganzen Jahre auf den richtigen Moment gewartet, doch irgendwie gab es den nicht«, antwortete Gerlinde Gruber leise.

André lachte schrill auf.

»Belogen, die ganzen Jahre haben sie mich belogen. Ich hätte meinen Vater sehr gerne kennengelernt und hab ihn ganz bestimmt nicht umgebracht.«

»Er hatte keinen Kontakt mit Ihnen aufgenommen?«, der Bayer plauderte in einem Tonfall, ohne auf die gespannte Stimmung einzugehen.

»Nein, leider nicht.«

André schüttelte den Kopf.

»Mit Ihnen Herr Gruber?«, wollte der Kommissar wissen.

»Nein, nicht Herr Hausmann. Aber jemand anders«, räumte er ein.

»Wer denn? Du hast du mir ja gar nichts erzählt, Josef.«

Frau Gruber blickte irritiert.

»Vor ein paar Wochen hat sich ein Detektiv gemeldet, Rafael Garbsen. Hat gefragt, ob es den Tatsachen entspräche, dass André von mir adoptiert wurde. Ich habe ihm etwas Passendes gesagt und aufgelegt. Und gerade, kurz bevor sie kamen, hat er noch einmal angerufen. Ich weiß ehrlich gesagt auch nicht, was ich davon halten soll. Er erzählte, dass er von Hausmann beauftragt worden sei, Erkundigungen über André einzuziehen. Ein ganz merkwürdiges Gespräch. Mich beschlich das Gefühl, dass dieser Mensch nicht sehr vertrauenswürdig ist, und habe das Gespräch beendet.«

»Rafael Garbsen? Ist er dir bekannt, Eberhard?«, fragte Franjo, während er den Namen notierte.

»Nein, im Moment sagt mir der Name nichts.«

Eberhard hatte alle Fingerabdrücke genommen, Speichel von André in das Röhrchen gefüllt und packte alles wieder zusammen.

»Es sieht so aus, Herr Gruber, als habe Herr Hausmann kurz vor seinem Tod ein neues Testament gemacht, allerdings ist es verschwunden.«

»Woher wollen sie dann davon wissen?«

»Polizeiarbeit. Wenn das Testament wieder auftaucht, wird Ihr Sohn eine Menge Geld erben.«

Zum ersten Mal zeigten alle Familienmitglieder die gleiche Reaktion. Offene Münder, Irritation.

›Das wollte ich sehen. Das hat niemand gewusst, schon gar nicht damit gerechnet. Oder sie sind perfekte Schauspieler‹, dachte Eberhard und stand auf.

»Einen schönen Tag noch, wir melden uns, sobald wir etwas Neues wissen.«

André blickte seine Adoptiveltern triumphierend an.

»Schön! Dann brauch ich nicht einmal mehr euer Scheißgeld!« und stürmte aus dem Raum

Eberhard Wurm fuhr den Wagen zurück zur Jülicher Landstraße. Er traute seinem bayrischen Kollegen immer noch nicht zu, sich in den Neusser Straßen, mit all den Einbahnstraßen und Baustellen zurechtzufinden.

»Natascha wird sich über diesen Rafael Garbsen hermachen. Dann haben wir in kürzester Zeit alle Informationen, die wir brauchen.«

»Mmmh«, grübelte Obermeier, »Natascha ist schon gut. Wir sollten ihr mal einen Strauß Blumen schenken.«

»Jetzt übertreibst du aber.«

»Nö, habe ich zuhause immer gemacht. Ist gut angekommen«, rechtfertigte sich sein Kollege.

›Zuhause‹, dachte Wurm, ›ist für ihn immer noch Bayern. Wovor ist er wohl geflüchtet? Gescheiterte Ehe, wahrscheinlich.‹ Laut sagte er:

»Warst du eigentlich schon mal in der Skihalle? Das müsste doch dein Ding sein.«

Franjo Obermeier schnaubte.

»Skihalle, das ist doch kein Ersatz für Berge und Schnee. Das ist armselig!«

Eberhard gab sich noch nicht geschlagen.

»Du wirst sehen, das Schützenfest wird dir gefallen, es ist das größte Deutschlands. Siebentausend aktive Schützen und eine Stadt in einem Ausnahmezustand. Parade, Fackelzug, Rollmops-Allee. So was kriegst du in Bayern nicht zu sehen!«

Franjo Obermeier brummte etwas in seinen Bart und gab weiter keine Antwort. Nichts konnte mit den geliebten Bergen und der klaren Luft seines Heimatortes konkurrieren. Vom Oktoberfest ganz zu schweigen. Laut fragte er:

»Fackelzug? Du meinst so was wie ein Sankt Martins Umzug?«

Eberhard Wurm gab sich redlich Mühe mit dem Bayern, doch angesichts dieser Frage konnte er nur den Kopf schütteln.

»Nein, natürlich nicht! Mit Fackeln sind Motiv-Wagen gemeint, ähnlich die einem Karnevalswagen. Nur dass sie beleuchtet sind. Es ist ein überwältigendes Erlebnis, wenn die Schützenzüge ihre Fackeln durch die Straßen ziehen - das musst du gesehen haben.« Sein Gesicht strahlte vor Begeisterung.

Franjo konnte sich wenig unter der Beschreibung vorstellen und nickte verhalten. Sein Kollege unterstützte ihn redlich, sich in Neuss einzugewöhnen. Doch er empfand das platte Land ermüdend. Kein Hügel, kaum Wälder. Nur Straßen, Feldwege und viel Landwirtschaft. Ja, die Fahrradwege waren gut ausgebaut. Doch bei seinem Gewicht brauchte er schon ein Spezialrad, was ihn tragen konnte, um ausgedehnte Radtouren zu unternehmen. Früher hatte ihm Fahrradfahren viel Spaß bereitet. Und der Rhein hatte natürlich auch seinen Reiz. Dann fiel ihm der Witz eines alten bayrischen Kollegen ein, der ihn mitleidig betrachtet hatte, als Franjo von seinen Umzugsplänen berichtete.

»Da siehst du schon am Sonntagmorgen, wer dich nachmittags zum Kaffee besucht.«

Franjo lächelte. Recht hatte er gehabt. Bereits jetzt freute er sich auf seinen Urlaub – noch sechzehn Tage bis dahin. Seine Eltern würden sich freuen, ihn mit bayrischer Kost zu verwöhnen und er sah endlich seine heißgeliebten Berge wieder. Vorher würde er seinem Kollegen den Gefallen tun und sich das Schützenfest anschauen.

Sein Handy klingelte.

»Ja Natascha, verstehe. Gut, wir fahren noch mal hin. Ok. Bitte überprüfe doch mal folgende Person: Garbsen, Rafael, Detektiv hier in Neuss. Ja genau. Danke, bis später.«

»Komm, wir fahren ins Seniorenheim. Mit der Post ist kein Brief verschickt worden, aber jetzt rate mal von wem, zumindest zum Teil, die Fingerabdrücke auf dem Briefblock sind?«, forderte Obermeier seinen Kollegen auf.

»Von der Küsters?«

Eberhard machte einen rasanten u-turn und fuhr Richtung Grimmlinghausen. »Ist ja ein Ding!«

22.Kapitel

Gabriele Küsters saß an ihrem Schreibtisch. Das Telefongespräch war unangenehm gewesen, die Bank machte Druck. Sie hatte noch einmal einen Aufschub erwirkt, doch was wäre nächste Woche, nächsten Monat?

»Woher soll ich nur das Geld nehmen?«, fragte sie sich laut.

Vor ein paar Tagen hatte sie Hoffnung geschöpft, ein Bewohner wie Eugen Hausmann würde Gewinn bringen, Schlagzeilen machen. Die hatte sie auch jetzt, doch das war nicht die Art von Publicity, die sich erhofft hatte. Ihre Zukunft sah düsterer aus als je zuvor. Sie seufzte, ging hinaus auf die Sonnenterrasse zu den Bewohnern. Sie durfte sich jetzt nicht verstecken, schon gar nicht verzweifelt aussehen.

»Keep smiling«, gab sie sich Zuversicht, ihre Mundwinkel wanderten nach oben, und sie schenkte jedem der Bewohner ein bezauberndes Lächeln.

»Hier würde ich auch gerne alt werden. Mit Rheinblick. Genial!«

In Eberhard Wurms Stimme schwang Begeisterung.

»Du nicht?«

Franjo blickte auf. »Doch klar, fehlen nur noch ein paar Hügel. Und im Winter der Schnee.«

Wurm lächelte gezwungen.

»Ich hasse Schnee und alles, was dazugehört. Ski fahren! Viel zu gefährlich und kalt. Wie kannst du nur an einem so schönen Tag an Schnee denken?«

Es war immer noch warm genug, um auf der Terrasse zu sitzen, was auch ein paar der Bewohner taten. Mit Sonnenbrille auf der Nase streckten sie die Gesichter der Sonne entgegen. Vor einer älteren Dame stand ein leerer Dessertteller, auf dem sie die Reste einer Schwarzwälder Kirschtorte erkannten. Frau Küsters unterhielt sich angeregt mit einem älteren Herrn. Als sie die beiden Beamten sah, verzog sich für einen kleinen Moment das Gesicht, bevor sie wieder lächelte.

»Möchten Sie zu mir?«

»Wir haben noch ein, zwei Fragen an Sie, Frau Küsters. Wenn Sie ein paar Minuten erübrigen können?«

»Selbstverständlich steh ich der Polizei immer zur Verfügung. Gehen wir besser in mein Büro, da sind wir ungestörter. Folgen Sie mir unauffällig«, versuchte Sie zu scherzen.

Der Frage nach einer Erfrischung entgegnete Obermeier mit dem Wunsch nach einem Espresso. Sein Kollege Wurm sehnte sich nach einer Zigarette, war zu fahrig und nervös, um gemütlich bei einem Kaffee zu plaudern. Er übernahm das Gespräch.

»Frau Küsters, uns sind im Laufe der Ermittlungen noch ein paar Fragen unbeantwortet geblieben. Sie hatten uns erzählt, dass Sie Eugen Hausmann nicht kannten.«

»Ja, das ist richtig. Natürlich kannte ich seinen Namen, wer nicht«, sie lächelte nervös, »doch persönlich habe ich ihn erst am Freitag kennengelernt, als er einzog. Alle vorherigen Unterredungen liefen mit seinem Manager.«

»Wie erklären Sie sich eigentlich, dass wir Ihre Fingerabdrücke auf dem Briefblock aus Hausmanns Zimmer gefunden haben? Sie hatten uns erzählt, dass Sie nichts berührt hatten.«

»Habe ich auch nicht«, entrüstete sich Gabriele Küsters.

»Als ich das Zimmer betrat, habe ich ihn auf dem Boden liegen gesehen. Ach doch, ja. Ich suchte Halt, und habe mich am Schreibtisch festgehalten. Es kann sein, dass ich den Briefblock berührte, aber bewusst habe ich keinen Brief gesehen.«

Sie blieb einen Moment still, und beteuerte, als niemand sprach:

»Wirklich. Das müssen Sie mir glauben!«

Nervös spielte sie mit ihrem Armband.

»Er hat ein Testament geschrieben, und ihnen, beziehungsweise diesem Haus, einen beträchtliche Geldsumme vermacht.«

Eberhard Wurm ließ die Bemerkung einen Moment wirken, bevor er weitersprach:

»Sie stecken in finanziellen Schwierigkeiten, ist das richtig?«

Frau Küsters blickte überrascht auf.

»Zurzeit besteht ein finanzieller Engpass, das kann ich nicht leugnen. Aber dass ich in Hausmanns Testament bedacht sein soll, finde ich merkwürdig.«

Sie setzte sich.

»Sie können sich nicht vorstellen, wie das ist. Jeden Monat hoffen, dass nach Abzug der Kreditzahlungen genug übrig bleibt, um die laufenden Rechnungen zu bezahlen. Dieser Kasten«, und sie hob die Arme, als wolle sie das Anwesen umfassen, »kostet ein Vermögen im Unterhalt. Dass Herr Hausmann hier eingezogen ist, war ein Glücksgriff für mich. Es hätte meine Seniorenresidenz weit über die Grenzen Neuss bekannt gemacht. Dass er tot ist und auch noch hier ermordet wurde, ist eine Katastrophe.«

Sie sackte im Sessel in sich zusammen und beugte den Kopf weit nach vorne.

Wurm und Obermeier tauschten Blicke. Der Bayer brach zuerst das Schweigen. »Dieses Testament hat Hausmann erst hier im Haus aufgesetzt, und das Original ist verschwunden. Wir haben nur eine Kopie. Erben werden Sie erst, wenn wir das Original-Testament gefunden haben und es geprüft wurde. Ist Ihnen vielleicht ein Fremder im Haus aufgefallen? Irgendjemand muss hier gewesen sein. Ob es dieselbe Person ist, die die Pralinen brachte und das Testament entfernte, wissen wir noch nicht.«

Wurm korrigierte ihn.

»Kann ja nicht sein, dass es ein- und dieselbe Person gewesen ist. Dann hätte Frau Küsters die Pralinen nicht am Empfang gefunden, sondern der Fremde hätte sie direkt in Hausmanns Zimmer gebracht.«

»Das stimmt, da hab ich noch gar nicht drüber nachgedacht. Frau Küsters, seit wann wussten die Bewohner eigentlich, dass Hausmann hier einzieht? Wie haben sie reagiert? Gab es jemanden, der irgendwie befremdlich, unnormal auf diese Nachricht reagierte?«

Der bayrische Akzent lockerte die Atmosphäre auf, Wurm lächelte vor sich hin, sogar Frau Küsters schien ihre Fassung zurückzugewinnen.

»Natürlich gab es ein paar Auseinandersetzungen mit Herrn Kunz, wie Sie wissen«, erklärte sie. »Aber das haben wir geklärt. Die anderen Bewohner schienen, als würden sie Hausmann als Bereicherung empfinden. Sie machten sogar Pläne, wie man abends zusammen musizieren könnte. Allerdings zeigte sich Hausmann wenig kooperativ und kommunikativ. Er war ein sehr schwieriger Mensch, das wurde mir bereits bei unserem ersten Gespräch klar. Aber das hatte ich Ihnen schon erklärt. Die Kontaktaufnahme lief ja über den Anwalt, der wiederum ein ausgesprochen netter und geselliger Mann ist. Wir hatten die meisten Dinge beim Essen besprochen. Ein Gourmet, der viel Bewunderung für meinen Koch hat.« Sie holte tief Luft.

»Meine Gäste kommen aus den allerbesten Familien, haben in ihrem aktiven Arbeitsleben viel von der Welt gesehen. Viele haben als Manager oder in den Vorständen von großen Unternehmen gearbeitet. Das Prinzip meines Hauses basiert auf Luxus und individuelle Betreuung. Die Menschen fühlen sich hier wohl, müssen ihren Lebensstandard nicht verändern. Zum Beispiel ist jederzeit ein Ansprechpartner zum Reden oder Vorlesen da.

Einmal pro Woche organisiere ich einen Kulturabend – Oper, Ballett oder auch mal ein Konzert in der Düsseldorfer Tonhalle.«

»Und das hat seinen Preis!«

»Ja natürlich, nichts ist umsonst. Aber die Gäste sind bereit diese Privilegien zu honorieren.«

»Dennoch reicht es nicht.«

Frau Küsters entgegnete nichts, zuckte nur die Schultern.

Eberhard Wurm löste seinen Kollegen ab:

»Wie war das noch mal mit den Mozartkugeln? Sie brachten sie in Hausmanns Zimmer, oder?«

»Ja, wie ich wiederholt beschrieb, lag das Päckchen auf dem Tresen der Rezeption, war mit einem Kärtchen versehen: Für Eugen Hausmann und ich brachte es in sein Zimmer.«

»Was sagte er?«

»Er war nicht da. Das wunderte mich auch. Ich klopfte an, und wartete auf ein ›Herein‹, aber es blieb alles still. Ich probierte, ob die Tür abgeschlossen war. Als sie sich öffnen ließ, ging ich hinein«, rechtfertigte sich Gabriele Küsters.

»Und dann?«

»Nichts. Das Zimmer war leer, ich dachte mir, dass Hausmann vielleicht im Park war.«

»Wir würden dann gerne noch einmal mit der Pflegerin sprechen. Können wir die Unterhaltung auch in hier in ihrem Büro führen?«, bat Franjo.

»Ich schicke nach Frau Becker, warten Sie bitte hier.«

Sie stand auf, straffte ihre Schultern und setzte ein strahlendes Lächeln auf. Vitalität, Energie, Contenance. Wurm wunderte sich, warum ihm dieses altmodische Wort einfiel. Aber zu Gabriele Küsters passte es - Haltung bewahren auch in den schwierigsten Situationen.

»Gute Schauspielerin, oder? Meinst du, es stimmt alles, was sie erzählt hat?«, fragte er.

»Ich denke schon, die steht ganz schön unter Druck. Sicher ist auch, dass ihr der Hausmann lebend nützlicher war als tot. Bin gespannt, was die Becker zu berichten hat.«

Obermeier öffnete kurz das Fenster und genoss den herrlichen Ausblick in den Park.

»Es ist traumhaft hier, Altersruhesitz der Spitzenklasse. Fünf-Sterne-Urlaub bis ans Lebensende. Wahnsinn, kann ich mir von meinen mickrigen Bezügen nicht leisten.«

»Wer kann das schon«, brummte Wurm. »Aber wär mir zu viel Schickimicki. Nichts für mich.«

In diesem Moment kam die Pflegerin Sandra Becker herein. Genau wie beim ersten Mal dachte Obermeier, dass sie viel zu mager sei – keine Dirndlfigur.

Ohne Scheu nahm Sandra im Sessel Platz und begann zu reden.

»Sie haben noch Fragen an mich?«

»Ja, wir müssen noch einmal nachhaken. Sie haben den Toten gefunden, Frau Becker. Ist Ihnen in dem Zimmer irgendetwas aufgefallen?«

»Nein, nicht wirklich, als ich die Tür öffnete, fiel mein Blick direkt auf seinen Körper. Er hatte sich übergeben, und lag gekrümmt auf dem Boden. Ist er wirklich vergiftet worden?«

»Ja, so sieht es aus.«

Wurm machte eine kleine Pause, dann fragte er:

»Ist Ihnen auf dem Schreibtisch etwas aufgefallen? Versuchen Sie sich den Moment noch einmal ins Gedächtnis zu rufen. Was lag da?«

Sandra Becker schloss die Augen und konzentrierte sich. Sie sprach langsam.

»So wie ich es erzählt hab. Auf dem Schreibtisch lag ein Briefblock, ein Füller daneben. Diese Packung mit den Pralinen, leer. Die Papierchen lagen überall rum. Ich war erschrocken, habe ihn angesehen, Puls gemessen, hab dann Frau Küsters informiert. Das war´s.«

»Ok, befand sich noch ein Schreiben auf dem Briefblock? Lag ein Kuvert daneben?«

»Nein da war nichts.«

»Fanden Sie Herrn Hausmann eigentlich sympathisch?«, erkundigte sich Eberhard Wurm.

»Nein.« Ihre Antwort kam klar und deutlich. »Er war zwar eine Berühmtheit, benahm sich aber unmöglich.«

In ihrem Gesicht malte sich Empörung ab.

»Wir waren alle gespannt auf ihn, es ist ja eine Sensation, dass so ein Star hier in unserer kleinen Stadt leben will. Er war doch in der ganzen Welt zu Hause. Eigentlich mag ich keine Klaviermusik, stehe eher auf Heavy Metal, aber Frau Küsters, die von Klassik Ahnung hat, war hin und weg, und irgendwie wirkte das ansteckend.«

Sandra Becker plapperte ohne Punkt und Komma.

»Natürlich gab es einigen Ärger, wegen der Zimmerräumung. Seltsames Ansinnen, ein bestimmtes Zimmer als Bedingung für den Einzug zu stellen. Aber passte zu dem Typen. Ich glaube«, scheinbar kam ihr diese Erkenntnis gerade in diesem Moment, »er war ein richtig böser Mensch!«

»Sie meinen, es ist nicht verwunderlich, dass er umgebracht wurde?«

Obermeier schaute sie interessiert an. »Vielleicht haben Sie ja schon eine Idee, wer es war?«

»Nein, um Gottes Willen. Das wollte ich nicht sagen, ich weiß auch nicht, wer ihn so gehasst hat, dass er ihn umbringen wollte.

Aber wenn er in seinem ganzen Leben so gemein zu seinen Mitmenschen war, dann gibt es bestimmt jemanden, der ihn töten wollte.«

»War Herr Kunz eigentlich sehr wütend?«, wollte Obermeier wissen.

»Sie glauben, dass sich der nette Herr Kunz als Giftmischer betätigt hat? Unsinn«, behauptete Sandra aufgebracht.

Wurm entließ sie mit der Aufforderung, sich zu melden, falls ihr noch etwas Wichtiges einfallen sollte.

»Lass uns ins Präsidium fahren, mal schauen, was unsere Perle über den Schnüffler herausfinden konnte.«

Wurm klapperte mit dem Autoschlüssel und wartete auf seinen bayrischen Kollegen, der noch einen wehmütigen Blick aus dem Fenster warf, bevor er ihm seufzend folgte. Wurm ignorierte sein Gemurmel nach Schwarzwälderkirschtörtchen und Käseküchlein.

23.Kapitel

Sybille Degen summte eine Melodie, während sie das Tablett mit dem Teller Spaghetti Bolognese vor ihrem Oberkörper balancierte und die Stufen zu Ellis Haustür hochging. Sie war eine viertel Stunde zu spät und hoffte, Elli würde es ihr nachsehen.

»Das macht doch gar nichts. Aber ausnahmsweise habe ich tatsächlich Appetit«, begrüßte Elli ihre Nachbarin.

Keine Anzeichen von Depression, Selbstmitleid. Elli wirkte fast ein wenig aufgekratzt. Sie redete ohne Unterbrechung über das Wetter und ihre Chatfreunde, mit denen sie im Internet über Gartengestaltung und -probleme sprach. Sybille wunderte sich immer, wie viele Informationen man über das Internet bekam. Für sie war das Ganze ein großes Mysterium, mit dem sie sich nicht mehr anfreunden wollte. Sie fühlte sich zu alt dafür. Elli lachte immer, wenn sie das hörte.

»Ich bin viel älter als du, und ich kriege das auch hin.«

Auch wenn Elli ein paar Jahre älter war, sah sie jünger aus. Sybille bewunderte ihre fast makellose Haut. Umso weniger konnte sie verstehen, dass die Nachricht über den Nachwuchs ihres Exmannes sie so treffen konnte. Sie sollte doch froh sein, diesen biederen Beamtentyp los zu sein. Sie würde bestimmt noch einen anderen, jüngeren Mann finden. Bei ihrem Aussehen. Im Internet war doch alles möglich, zumindest behauptete sie das doch immer!

Dieser lächerliche Wunsch nach Kindern, sogar noch in ihrem Alter. Warum konnte sie die Tatsachen nicht akzeptieren! Diese jahrelangen vergeblichen Versuche schwanger zu werden, waren doch lächerlich. Wie oft hatte sie das Kinderzimmer neu gestaltet? Jedes Mal wenn ein Arzt ihr Hoffnung machte, oder auch nur von einem Hoffnungsschimmer sprach, renovierte Elli das Kinder zimmer neu. Sonnengelb, rosa, blau, türkis. Sämtliche Farben hatte sie ausprobiert. Und nicht nur die Wände, sondern auch Teppichboden und Gardinen farblich passend gestaltet. Als wolle sie das Schicksal damit in die Knie zwingen. Wie oft hatte Sybille gehört:

»Dieses Mal bin ich sicher, ich spüre es: Es wird ein Junge!«

Bis zu jenem Tag, als Sybille sie fand, tränenüberströmt auf dem Teppich zusammengebrochen, und endlich begreifend, dass es keine Hoffnung schwanger zu werden gab. Von da an sprach sie nicht mehr von Kindern, nie mehr. Aber kurze Zeit später wirkte sie wieder normal, vielleicht etwas ruhiger als sonst. Sybille war erleichtert, dass Elli endlich die Tatsachen akzeptierte. Doch als ihr Mann Klaus sie verließ, brach das Kartenhaus zusammen. Damals hatten alle Angst, dass sich Elli umbringen könnte. Aber mit Hilfe von Dr. Reisig und Medikamenten konnte sie stabilisiert werden. Auch jetzt wirkte Elli ruhig und entspannt. Sybille fand das Verhalten unheimlich. Sie suchte immer wieder in ihrem Gesicht nach Anzeichen, dass die gute Laune aufgesetzt war, eine Maske, doch da war nichts.

Elli hatte ihre Haare frisch gefärbt, und trug ein neues, auf Figur geschnittenes T-Shirt. Sie konnte es tragen. Keine Speckrolle drängte sich über den Hosenbund. Mit täglichen Spaziergängen und Gymnastikübungen kämpfte sie erfolgreich gegen die Zeichen des Alters. Manch Vierzigjähriger blickte ihr auf der Straße bewundernd hinterher. Aber all das hatte nicht gereicht, um ihren Mann zu halten. Aus heiterem Himmel hatte Klaus Elli erklärt, dass er sich verliebt habe und sie verlassen werde. Dass seine Neue ein junges Ding von fünfunddreißig Jahren war, setzte ihr besonders zu. Und jetzt war das Küken schwanger. Sybille hatte Wehklagen, Gejammer, Geschimpfe, erwartet – doch nichts passierte.

Elli richtete ihren Essplatz, Stoffserviette und Silberbesteck, und ließ es sich schmecken.

Sybille redete über den neuesten Klatsch.

»Ich bin ganz verwirrt wegen der Neuigkeiten, über den Tod von Eugen Hausmann. Du kanntest ihn gar nicht? Damals bei Richards Beerdigung war er das letzte Mal hier, da habt ihr ja noch nicht hier gewohnt.«

Elli fragte:

»Du hast dich immer gut mit ihm verstanden, oder?«

»Mit Hausmann meinst du? Gut? Na, eigentlich war mehr Richard sein Freund, obwohl Freund das falsche Wort ist. Die hatten eine seltsame Beziehung. Trotzdem hat Eugen sofort zugesagt, meinem Jungen die Chance für das Interview zu geben. Naja, hat sich ja jetzt alles zerschlagen. Konstantin musste Urlaub nehmen und wie es aussieht, ist der André, dieser Sohn von dem Gruber, du weißt schon, dem Geschäftsführer von der Morgenpost, adoptiert.«

In diesem Moment klingelte es.

»Soll ich?«

Sybille öffnete, ohne eine Antwort abzuwarten die Haustür.

»Wir haben gerade über dich gesprochen. Komm rein«, begrüßte sie Konstantin.

»Hallo Elli, du siehst gut aus.«

Wider Erwarten lächelte Elli.

»Du Charmeur, aber danke. Es tut mir leid, deine Mutter erzählte gerade von der neuesten Gerüchteküche.«

»Du meinst die Adoptionsgeschichte? Das sind keine Gerüchte, das ist echt der Hammer. Stell dir vor, Eugen Hausmann ist der leibliche Vater von André E. Gruber, deshalb auch dieses alberne E. Diese Saubermannfamilie Gruber, die mit dem Bürgermeister Golf spielen und aktiv in der Partei sind! Eugen muss Andrés

Mutter, die Schwester von Frau Gruber, ins Unglück gestürzt haben, wie man so schön sagt. Die hat sich nach der Geburt umgebracht.«

In diesem Moment fiel Elli der Teller aus der Hand und es schepperte ohrenbetäubend.

24.Kapitel

»Rafael Garbsen hat sein Büro in der Kantstraße. Kein auffälliger Typ. Beschäftigt sich hauptsächlich mit Observierungen von Ehebrechern. Lebt mehr schlecht als recht. Aber«, Natascha machte eine bedeutsame Pause, »seine Telefonnummer steht auf der Anrufliste von Hausmann und zwar haben die beiden um zwölf Uhr vier bis zwölf Uhr dreiundfünfzig gesprochen.«

Die Kommissare waren bereits draußen, als sie ›Hausmann‹ noch nicht ausgesprochen hatte.

»Ok«, sagte sie, »danke Natascha. Gute Arbeit Natascha!«, lobte sie sich mal wieder selbst.

Wie ging dieses Sprichwort? Nicht geschimpft ist genug gelobt. Sie stieß mit dem Fuß gegen einen Papierball, den jemanden neben den Papierkorb geworfen hatte. »Irgendwann werde ich mich revanchieren! Dann gibt es keinen Kaffee mehr und ich mache nur noch Dienst nach Vorschrift!«

»Wie sie sicher schon wissen, Herr Garbsen, ist Ihr Auftraggeber Eugen Hausmann gestorben. Erzählen Sie uns doch mal, was Sie für ihn herausfinden sollten.«

Rafael Garbsen blickte die beiden Kommissare neugierig an. Am auffälligsten war seine Unauffälligkeit. Alles an ihm war gewöhnlich und nichtssagend: aschblonde Haare, verwaschene graue Augen, blasser Teint, normale Nase, glatt rasiert, mittelgroß und mittelschwer. Man schaute ihn an, sprach mit ihm, doch wenn der Blick weiterwanderte, war Rafael Garbsen bereits vergessen.

»Muss ich Ihnen über meinen Klienten Auskunft geben?«

Selbst seine Stimme klang monoton.

›Vielleicht die beste Eigenschaft eines Detektivs‹, dachte Eberhard und antwortete laut: »Ihr Klient ist tot. Wem soll es noch schaden? Sie helfen der Polizei seinen Mörder zu finden.«

Sie saßen alle drei auf unbequemen Holzstühlen, die um einen schmalen rechteckigen Furnierholztisch drapiert waren. Der Teppich wirkte schmutzig, war jedoch nur abgenutzt. An den Wänden hingen Drucke bekannter Gemälde, einfach gerahmt, ohne Passepartout. Wahrscheinlich ausgeschnittene Kalendermotive dachte Obermeier. Kreuz und quer aufgehängt, ohne Symmetrie, unterstrichen sie die Armseligkeit des Ganzen. Es roch nach kaltem Zigarettenqualm, obwohl der große Kristallaschenbecher sauber war.

»Nun gut.«

Rafael Garbsen machte eine Pause.

»Eugen Hausmann hat mich über das Internet gefunden, wie er mir sagte. Er rief an, aus Berlin, und wollte, dass ich für ihn ein paar Ermittlungen durchführe. Mein Angebot reicht von Überwachungen untreuer Ehefrauen, kranken Mitarbeitern bis zum Entdecken von Wettbewerbsverstößen von Konkurrenten.«

»Ich kann mir nicht vorstellen, dass Hausmann Sie beauftragt hat, Neusser Pianisten zu überwachen?«

Eberhard Wurm knickte die Ecken eines Flyers, der auf dem Tisch lag.

»Nein, natürlich nicht. Sein Anliegen war sehr viel privater. Er wollte, dass ich alles über eine gewisse Person herausfinde«, erklärte Garbsen geheimnisvoll. »Und weiter? Wer war diese Person?«

Wurm kniff seine Augen zusammen und blickte sehnsüchtig, als die Hand des Schnüfflers zu einer Zigarettenpackung griff und sie nervös anzündete.

»Sie auch?«

»Nein, ich rauche nicht mehr!«, bellte Wurm.

»Sie kriegen es sowieso raus, oder?«

Obermeier mischte sich ein.

»Ich weiß es schon. André Gruber? Sie sollten herausfinden, was er für ein Mensch ist?« »Wenn Sie eh alles wissen! Ja genau so war es.«

»Und weiter? Haben Sie ihm die Informationen geben können?«

»Ja. Unser Kontakt lief über Telefon und E-Mail. Sein letztes Anliegen war dann etwas brisant. Er wollte wissen, ob ich Möglichkeiten hätte, die Vaterschaft festzustellen. Er wollte Gewissheit, dass André Gruber sein Sohn sei.«

»Was haben Sie geantwortet?«

»Dass mir da die Hände gebunden sind, und ich nichts für ihn tun kann.«

»Kommen Sie Herr Garbsen, wir wollen Ihnen nichts unterstellen, aber für unser Ermittlungen ist es wichtig zu wissen, ob er die Information von Ihnen bekommen hat.«

»Nein, hat er nicht.« Rafael Garbsen schüttelte den Kopf.

Es blieb still im Raum.

»Ok, wenn sie meinen. Falls Ihnen noch etwas einfallen sollte, oder sie sich entschließen mit uns zu kooperieren, melden Sie sich. Ich brauche Ihnen nicht erklären, dass Sie sich strafbar machen, wenn Sie uns wissentlich Informationen vorenthalten. Könnte Sie ihre Lizenz kosten.«

»Das werde ich nicht riskieren, darauf können Sie Gift nehmen. Auf Wiedersehen.«

»Wie hat Herr Hausmann Sie eigentlich bezahlt?«, fiel Wurm auf dem Weg nach draußen noch ein.

»Noch gar nicht, ich weiß nicht, ob ich irgendwo meine Ansprüche geltend machen kann. Ich habe die Rechnung diese Woche schreiben wollen.«

»Versuchen sie es mal bei dem Manager«, riet Wurm dem Detektiv.

Rafael Garbsen zündete sich erneut eine Zigarette an. Er brauchte Ruhe und Zeit zum Nachdenken. Was war das Sinnvollste in dieser Situation? Gott sein Dank hatte ihn niemand in dem Altenheim gesehen, manchmal war es hilfreich, unauffällig auszusehen. Er wollte am Abend Hausmann die Ergebnisse des Tests persönlich bringen - er hatte sie erst nach dem Gespräch mit ihm bekommen - und die Kohle kassieren. Alles schwarz natürlich, ohne Rechnung, ohne Belege. Ganz legal war es nicht und durfte nicht offiziell laufen. Ohne Probleme war er ins Haus gekommen, die Türe war unverschlossen.

»Hallo und herzlich willkommen in Neuss!«, wollte er sagen, doch die eindeutigen Geräusche aus dem Badezimmer verschlugen ihm die Sprache. Ob ihm der Ortswechsel auf den Magen geschlagen war, dachte er noch. Und dann sah er das Geld. Es lag nicht offen herum, aber unter einem Schreibblock sah er den Zipfel von Banknoten, lilafarben. Fünftausend hatte sie vereinbart, doch da lag mehr. Wesentlich mehr. Automatisch, wie unter Zwang griff er danach. Fünfhunderter, Zweihunderter, Hunderter. Sein Blick streifte den Brief. Testament las er. Im Hintergrund hörte er, wie sich Hausmann erneut erbrach. Rafaels Entscheidung fiel innerhalb Sekunden. Er riss den Brief ab, packte das Geld, versteckte beides in seiner Jacke und verschwand. Wieder sah ihn niemand.

Erst im Büro hatte er wieder denken können. Fünfzehntausend Euro. Die würden ihm helfen, wieder auf die Füße zu kommen. Die Detektei lief schlecht, selbst seine Versuche mit Dumpingpreisen Kunden anzulocken schlugen fehl. Mit dem Geld würde er das

Büro renovieren, sein schlechtes Gewissen war verschwunden – schließlich gab es niemanden, der das Geld vermisste. Aber was sollte er mit dem Testament machen? Völlig idiotisch, dass er es mitgenommen hatte. Soweit er sehen konnte, war es juristisch nicht anfechtbar. Dieses Schreiben garantierte, dass André Gruber ein beträchtliches Vermögen erben konnte, wenn es wieder auftauchen würde. Mal sehen, was es ihm wert war.

Die Polizei wusste, dass Hausmann der leibliche Vater Andrés war, es war nur eine Frage der Zeit, wann sie die Beweise dafür hatten. Gut, dass er den Kontakt mit Elvira nie abgebrochen hatte. Sie war ihm immer gefällig, im Bett, wie auch im Labor. Gegen ein wenig zusätzliches Geld hatte sie auch nichts einzuwenden und arbeitete dann extra schnell. Das Testergebnis war eindeutig; zu 99,32 Prozent war Hausmann der Vater.

Rafael hatte nicht nur über André, sondern auch über Hausmann Erkundigungen eingezogen. Kein netter Mann. Und dann diese Gerüchte, denen würde er jetzt auf den Grund gehen. Diese seltsame Frau im Seniorenheim hatte ihn auf eine Idee gebracht. Diesem Verdacht wollte er jetzt nachgehen, und war schon gespannt, wohin ihn das führte.

25. Kapitel

Wurm schmiss seine Tasche auf den Boden.

»Was ist das eigentlich für ein seltsamer Fall? Ein narzisstischer Pianist, ein Haus voller reicher exzentrischer älterer Herrschaften, vergiftete Mozartkugeln und dann hängt auch noch ein einflussreicher Neusser da mit drin. Jetzt erzählst du, Natascha, dass Hausmann fünfzehntausend Euro in bar und persönlich abgehoben hat, und die sind obendrein verschwunden! Das übersteigt mein Vorstellungsvermögen!«

Natascha und sein bayrischer Kollege blickten sich mit einem leichten Schmunzeln an.

»Der wievielte Versuch?«, wagte Natascha zu fragen.

»Ach lasst mich doch in Ruhe.«

Nachdem er sich in seinen Bürostuhl zurückgelehnt hatte, umspielte ein zaghaftes Lächeln seinen Mund.

»Ihr habt ja recht. Ich versuch mal wieder, mit dem Rauchen aufzuhören. Wie heißt es so schön? Der Geist ist willig, das Fleisch ist schwach. Ich bilde mir ein, mit Zigarette kann ich besser denken.«

Franjo ging nicht darauf ein.

»Lenk dich ab. Der Fall ist kompliziert genug. Was ist das für eine Geschichte mit dem Geld? Wieso hebt Hausmann fünfzehntausend Euro ab? Und wem gibt er es? Erinnert mich an Erpressung. Aber wer sollte ihn erpressen? Natascha hast du die Kontobewegungen der vergangenen Monate? Gibt es ähnliche Abhebungen?«

»Nein, eine einmalige Geschichte. Vielleicht wollte er jemanden mit dem Geld beeindrucken? Oder kaufen? Denkt daran, was der Spranger über ihn gesagt hat: Er regelte alles mit Geld, kaufte jeden. Wie den Kunz. Außerdem denke ich, dass der Detektiv nicht ganz sauber ist. Und der Spranger muss doch irgendetwas geahnt haben! Von dem Sohn, der Testamentsänderung. Was ist, wenn er befürchtet, dass sein Arbeitgeber das Testament ändern wollte? Und bevor das passiert, vergiftet er ihn? Er konnte nicht voraussehen, dass Hausmann sich hinsetzt und handschriftlich ein Neues schreibt, um alles dem Gruber zu vererben.«

»Stimmt, aber du darfst auch nicht vergessen, dass da noch Frau Gruber ist. Wie mag sich die Frau fühlen, wenn sie erfährt, dass nach Jahren der Mann hier auftaucht, der Schuld am Tod ihrer Schwester ist. Außerdem bringt Hausmann das komplette Familienleben der Grubers durcheinander. Es scheint, als haben sie umsonst jahrelang ihr Geheimnis bewahrt. «

Natascha mischte sich ein.

»Natürlich, das ist ein Aspekt, aber ich glaube nicht, dass Frau Gruber etwas damit zu tun hat. Ich tippe auf den Spranger.«

»Spranger hat eine kleine Wohnung in der Nähe der Seniorenresidenz gemietet. Es lohnt sich, dem noch mal auf den Zahn zu fühlen. Komm Franjo, wir fahren hin.«

Franjo erhob sich schwerfällig aus einem Stuhl. »Wir fahren aber noch an der Moselstraße vorbei und holen uns einen Cappuccino auf die Hand? Und einen Muffin?«

»Himmel, wann hörst du auf ans Essen zu denken?«, stöhnte Eberhard genervt.

»Wenn du aufhörst, von deinen Glimmstängel zu träumen!«

Natascha lachte laut auf und wandte sich ihrem Bildschirm zu.

26.Kapitel

Konstantin war deprimiert. Er kam nicht weiter. Die Kalender seines Vaters lasen sich wie eine Dokumentation seiner Arbeit, die wenigen persönlichen Einträge hatte er bereits gelesen.

Parallel saß er am Laptop und durchsuchte das Internet nach Informationen über Hausmann. Es gab kaum Hinweise auf Frauen. Hatte er nie eine Freundin oder Geliebte gehabt?

War er vielleicht homosexuell gewesen?

»Sag mal, Sybille, was weißt du eigentlich von Eugen Hausmann?«

Seine Mutter stand in der Küche und bearbeitete Paprika, Auberginen, Zwiebeln. Konstantin befürchtete, dass sie ihm wieder ein vollwertiges vegetarisches Menü bereitete. Es sah sehr gesund aus.

Sie ließ sich nicht stören. »Was soll ich über ihn wissen? Er war ja mehr mit Richard befreundet, mir gegenüber war er sehr zuvorkommend und höflich.«

»Glaubst du, er war schwul?«, bohrte Konstantin nach.

Sie drehte sich zu ihm um.

»Nein, das glaub ich nun wirklich nicht! Er war so gutaussehend«, entrüstete sich Sybille und hackte auf ein paar Kräuter ein.

»Das spricht ja nicht dagegen, ganz im Gegenteil.«

»Du hast immer Ideen. Aber er hatte mal eine Freundin, das hat mir dein Vater erzählt. Damals, als er noch hier in Neuss lebte. Wie hieß die noch? Ich weiß es nicht mehr. Die beiden waren immer zusammen in der Milchbar gewesen. Das muss so in den sechziger Jahren gewesen sein.«

›Tolle Hilfe‹, dachte er. Er nahm sich noch einmal die Kalenderbücher der Jahre vor. Vielleicht fänd´ er mal einen ausgeschriebenen Namen und nicht nur Initialen. Der Kalender von 1960 fühlte sich dicker als die anderen an. Das war ihm noch gar nicht aufgefallen. Auf der rückwärtigen Innenseite fand er eine Art Geheimfach. Verwundert tastete er, ob etwas drin war. Er fand kleine Briefe, mehr Zettel, die mit einer kindlichen Schrift geschrieben waren. Neugierig faltete er ihn auseinander.

17.03.1960. Und begann mit: »*Geliebter, du bist mein Traum. Dein Antlitz sehe ich, wenn ich einschlafe. Ich kann verstehen, dass du in der Öffentlichkeit nicht zu mir stehen kannst, aber auch ich werde älter. Und dann haben wir keine Probleme mehr. Ich kann warten, und du auch. Deine ewige Liebe.*«

Ein gemaltes Herz in dem *E+ L* stand, darunter *Für immer* beendete den Brief. Der Zweite war eine Woche später geschrieben worden und auch er handelte von der glühenden Anbetung einer jungen Verehrerin. Dass der angeschriebene Eugen Hausmann war, daran zweifelte Konstantin keinen Moment. Im nächsten Brief fand er seine Annahme bestätigt. »*Du bist der einfühlsamste Mensch, den ich kenne. Wer so zärtlich die Tasten des Klaviers berührt, muss ein empfindsamer Mensch sein. Ich sehne mich nach Dir!!!*«

Die Ausrufezeichen gaben dem Geschriebenen etwas Verletzliches. Es lag so viel Gefühl darin und berührte Konstantin tief. Überall waren diese Herzen gemalt: E + L. In dem nächsten Brief fand Konstantin Hinweise, dass der Empfänger nicht so reagierte, wie es die Schreiberin gerne gehabt hätte.

»*Liebster, ich warte so sehr auf ein Zeichen von dir. Ein Augenzwinkern, eine zufällige Berührung deiner Hand an meinem Arm. Das würde mir schon reichen. Aber kanzel mich nicht so ab, du ahnst nicht, wie sehr ich dich liebe. Du kannst mich und meine Gefühle nicht ignorieren!*«

»Mein Gott«, dachte Konstantin, das schien ein pubertärer Erguss eines verliebten Teenagers zu sein. Er fragte sich, wie sein Vater an diese Briefe gekommen war, und warum er sie aufgehoben hatte.

Obwohl keiner der Briefe direkt an Eugen geschrieben war, war es doch eindeutig, dass er der Empfänger war. Aber was war an einer minderjährigen Verehrerin so brisant, dass man diese Briefe verstecken musste?

E+L. Für immer. Eugen und? Was konnte L bedeuten? Wahrscheinlich kein moderner Name, der Brief war ja ein paar Jahrzehnte alt. Luise? Lydia, Ludmilla, Liane? Er kannte niemanden mit diesem Namen.

Je mehr er über Hausmann und seinen Vater erfuhr, desto unklarer wurde alles. Er müsste mit jemanden reden. Oskar fiel ihm ein, und Herr Kunz. Im Altenheim bestand sogar die Möglichkeit Sandra zu treffen. Er schnappte sich den Autoschlüssel, rief seiner Mutter »Tschüss« zu und fuhr los.

Sybille rief ihm noch: »Wo willst du hin? Das Essen ist gleich fertig!«, was er ignorierte. Sollte doch Elli ihren Spezial-Gemüse-Auflauf essen.

27.Kapitel

Rafael Garbsen war tief in Gedanken versunken. Wie sollte er vorgehen? Er nahm den Hörer in die Hand und wollte gerade die Nummer wählen, die er sich auf einem Zettel notiert hatte, als er innehielt. Telefongespräche konnte man, trotz Rufnummernunterdrückung, nachvollziehen. Besser hinfahren. Er schaute zur Uhr. Dreizehn Uhr, das passte perfekt.

Er nahm den Autoschlüssel vom Brett und fuhr los, gespannt, wie die Dame reagieren würde.

Spranger bewohnte eine Dachgeschosswohnung in einem alten Neusser Gründerzeithaus in der Nähe des Sporthafens. Die Fassade glänzte in einem warmen Rotton in der Sonne und die Stuckverzierungen setzten sich in strahlendem Weiß ab. Als Wurm und Obermeier, nach Luft schnappend im vierten Stock ankamen, stand Walter Spranger spöttisch lächelnd an der Tür.

»Das erspart mir das Fitnessstudio. Glauben Sie mir, mit der Zeit klappt es besser.«

Mit einer einladenden Handbewegung bat er sie herein. Wurm blieb einen Moment stehen. Das hatte er nicht erwartet: auf Hochglanz polierte Holzbodendielen, massive Holztüren, riesige Panoramafenster, mit Blick auf den Rhein. Vom Wohnzimmer betrat man einen kleinen Balkon mit Ausblick in einen Garten. Man hörte weder Straßen- noch Menschenlärm, sondern nur Vogelgezwitscher. Die Einrichtung bewies Geschmack, ein gekonnter Mix aus modernen, kantigen Möbeln, kombiniert mit Antiquitäten. Trotzdem wirkte alles bequem und komfortabel.

»Nehmen Sie doch bitte Platz meine Herren, darf ich Ihnen etwas anbieten? Wasser, oder einen Cappuccino aus meiner original italischen Espressomaschine? Ich kreiere eine perfekte

Milchcreme, die nichts mit dem harten Schaum zu tun hat, der einem in den Kaffeeketten angeboten wird. Die Milch muss die Konsistenz einer Creme, ohne große Luftblasen, haben, die sich mit dem Espresso beim Trinken vermischt. Ein Genuss!«

Er philosophierte weiter über die Zubereitung des perfekten Cappuccinos, angefangen bei den Bohnen - Arabica, Robusta oder eine Mischung von beiden – bis hin zur Temperatur, Luftfeuchtigkeit und – druck. Zum guten Schluss bemerkte Spranger noch selbstgefällig:

»Ich habe einen Baristakurs besucht. Herr Hausmann bestand darauf, da er stets das Beste verlangte. Ich könnte Ihnen auf ihren Cappuccino sogar einen Tannenbaum oder, aber das ist wohl unangemessen, ein Herzchen kreieren.«

»Kann ich auch. Es gibt doch diese Schablonen. Der Kakao wird mit Hilfe der Schablone in Herzchen oder Bäumchen gestreut«, begeisterte sich Eberhard Wurm.

»Nein, um Himmels willen, man nimmt doch für einen echten Cappuccino kein Kakaopulver! Die Muster bekommt man mit einer bestimmten Gießtechnik hin. Deshalb muss die Milch cremig und nicht schaumig sein!«

Die Entrüstung stand Walter Spranger ins Gesicht geschrieben. Wurm nahm die Kritik gelassen und schaute sich in der Wohnung um. An der Wand hing ein großer Flachbildschirm, gegenüber einige Gemälde. Im Gegensatz zum Büro von Rafael Garbsen wirkten sie sogar echt.

»Wir sind nur hier, um Ihnen noch ein paar Fragen zu stellen. Sie hatten doch Überblick über die Konten Ihres Arbeitgebers?«

Hauptkommissar Wurm war nicht nach höflicher Konversation zumute, er kam direkt zur Sache.

»Ja, natürlich. Wie kommen sie auf diese seltsame Frage?«

»Herr Hausmann hat am Montag fünfzehntausend Euro von der Sparkasse in Neuss angeholt.«

Stille. Beide Kommissare beobachteten gespannt, wie Spranger auf diese Mitteilung reagierte.

Völlig locker antwortete er:

»Ich habe das arrangiert. Allerdings wollte Hausmann das Geld persönlich abholen. Soviel wie ich weiß, müsste es auch geklappt haben.«

»Wissen Sie, für was oder wen das Geld bestimmt war?«

»Nein, das hat er mir nicht mitgeteilt. Er liebte Geheimnisse, ließ einen gerne im Unklaren. War geizig mit Informationen. Mein Job war ihm zuzuhören und seine Pläne umzusetzen. Weitere Fragen waren nicht erwünscht. Daran habe ich mich gehalten. Wahrscheinlich ist das der Grund, warum er mich so lange in seiner Nähe geduldet hat.«

»Es ist Ihnen nicht schlecht dabei ergangen, oder?«

»Ich kann mich nicht beschweren.«

»Wissen Sie, ob er das Geld mit ins Heim genommen hat?«

»Lassen Sie Frau Küsters nicht hören, dass Sie ihre Residenz ›Heim‹ nennen. Das trifft es wirklich nicht. Um auf das Geld zurückzukommen, ich weiß es nicht mit Bestimmtheit, denke aber, dass er es mitgenommen hat.«

Wurm fühlte sich wohl in dem Le-Corbusier-Sessel und streckte seine Beine aus.

›Hier abends sitzen, den Ausblick genießen und eine Zigarette rauchen‹, träumte er einen Moment.

Da war es wieder. Das Verlangen nach einer Zigarette, nach tiefem Inhalieren.

›Es ist Gift für dich, du bist süchtig. Mach dich nicht abhängig von diesen schmalen weißen Stängeln‹, redete er sich in Gedanken gut zu. ›Du brauchst das nicht!‹

Laut sprach er:

»Haben Sie Zeit gehabt in ihre Unterlagen zu schauen? Sie wollten uns Namen nennen, von Menschen, die Grund hatten Hausmann zu hassen, oder den Tod zu wünschen?«

»Ja, es sind nicht viele Notizen. Es gab in Frankfurt einen Vorfall mit einer Violinistin, Klara Bach. Ist schon Jahre her. Hausmann hatte ihr ein Engagement verbaut. Hat so lange über sie hergezogen, dass der Veranstalter einen Klavier- statt Violinenabend ausrichtete. Sehr temperamentvolle Frau, sie hat gedroht, ihn zu vierteilen. Kann man kaum ernst nehmen. Und dieser Paul Lennerts, das war damals in Wiesbaden, mit dem hat er richtig Krach gehabt. Hier, ich hab Ihnen die Namen aufgeschrieben.«

»Klara Bach. Haben Sie noch Kontakt mit ihr?«

»Nein, ich weiß auch gar nicht, ob sie noch aktiv ist. Bei dem Lennerts ebenso wenig.«

»Was hat Ihnen Ihr Arbeitgeber als Grund für den Umzug nach Neuss angegeben?«, fragte Obermeier.

»Man mag es kaum glauben, aber er wurde mit zunehmendem Alter sentimentaler. Es zog ihn in seine Heimat, zu seinen Wurzeln. So hat er es mir erklärt und es stand mir nicht zu, daran zu zweifeln. Aber das habe ich Ihnen doch schon erklärt.«

»Eigentlich passt Rührseligkeit gar nicht zu ihm. Wir haben ein völlig anderes Bild von Eugen Hausmann gewonnen. Sentimental wäre die letzte Eigenschaft, mit der ich ihn charakterisieren würde.«

Walter Spranger zuckte mit den Schultern. Eberhard Wurm hakte nach:

»Sie wussten nichts von seinem Sohn?«

»Sohn?«, fragte er überrascht.

»Sie wussten nichts von André Gruber? Er lebt hier in Neuss, mittlerweile steht es fest, dass Eugen Hausmann der leibliche

Vater ist. Wann waren Sie eigentlich das letzte Mal in dem Altenheim und haben Hausmann gesehen?«

»Einen Tag, bevor er ins Krankenhaus gekommen ist. Er hatte mich sehen wollen, um ein paar Dinge zu besprechen. Unter anderem, weil ich das mit der Bank regeln sollte. Er sagte, dass er ein paar Ausgaben hätte. Ach ja, dann folgte noch ein merkwürdiger Satz. Mal schauen, ob der Apfel wirklich nicht so weit vom Stamm fällt.«

»Aha. Es existiert ein neues Testament. Zumindest die Kopie. Darin sieht er Sie zwar immer noch als Erben vor, allerdings nur mit einer kleinen Summe. Fünfzigtausend. Ich dachte, Sie sollten das schon mal wissen. Aber solange das Original nicht auftaucht, brauchen Sie sich keine Gedanken zu machen.«

Die Tür fiel ins Schloss. Walter Sprangers Gesicht wirkte blass, fast fahl. Dass Hausmann vergiftet wurde, war eine schlechte Nachricht, dass jedoch ein neues Testament existieren soll, eine Katastrophe. Er hatte all die Jahre Hausmanns Schikanen ertragen, weil er hoffte, als Alleinerbe eingesetzt zu werden. Sie hatten das Testament aufgesetzt und beim Notar hinterlegt. Und jetzt sollte es ein Neues geben? Hoffentlich blieb es verschwunden! Die ganzen Jahre der Demütigung sollten umsonst gewesen sein? Sein Blick fiel auf einen Brief auf seinem Schreibtisch. Dritte und letzte Mahnung stand dort in großen vorwurfsvollen Buchstaben. Kein freundlicher Ton, keine freundliche Aufforderung, die Möbel zu bezahlen, die er bestellt hatte, sondern die Ankündigung ein Inkassobüro einzuschalten. Bezahlen konnte er keine der Rechnungen. Die Beratertätigkeit bei dem Düsseldorfer Konzern fing erst in einigen Wochen an und war gut fürs Image, brachte ihm im Moment aber kein Geld. Er stöhnte auf. Natürlich gab es die Möglichkeit, seine letzten Reserven zusammenzukratzen und alles auf eine Karte zu setzen. Ein paar Mal in seinem Leben hatte es geklappt, aber noch häufiger war es schief gegangen. Er hatte Angst und keine Ahnung, was er tun sollte.

28.Kapitel

»Ich konnte einen Blick auf seinen Sekretär werfen, da lagen ein paar Briefe, unter anderem Mahnungen. Interessant war ein Schreiben von einem Inkassounternehmen. Unser feiner Herr scheint in finanziellen Schwierigkeiten zu stecken«, berichtete Franjo. »Der lebt ganz schön auf großem Fuß.«

»Natascha kriegt schon raus, was bei ihm los ist.«

Beide grinsten, stiegen wieder ins Auto und fuhren Richtung Konrad- Adenauer-Ring, zurück zur Kripo. Natascha blickte kurz von ihrem Schreibtisch auf.

»Habt ihr Neues erfahren?«

Obermeier klopfte ihr von hinten auf die Schulter.

»Mein Mädel, hast du schon etwas über diesen Spranger herausgefunden? Er wohnt in einer sehr schönen Wohnung, die bereits perfekt eingerichtet ist, nur vom Feinsten. Und doch habe ich Schreiben von einem Inkassobüro gesehen. Irgendwas passt da nicht zusammen.«

Sie lächelte.

»Ich war natürlich nicht untätig. Habe ein paar Informationen zusammengetragen. Er ist Jurist, hat sein ganzes Leben in Berlin verbracht. Hat ein paar Jahre bei einer kleinen Anwaltskanzlei gearbeitet, nichts Aufregendes. Vor dreiundzwanzig Jahren bekam er dann den Job bei Hausmann. Im Prinzip organisierte er Hausmanns Leben. Rechtliche Beratung klar, aber auch alles andere. Fahrer, Manager, quasi Mädchen für alles, aber gut bezahlt. Allerdings habe ich ein paar Infos bekommen, dass er gerne zockt. Bis vor ein paar Jahren noch in den Casinos. Nicht immer erfolgreich und er hat sich selbst gesperrt.«

»Zocken?«

Obermeier schaute sie irritiert an.

»Ja, spielen, Poker. Roulette, Blackjack. Gibt es den Ausdruck nicht in Bayern? Auf jeden Fall hat er wohl nicht aufhören können und hat weiter gepokert.«

»Doch klar, das Wort kenne ich. Aber spielsüchtig? Es passt gar nicht zu ihm, oder? Golfen oder Tennis, aber Poker? Geht es um viel Geld?«

Natascha nickte und redete weiter.

»Es gibt da ein paar illegale Clubs in Berlin, da geht es richtig zur Sache. Und das sind keine Kuschelfreunde. Der Kollege aus Berlin wollte sich aber noch mal im Laufe des Tages melden, sobald er nähere Informationen hat. Hier in Neuss ist er noch nicht bekannt.«

29.Kapitel

»Toter in der Kantstraße. Sieht so aus, als wäre es unser Detektiv.«

Natascha informierte ihre Kollegen, sachlich und emotionslos. Wurm fand als Erster die Sprache wieder.

»Garbsen ist tot? Das darf doch wohl nicht wahr sein! Was ist denn hier in Neuss los!? Etwa ein Serienmörder?«

Die Spurensicherung war bereits am Tatort.

»Erschlagen. Wahrscheinlich mit dem Kristallaschenbecher. Ganz schön schwer, das Teil«, teilte der Verantwortliche mit. »Ihr wisst ja, alles andere nach der Obduktion!«

»Aber wann es ungefähr passiert ist, kannst du uns doch noch mitteilen, oder?« Franjo schaute ihn nachdenklich an.

»Klaus war richtig, nicht wahr?«

Karl Brauner stöhnte auf. Wieso konnte sich dieser Bayer seinen Vornamen nicht merken?

»Nein, Karl, nicht Klaus.«

Sein Tonfall kühlte um eine Nuance ab.

»Zwei Stunden wird es her sein. Aber momentan kann ich mich noch nicht auf einen genauen Zeitpunkt festlegen.«

Rafael Garbsen lag neben dem Couchtisch, sein Kopf von einer Blutlache umrahmt.

»Sag mal, Franjo, kommt dir das nicht auch merkwürdig vor?«, erkundigte sich Wurm.

Ein Rufen unterbrach ihn.

»Das müsst ihr euch anschauen!«

Wurm und Obermeier gingen auf den jungen Kollegen zu.

»Hier ist ein Brief versteckt, der euch interessieren dürfte und jede Menge Geld. Hausmann, das ist doch der Klaviermensch, der vergiftet wurde. Das hier sieht nach seinem ›Letzten Willen‹ aus«, verkündete der Kollege von der Spurensicherung und hielt triumphierend ein Schreiben in die Höhe.

»Hier?«, rief Wurm überrascht aus.

»Wenn es tatsächlich Hausmanns Unterschrift ist, was sich erst nach der Überprüfung feststellen lässt, dann enthält das Testament alle rechtlichen Bestandteile und ist rechtsgültig.«

»Wir werden es noch auf Fingerabdrücke untersuchen. Und uns wie immer beeilen.«

»Der Garbsen hat uns echt was vorgemacht.«

Eberhard Wurm starrte die Leiche an.

»Und das mit seinem Leben bezahlt. Schauen wir mal, wen er als letztes angerufen hat.« Franjo Obermeier drückte die Wahlwiederholung und die Lautsprechertaste des Telefons. Dreimal erklang ein Tut-Tut-Ton, bevor abgehoben wurde.

»Gruber«, meldete sich eine Frauenstimme. Der Bayer legte auf, schaute seinen Kollegen nachdenklich an und murmelte:

»Merkwürdig. Lass uns noch mal hinfahren.«

30.Kapitel

»Was können wir für sie tun?«

Josef Gruber saß einträchtig neben seiner Frau auf dem braunen Ledersofa. »Rafael Garbsen, Detektiv aus Neuss, ist tot. Er wurde ermordet in seinem Büro aufgefunden. Nach unseren Informationen hat er Sie kontaktiert.«

Wurm wartete vergeblich auf eine Reaktion. Josef Gruber hielt seinem Blick stand, blieb aber stumm.

»Wo ist Ihr Sohn?«, fuhr Wurm fort.

Gerlinde Gruber schaute zu Boden, ihr Mann bekam einen harten Zug um den Mund und fragte:

»Was hat unser Sohn mit dieser Sache zu tun?«

»Nun, wir haben das Originaltestament in dem Büro des Detektivs gefunden, in dem Ihr Sohn, Verzeihung, Adoptivsohn, eine große Rolle spielt.«

»Wie Sie sich vielleicht vorstellen können, ist unsere Familienharmonie etwas gestört, durch die plötzliche Veröffentlichung der Adoption, nicht zuletzt durch die Umstände.«

Josef Gruber wurde durch das plötzliche Schluchzen und Hinauslaufen seiner Ehefrau unterbrochen.

»Meine Frau leidet. Die Vergangenheit lebt unerwartet wieder auf, der Selbstmord ihrer Schwester. Es waren schreckliche Erlebnisse damals. Natürlich macht sie sich Vorwürfe, dass wir es André nicht schon früher gesagt haben, aber es gab einfach nie den richtigen Zeitpunkt. Wir waren eine glückliche Familie, bis Hausmann auftauchte«, seufzte Gruber.

»Na, der ist ja nun tot. Hätte er ihr Leben sonst noch mehr durcheinandergebracht?«, unterbrach ihn Eberhard Wurm.

»Auch damit wären wir fertig geworden, und ich denke wir werden auch diese Herausforderung überstehen. Letztendlich haben wir André die ganzen Jahre aufgezogen, ihn begleitet, betreut und geliebt, wie man einen Sohn eben liebt. Da gab es keine Barriere, weil er nicht das leibliche Kind war. Jeder, der etwas anderes behauptet, lügt.«

»Wie geht ihr Sohn mit der ganzen Situation um?«

»Er ist durcheinander. Er macht uns Vorwürfe, geht uns aus dem Weg. Aber das sind nur Momentaufnahmen, er wird wieder vernünftig, davon bin ich überzeugt. Wir lieben ihn doch«, versicherte Josef Gruber.

»Dieses Testament. Es ist ungewöhnlich, doch soweit wir es bisher prüfen konnten, rechtswirksam. Ihr Sohn erbt ein großes Vermögen, und zwar nur, weil das Original jetzt aufgetaucht ist. Der Detektiv hatte es in seinem Besitz. Stellen sie sich mal folgendes Szenario vor: Rafael Garbsen, Privatdetektiv, wird von Eugen Hausmann beauftragt, herauszufinden, ob er der leibliche Vater von André ist. Soweit so gut, es ist kein Geheimnis, zumindest nicht für Sie und ihre Frau. Eugen Hausmann ahnte etwas, konnte es aber nicht hundertprozentig wissen und will Beweise, die ihm Garbsen bringt. Durch welche Umstände auch immer gerät ihm das Testament, in dem Ihr Sohn bedacht ist, in die Hände. Die Geschäfte laufen schlecht, und Garbsen überlegt sich, dass es ihrem Sohn doch etwas wert sein müsste, dass der letzte Wille auftaucht, zumal Hausmann mittlerweile verstorben ist, und er ein großes Vermögen erbt, wenn das Testament auftaucht. Seltsam, aber im Moment bleiben wir immer an Ihrem Sohn hängen.«

Wurms Blick blieb auf Josef Gruber geheftet.

»Dann ermitteln Sie schlecht. Wissen Sie eigentlich, mit wem Sie es zu tun haben? André hat gar keinen Bedarf an Geld, er hat alles, was er braucht. Wir sind finanziell gut aufgestellt, Geld ist wirklich kein Motiv. Und wofür übrigens? Hat André jetzt

Hausmann umgebracht? Oder Garbsen? Gar beide? Mein Sohn der Serienkiller von Neuss? Ich sehe die Schlagzeilen der Regenbogenpresse schon vor mir! Ist doch Unsinn!«

»In einem Fall haben sie allerdings Recht, Vater.«

André Gruber hatte unbemerkt den Raum betreten. Schlagartig drehten sich ihm alle zu.

»Gestern rief der Detektiv bei mir im Büro an und wollte mit mir sprechen. Es war genauso, wie sie es beschrieben haben: Gegen Zahlung einer Summe würde er dafür sorgen, dass das Testament der Polizei zugespielt wird. Sonst gäbe es Menschen, die sicher zahlen würden, damit es unter Verschluss gehalten oder sogar vernichtet wird«, berichtete André.

»Und, wie haben Sie reagiert?«, wollte Franjo Obermeier wissen.

»Ich habe ihm gesagt, dass er mir den Buckel runter rutschen solle. Kein Interesse. Der Hausmann hat sich nie für mich interessiert und dass ihn auf einmal ein schlechtes Gewissen geplagt haben soll, kann ich nicht glauben. Außerdem bin ich nicht käuflich!«, polterte André.

Gerlinde Gruber betrat mit rot unterlaufenden Augen wieder den Raum und setzte sich wortlos auf einen Stuhl.

»Sie haben sich nicht mit ihm getroffen?«

»Nein.«

»Und Sie Herr Gruber?«, wandte sich Franjo Andrés Vater zu.

»Hat er sich vielleicht mit Ihnen treffen wollen?«

»Nein, ich hatte Ihnen ja erzählt, dass er angerufen hatte, aber ein weiteres Mal ist er nicht mit mir in Verbindung getreten.«

Franjo Obermeier wandte sich Frau Gruber zu.

»Frau Gruber, Können Sie uns irgendwie weiterhelfen? Ihre Schwester hat sich umgebracht. Dieses schreckliche Ereignis ist mit Hausmanns Auftauchen auf einmal wieder präsent und hat sicher wieder Wunden aufgerissen. Gibt es noch andere Freunde oder Freundinnen ihrer Schwester, mit denen Sie noch Kontakt haben?«

»Ja, natürlich ist es schmerzhaft. Meine Schwester ist ein wunderbarer Mensch gewesen, spontan, lebenslustig. Nur in die Sache mit Hausmann hatte sie sich verrannt.«

»Wenn Ihnen noch irgendetwas zu Garbsen oder Hausmann einfällt, geben Sie uns bitte Bescheid. Danke, wir finden alleine hinaus.«

Sie verabschiedeten sich und verließen das Haus. Eberhard steckte den Autoschlüssel ins Schloss, drehte ihn aber nicht um. Plötzlich haute er mit der Faust auf das Lenkrad.

»Verdammt!«, rief er aus.

»Ich verstehe das nicht! Kannst du mir mal erklären, was das alles soll? Ich finde kein Packende, weiß gar nicht, wo ich anfangen soll. Das ist doch alles Irrsinn!«

»Irgendeinen Sinn muss es haben, umsonst werden nicht zwei Menschen umgebracht. Bei einer bisher noch unbekannten Person muss die Rückkehr Hausmanns nach Neuss den Wunsch nach Rache, Vergeltung ausgelöst haben. Und der Garbsen ist zufällig ins Spiel gekommen. Denkbar wäre doch, dass er bei seinen Ermittlungen auf diese Person mit den Rachegelüsten gestoßen ist. Garbsen war geldgierig. Vielleicht wollte er wieder Geld erpressen, weil das Geschäft mit dem Gruber nicht zustande gekommen ist und dann ist er an den Falschen geraten.«

»Denkbar wäre es schon. Wie machen wir nun weiter?«

»Abwarten, was die Spurensicherung ans Tageslicht bringt.«

31.Kapitel

Konstantin fuhr noch einmal ins Seniorenstift ›Schöne Aussicht‹. Es schien die Sonne, er kurbelte die Seitenfenster des Minis nach unten und genoss den Urlaubstag. Zum ersten Mal, seit dem missglückten Interview fühlte er sich gut. Er wollte mit ein paar der Bewohner des Altenheims ins Gespräch kommen, sie über Eugen Hausmann ausfragen und natürlich hoffte er insgeheim, Sandra zu sehen. Bisher waren seine Versuche, sie zufällig in der Stadt zu treffen, fehlgeschlagen. Das Foyer des Seniorenstifts war verwaist, selbst der Drache saß nicht am Empfang. Konstantin ging unbehelligt zur Sonnenterasse. Es war ganz einfach, ungesehen ins Haus zu kommen. Herr Kunz saß mit ein paar Damen am Tisch und schien sich köstlich zu amüsieren. Er erzählte ausschweifend und wild mit den Händen gestikulierend mit den Händen und die Frauen hingen an seinen Lippen.

»Hallo Konstantin«, rief er, »Kommen Sie doch zu uns.«

Konstantin winkte zurück und stellte sich vor. »Guten Tag, die Damen.« Sofort war er Mittelpunkt.

»Sie sind wirklich bei der Zeitung? Degen, Degen, der Name kommt mir bekannt vor.«

Eine ältere sympathisch wirkende Dame sprach ihn an. Herr Kunz antwortete, bevor Konstantin ein Wort sagen konnte.

»Sein Vater war sehr bekannt, den musst du auch noch kennen. Richard Degen.«

»Ja natürlich. Richard Degen, der Journalist, war das nicht der, der damals diesen Korruptionsskandal aufgedeckt hatte? Das hat ja weit über Neuss Wellen geschlagen.«

»Nein, da ging es doch um diese Unterschlagungen«, warf eine andere Frau ein. Die Diskussion war im vollen Gang. Als sich die Gemüter wieder beruhigten, fragte Konstantin in die Runde:

»Wenn Sie meinen Vater kannten, dann müssten sie doch auch Eugen Hausmann von früher kennen. Ich möchte wissen, wie er war, habe ihn ja gar nicht kennengelernt.«

»Wollten Sie ihn nicht interviewen?«, wollte eine Dame mit weißen Haaren wissen, die ihn neugierig musterte.

»Ja, aber daraus wurde ja nichts.«

Er zuckte die Schultern.

»Ich kann Ihnen eine ganze Menge erzählen. Meine Freundin, die Lydia, ist eine ganz feine Frau, mag Gedichte. Lernt sie auswendig und trägt sie vor.«

Plötzlich fing sie an zu rezitieren:

»Hilflos in der Welt gebannt, selbst ein Rätsel mir. In dem schalen Unbestand, ach was soll ich hier?«

Alle blickten betreten zu Boden, bis Herr Kunz sie unterbrach.

»Es ist gut, Herr Degen will bestimmt nicht diese alten Gedichte hören.«

Herr Kunz tippte mit seinem Zeigefinger an die Schläfe und deutete mit dem Kopf in die Richtung der Dame.

Alle Anwesenden fingen gleichzeitig an zu sprechen und es herrschte ein heilloses Stimmengewirr. Nur die weißhaarige Dame ließ sich nicht aus der Ruhe bringen.

»Leiden armes Menschenkind, jede Erdennot, Ringen armes Menschenkind, Ringen um den Tod«, fuhr sie fort.

»Kommen Sie, ich bringe Sie in ihr Zimmer«, sagte eine junge Pflegerin, die zufällig vorbei kam und den Tumult bemerkte.

Sie ging auf die Dame zu und half ihr aus dem Sessel. Die Seniorin plapperte weiter von Lydia, ihrer Freundin, während die junge Frau sie sanft, aber bestimmt ins Haus führte.

»Sie ist ganz harmlos. Aber sie wird immer wunderlicher. Demenz, dabei ist sie noch gar nicht so alt! Sie redet ständig von ihrer Freundin Lydia, doch sie spricht von sich. Es kann passieren, dass sie sich ganz normal mit Ihnen unterhält, über Aktuelles - Politik, Wirtschaft, Prominente - und auf einmal, ohne Vorwarnung, sagt sie ein Gedicht auf. Meist eins von Marie Ebner-Eschenbach. Kennen Sie ihre Werke?«

Die alte Dame neben Konstantin versuchte das Gespräch wieder in Gang zu bringen. Er verneinte, er hatte keine Ahnung von Gedichten und kannte schon gar keine Marie von Eber-Eschenbach.

»Schlimm, wenn der geistige Verfall so offensichtlich ist. Sie ist früher Lehrerin gewesen. Eine ganz patente Frau, hat reich geheiratet, aber ihr Mann ist vor Ewigkeiten gestorben«, erklärte Herr Kunz.

»Keine Familie, die sie besucht, kein Wunder, dass sie sich eine Traumwelt erschaffen hat.«

Die alte Dame schnaufte.

»Wenn man alt ist, wird man schnell vergessen!«

»Wir werden alle sonderbar, glaub mir, das Schöne ist, dass wir es gar nicht merken.«

Therese Laumann, so hatte sie sich vorgestellt, nickte heftig.

»Das ist doch gar nicht so schlimm: man tut das, was einem Spaß macht und solange wir hier sind, werden wir bestens betreut!«

»Diese Lydia, wie alt ist sie? Kann sie vielleicht Hausmann persönlich gekannt haben?«, fragte Konstantin in die Runde und dachte an die Briefe, E+L.

Eugen und Lydia? Wäre ein Anhaltspunkt.

Frau Laumann antwortete ihm.

»Das glaub ich nicht, sie ist jünger als der Eugen. Lass mich mal nachdenken – ist sie schon vierundsechzig?«

»Wieso schon? Findest du vierundsechzig alt? Das ist doch noch kein Alter!«

Die andere grauhaarige Dame wirkte beleidigt. Herr Kunz hatte offenbar genug von den Damen und ihrem Geplänkel. Er suchte Blickkontakt mit Konstantin und fragte ihn:

»Fährst du mich noch ein wenig durch den Park?«

Überrascht blickte Konstantin auf und sprang auf.

»Natürlich. Gerne.«

Kaum waren sie außer Hörweite, begann Herr Kunz zu lästern.

»Diese Weiber, mit ihrem Alter sind sie echt pingelig. Und wehe, du machst der einen ein Kompliment und vergisst die andere! Hyänen, sag ich dir. Wie sieht es eigentlich bei dir an der Frauenfront aus?«

Herr Kunz war urplötzlich zum Du übergegangen. Gegen seinen Willen wurde Konstantin rot.

»Na eigentlich habe ich gar keine Zeit, und außerdem gibt es wenige, die mich interessieren.«

»Ich hab dich doch mit dieser Sandra gesehen? Nettes Mädchen. Hat was auf dem Kasten und das Herz auf dem rechten Fleck. Mir gefällt sie, aber ich denke, ich bin zu alt für sie.« Er schmunzelte. »Oder glaubst du, ich habe Chancen bei ihr?«

»Öh…, ich…, ähm.«

Konstantin wurde verlegen und wusste nicht, was er darauf erwidern sollte.

»War nur ein Scherz, ich wollte dich aufziehen.« Herr Kunz lächelte vor sich hin. »Gib Gas Junge, die mag dich. «

»Wie kommen Sie denn darauf?«, fragte Konstantin perplex.

»Glaub mir Junge, ganz bestimmt, und jetzt fahr mich bitte zurück, ich werde müde. Die Hyänen müssten weg sein.«

Sie kamen gerade wieder an der Trauerweide vorbei, als Herr Kunz bemerkte:

»Die Sandra versteht sich mit der Lydia ganz gut. Wenn du mehr über Hausmann erfahren willst, solltest du mal mit Lydia reden. Ich glaube Sandra hat für sie auch ein bisschen hinter dem Hausmann hergeschnüffelt. Da kommt sie ja.«

Sandra winkte aus der Ferne und schritt auf sie zu.

»Hallo, schön dich zu sehen. Herr Kunz, wollten Sie sich mal mit einem jungen Mann unterhalten? Sind Sie die ewige Weibergesellschaft leid?«

»Ich will nur in mein Zimmer, den Rest schaffe ich auch alleine. Danke dir Konstantin, und denk an das, was ich dir gesagt habe.«

Er zwinkerte mit seinem rechten Auge, bevor er den Rollstuhl wendete und in Richtung Haus fuhr.

»Ja klar«, antwortete Konstantin, bezweifelte aber, dass ihn der alte Herr noch hörte.

»Ich hab Feierabend. Hast du Lust auf einen Kaffee? Ich hab mich mal ein wenig umgehört hier im Haus und möchte das mit dir besprechen, aber nicht hier. Vielleicht kommen wir auf die Spur des Mörders.«

»Ja, gerne«, brachte er heraus und verstummte dann. »Ich bin auch mit dem Wagen da, lass uns doch ins Extrablatt fahren. So in zwanzig Minuten?«

Sandra nickte, und rief ihm »Dann treffen wir uns da, bis gleich« hinterher, als er zu seinem Wagen ging. Was hatte Sandra herausgefunden? Interessierte sie sich nur wegen Lydia für Hausmann? Aber wenn er den alten Kunz richtig verstanden hatte, hatte Sandra bereits vorher über Hausmann recherchiert. Warum?

Dann fiel ihm ein, was sie gesagt hatte. Es sei nicht mehr wichtig zu wissen, wer ihr Vater ist. Das war mal anders gewesen. Was, wenn Sandra die Idee verfolgt hätte, Hausmann sei ihr Vater gewesen? Konstantin fühlte plötzlich einen unangenehmen Druck in der Magengegend.

32.Kapitel

»Die beiden Fälle müssen miteinander zu tun haben. Mir fehlt nur der Zusammenhang, die Verbindung. Das Motiv muss in der Vergangenheit liegen. Und mit der Rückkehr Hausmanns ist es wieder an die Oberfläche gekommen.« Hauptkommissar Wurm haute abwechselnd mal den rechten, dann den linken den Zeigefinger gegen die Schreibtischkante.

»Du machst mich ganz nervös, Eberhard. Kannst Du bitte damit aufhören?«, meckerte Obermeier.

Sein Kollege blickte genervt, hörte aber damit auf.

»Warum haben wir nichts im Büro von diesem Schnüffler gefunden? Der muss die Verbindung entdeckt haben und ist auf die Spur des Mörders gekommen. Aber irgendetwas übersehen wir.«

Er machte eine Pause.

»Ob es doch der junge Gruber ist? Er erfährt mit der Ankunft Hausmanns von seiner Adoption, ist wütend, vergiftet ihn. Der Schnüffler muss irgendwann im Laufe des Tages im Altenheim gewesen sein und Testament und Geld entwendet haben. Das ist ja schon mal ein Punkt, der sich geklärt hat. Dann hat er André das Testament in seinem Büro geben wollen, es ist zum Streit gekommen und Gruber hat Garbsen im Affekt erschlagen. Schluss, Ende, Aus - unser Fall ist gelöst«, ratterte der Bayer herunter.

»Denkbar, aber nicht wahrscheinlich. Der kam mir nicht wie ein Mörder vor. Der war geschockt über die Adoption und vielleicht wütend, dass man ihn belogen hat. Aber die Präparierung der Pralinen muss von längerer Hand geplant worden sein. Wahrscheinlicher wäre gewesen, dass er Hausmann aufgesucht und erschlagen hätte, aber nicht heimtückisch vergiftet. Aber was ist denn mit Gerlinde Gruber? Die hat meines Erachtens noch immer ein gutes Motiv für den Mord an Hausmann. Das Alibi ist nur vom Ehemann bestätigt. Der kann lügen. Theoretisch kann sie auch den Garbsen erschlagen haben. Aber leider finde ich sonst keine Indizien, die für diese Theorie sprechen.«

Er holte tief Luft.

»Was sagt denn der Obduktionsbericht über die Todesursache von dem Garbsen?«

»Steht nichts Besonderes drin. Es steht fest, dass er mit dem Kristallaschenbecher erschlagen wurde. Treffer an der linken Schläfe, der Tod trat sofort ein. Garbsen saß allerdings auf dem Stuhl. Der Mörder stand hinter ihm und hat den tödlichen Schlag verübt«, erklärte Eberhard.

»Das heißt, es muss kein Mann gewesen sein?«, fragte Franjo.

»Franjo, manchmal bist du mir unheimlich.«

Eberhards Stimme sprühte vor Ironie.

»Stimmt. Der Mörder muss nicht groß und auch nicht besonders kräftig gewesen sein. Dadurch, dass Garbsen saß, reichte auch eine Größe von ein Meter sechzig. Mit der nötigen Wut, und davon gehe ich aus, genügte ein Schlag. Theoretisch wäre die Gruber auch dazu in der Lage gewesen.«

»Woran hat der Garbsen denn noch gearbeitet? Doch nicht nur an dem Hausmannauftrag?«, wollte Franjo wissen.

Natascha antwortete:

»Er überwachte noch eine Mitarbeiterin einer Parfümerie, die sehr häufig krankgeschrieben war. Ihr Chef vermutete, dass sie unerlaubterweise einer Nebenbeschäftigung nachging. Zu Recht, wie man den Aufzeichnungen entnehmen kann. Die Frau hat nebenbei noch woanders gearbeitet, bei der Konkurrenz im Büro. Dann war da noch eine Sache: Treueüberprüfung. Aber da war alles in Ordnung. Die Frau blieb ihrem Mann treu.«

»Was es alles gibt! Die Parfümerieangestellte? Hast du die überprüft?«

»Natürlich. Sie hat Garbsen vor ein paar Wochen im Büro aufgesucht und fürchterlich beschimpft. Das wissen wir von der Nachbarin. Aber sie hat ein hieb- und stichfestes Alibi. Sie hat sich zur Tatzeit einer Wurzelbehandlung beim Zahnarzt unterzogen.«

Franjo schüttelte sich.

»Grausam, das hatte ich auch mal! Also, ich glaube, dass die beiden Fälle zusammenhängen und unser Mörder eine Frau ist.«

Er wendete sich an Natascha und sagte:

»Was hat die Überprüfung der Personen, die uns Spranger nannte, ergeben? Diese Violinistin Klara?«

»Hat vor zehn Jahren ihre große Liebe entdeckt und lebt seitdem in Arizona und bewirtschaftet mit ihrem Mann eine Farm. Und dieser andere, Paul Lennerts, ist vor drei Jahren tödlich verunglückt.«

»Konntest du Leute ausfindig machen, die den Hausmann von ganz früher kennen? Noch aus seiner Jugendzeit?«

Natascha hielt seinem Blick stand.

»Ich habe die Lehrerin gefunden, bei der Hausmann Abitur gemacht hat. Sie erwartet euch in einer Stunde. Aber passt auf und seid behutsam, sie ist recht alt, scheint aber im Kopf fit zu sein. Nur ihr Herz macht nicht mehr so mit. Ihr solltet nicht mit der Tür ins Haus fallen, sondern behutsam vorgehen.«

»Was hat du ihr denn erzählt?«

»Nur, dass ihr euch für Eugen Hausmann interessiert und gefragt, ob sie nicht ein paar Anekdoten aus seiner Jugendzeit kennt.«

»Komm Kollege, aufi!« Franjo konnte Eberhards Versuch bayrisch zu reden, nichts weiter als ein müdes Lächeln abgewinnen, erhob sich schwerfällig und folgte Wurm.

»Wir kommen doch sicher an einem Schnellrestaurant vorbei, oder? Für einen Burger auf die Hand?«, bettelte er lachend.

Sie fuhren in Wurms Privatwagen die Jülicher Landstraße entlang. Es war viel Verkehr und sie mussten an jeder Ampel halten. Sie bogen an der Kreuzung rechts ab, und dann wieder links. Frau Lobben bewohnte das Erdgeschoss einer viktorianischen Stadtvilla. Sie klingelten und Wurm, voller Ungeduld, wollte gerade ein zweites Mal klingeln, als von innen eine leise Stimme »Wer ist da?«, fragte.

»Hauptkommissar Wurm mit einem Kollegen. Unsere Assistentin hat uns angemeldet.«

Die Tür öffnete sich einen Spalt und die Stimme forderte sie auf, ihre Ausweise vorzulegen. Wurm und Obermeier blickten sich vielsagend an.

»Man kann nicht vorsichtig genug sein.«

Eine dürre weiße Hand nahm zitternd die Ausweise entgegen und es dauerte ewig, bis die Stimme sagte:

»Scheint in Ordnung zu sein.«

Nach einer weiteren Minute löste sich die Sicherheitskette und die Türe öffnete sich. Ein weiteres Mal wurden die Gesichter mit den Ausweisbildern verglichen und die beiden Polizisten eingelassen. Sie schritten langsam der alten Dame hinterher, bis sie in ein Wohnzimmer traten, und den beiden die Luft weg blieb.

Das Wohnzimmer glich einem Dschungel. Überall Grünpflanzen. An dem großen Fenster hingen keine Gardinen, die Fensterbank war jedoch über und über mit Grünpflanzen vollgestellt. Jeder Platz war ausgenutzt. Von oben rankten Hängepflanzen. In dem Zimmer herrschten tropische Temperaturen und Wurm bekam keine Luft.

»Sie haben einen grünen Daumen; solch üppigen Pflanzen habe ich noch nie gesehen.«

»Blumen waren schon immer meine Leidenschaft. Ich kann ja nicht mehr so wie früher, aber die Dame, die jeden Vormittag nach dem Rechten schaut, liebt Blumen genau wie ich«, erklärte die alte Dame stolz.

»Frau Lobben, kommen wir auf den Grund unseres Besuches zu sprechen. Wir suchen Informationen über Eugen Hausmann. Sie haben ihn unterrichtet?«

»Nur in den letzten Jahren vor dem Abitur. Ein gut aussehender Junge. Und ein sehr talentierter Klavierspieler.«

Obwohl sie längere Pausen beim Sprechen machte und es sie sichtbar anstrengte, blickten die Augen wach und aufmerksam auf die beiden Kommissare.

»Er hat ja auch später weltweit Karriere gemacht«, tastete sich Wurm vor.

»Ja, ich habe es auch verfolgt. Erstaunlich.«

Wurm blickte perplex und fragte:

»Wieso erstaunlich?«

»Er hatte Talent, das stand nie außer Frage, aber er war emotional behindert, wenn ich es mal so ausdrücken darf.«

»Was meinen sie damit?«

»Wenn einem der liebe Gott so ein Talent in die Wiege legt, dann muss man es pflegen. Und das Beste daraus machen. Das schafft man nur, wenn man auch Herz hat. Und das fehlte Eugen. Er spielte gut, seine Fingerfertigkeit war brillant, aber um richtig gut zu sein, fehlte ihm Gefühl, er war eiskalt. Eigentlich tat er mir Leid«, sagte Frau Lobben in bedauerndem Tonfall.

»Wie darf ich das verstehen? Wieso Mitleid? Er hat viel erreicht, finanziell hatte er ausgesorgt, er war berühmt und hatte viele Auftritte. Viele Menschen bewunderten und verehrten ihn. Wofür muss man ihn bemitleiden?«

Frau Lobben nickte.

»Ja, das war auch in der Schule schon so. Mein Gott und wie diese jungen Mädchen ihn anhimmelten! Wenn er zum Ende des Schuljahres ein paar Stücke von Mozart spielte, dann waren alle hin und weg, aber vor allem die ganz jungen Dinger.«

Sie schloss einen Moment die Augen und Wurm befürchtete, sie sei eingeschlafen. »Keine Angst, ich bin ok. Aber ich habe so selten Besuch, es ist anstrengend, in den alten Zeiten zu schwelgen, in den Erinnerungen. Sein Spitzname war Mozart.«

Obermeier und Wurm tauschten verständnislose Blicke.

»Mozart?«

»Ja, Mozart. Weil er am liebsten Mozart spielte. Warum auch immer, ich weiß es nicht. Es war ein Genuss seinem Spiel zu folgen, es war technisch immer einwandfrei. Doch es hätte ihn menschlicher gemacht, wenn er ein wenig Emotionen gezeigt hätte, dann wäre auch ein Patzer eine persönliche Note gewesen. Er war so«, sie suchte nach Worten, »so roboterhaft. Eine Maschine. Wenn er auf seinem Klavierhocker saß, hatte man nicht das Gefühl, dass da ein Mensch saß. Und so behandelte er auch seine Umgebung. Er benutzte, war nicht in der Lage, etwas von seinen Gefühlen preiszugeben.«

»Hatte er Freunde oder eine feste Freundin?«

»Viele Mädchen hätten es sich sicher gewünscht, dass sie seine feste Freundin wurden. Kein Wunder, wie er aussah, ein wenig wie Clark Gable, ein wirklich gut aussehender Mann. Warten Sie mal, wenn mich meine Erinnerung nicht täuscht, dann war da mal was. Ist er nicht mit der Tochter des Bäckers gegangen? Das muss kurz vor dem Abitur gewesen sein, ich hatte noch gedacht, was für ein hübsches Paar, und ich hoffte, dass, wie hieß, sie denn, Grete, Margarete? Ja, Margarete war ihr Name, auf ihn einen guten Einfluss haben würde.«

»Was war passiert? Wissen Sie etwas darüber, warum es zu Ende gegangen ist?« Franjo Obermeier saß mit seinem Block und Bleistift und machte sich eifrig Notizen.

»Ach, junger Mann, Sie verlangen viel. Nein, warum es zu Ende ging weiß ich nicht. Er ist dann ja nach Berlin. Vielleicht wusste sie davon und es gefiel ihr nicht? Aber das sind meine Spekulationen. Aber wie hieß der Bäcker? Mein Namensgedächtnis ist nicht mehr gut, früher war das anders, aber heute, ich bin auch schon sechsundachtzig. Aber immer noch fit, bis auf das Herz.«

Wurm unterbrach ihren Redefluss, er sehnte sich wieder nach einer Zigarette, doch dann wurde ihm schlagartig bewusst, dass er gar nicht mehr rauchte.

»Frau Lobben, Sie sind eine großartige Zeugin.«

Er versuchte wieder zum Ausgangspunkt, Eugen und Margarete, zu kommen.

»Wo war denn die Bäckerei? Vielleicht kommen wir so auf den Namen.«

»Warten Sie, es liegt mir auf der Zunge, aber jetzt ist es wieder weg. Es war ein seltsamer Name für einen Bäcker. Aber ich komme nicht drauf. Und wo war die noch mal? Ich weiß es nicht mehr, den gibt es ja schon lange nicht mehr. Auf jeden Fall, alle dachten, was für ein tolles Paar Eugen und Margarete waren und dann verließ er Neuss von einem Tag auf den anderen. Direkt nach dem bestandenen Abitur war er weg. Nach Berlin haben sie mir erzählt. Er hat dann dort studiert.«

Ihr fielen wieder die Augen zu.

»Ich bin so müde.«

»Wir gehen jetzt auch, falls Ihnen der Name des Bäckers doch noch einfällt, können Sie uns jederzeit anrufen. Aber Sie haben uns auch so sehr geholfen.« Wurm legte seine Visitenkarte neben das Telefon im Flur. Mit schlurfenden Schritten begleitete Frau Lobben sie zur Tür und die beiden Polizisten hörten noch das Rascheln der Sicherheitskette, die wieder vorgelegt wurde.

»Wenn ich mit sechsundachtzig Jahren noch so fit bin, mache ich drei Kreuze. Beachtlich. Schade, dass ihr der Name nicht eingefallen ist.«

»Ja, aber da ist ja dran zu kommen. Unser Helferchen im Büro macht das sicher gerne!«, alberte Franjo Obermeier. Dann wurde er ernst.

»Schon seltsam, oder? Frau Lobben ist sechsundachtzig und lebt alleine in ihrer Wohnung, kein Luxus, keine Rund-um-die-Uhr-Betreuung. Was für ein Gegensatz zur ›Schönen Aussicht‹.«

Eberhard Wurm nickte, kam dann wieder auf den Fall zurück: »Meinst du, diese Margarete ist die Unbekannte?«

»Könnte sein, wenn Eugen sie sitzen gelassen hat, vielleicht. Frauen sind unberechenbar. Und meist sehr nachtragend.«

»Aber nach so vielen Jahren? Das will mir nicht in den Kopf. Hast du dir eigentlich diesen Journalisten mal vorgeknöpft? Der passt da auch nicht rein. Ich frag mich immer noch, wieso der Hausmann ihm ein Interview geben wollte?«

33. Kapitel

Das Café Extrablatt am Markt war voll, wieder war der Raum erfüllt mit Musik und Stimmengewirr. Konstantin suchte in dem Getümmel nach Sandra. Sein Herz machte einen Sprung, als er sie an einem Tisch ganz hinten entdeckte. Sie unterhielt sich angeregt. Konstantin ging auf den Tisch zu und erkannte erst jetzt die Person, die mit dem Rücken zu ihm saß und blieb abrupt stehen. Das durfte, das konnte nicht wahr sein. André E. Gruber saß mit am Tisch, Sandra drückte gerade seine Hand. Die beiden wirkten wie ein Liebespaar. In diesem Moment drehte sich Sandra um, entdeckte ihn und rief:

»Hallo Konstantin, schön, dass du da bist. Darf ich dir André vorstellen?«

Konstantin presste:

»Hallo André«, heraus.

Der zog eine Grimasse und erwiderte ebenso kurz angebunden:

»Hallo.«

Sandra blickte fragend von einem zum anderen.

»Ihr kennt euch? Ja klar,« sie klopfte mit der flachen Hand vor ihre Stirn. Ihr seid ja beide bei der Niederrheinischen Morgenpost. Hatte ich nicht mehr dran gedacht.«

Beide Männer schauten sich abschätzend an. Konstantin fand als Erster die Sprache wieder.

»Ja. Genau. Bin auch nur gekommen, um dir zu sagen, dass ich heute doch nicht kann. Habe ja keine Handynummer von dir. Vielleicht klappt es ein anderes Mal. Muss weg.«

Die überraschten Gesichter der beiden sah er nicht mehr. In seinem Kopf fuhren die Gedanken Karussell. Sandra kannte André. André, der Schönling mit Porsche und tollen Klamotten. Konnte ja niemand mithalten. Typisch! Interessierte er sich mal für ein Mädchen, schon kam dieser Schnösel daher. Nahm ihm den Job weg und jetzt die Frau. Er brauchte dringend einen Zuhörer, einen der ihn verstand, der ihn so mochte, wie er war. Ihm fiel nur eine Person ein, deren Gesellschaft er im Moment ertragen konnte.

Die Klingel spielte eine bekannte Melodie, für Konstantins Geschmack viel zu lang. Gewöhnlich machte Elli die Tür erst auf, wenn die Töne verklungen waren, doch heute öffnete sie sofort.

»Komm rein, Konstantin. Danke, dass du dir die Zeit nimmst. Es ist wie verhext, der Rechner will wieder nicht!«

Sie lächelte verlegen.

»Wahrscheinlich habe ich aus Versehen wieder auf einen Knopf gedrückt, den ich nicht drücken durfte, oder ein Häkchen gesetzt, wo keins hingehört.«

Sie bemerkte seinen ratlosen Gesichtsausdruck.

»Hat dir deine Mutter nicht Bescheid gegeben? Bist du nicht wegen dem Rechner hier?«

»Ich, nein, ich war noch nicht zu Hause. Aber ich schau natürlich gerne. Kochst du gerade Kaffee?«

Es roch verführerisch. Elli nickte.

»Du weißt ja, dass ich diesen Maschinen nichts abgewinnen kann. Ich brühe immer noch altmodisch auf. Möchtest du eine Tasse?«

Verstohlen beobachtete Konstantin, wie Elli den Wasserkocher hob, und das siedende Wasser in den Porzellanfilter goss. Akribisch achtete sie darauf, das Kaffeepulver von den Rändern abzuspülen. Ihr Gesicht wirkte nicht mehr so fahl, die Augenränder nicht mehr ganz so dunkel. Ihre Bewegungen waren lebendiger als noch vor zwei Tagen.

»Hmm, riecht das gut!«

Konstantin hielt seine Nase in die Luft.

»Nirgendwo schmeckt der Kaffee besser als bei dir.«

»Ach, ich finde, es geht nichts über gute alte Handarbeit. Danke.«

Ellis Küche war modern und geschmackvoll eingerichtet, mit allen neuen technischen Errungenschaften wie Dampfgarer, Induktionskochfeld in der Mitte des Raumes. Nur Kaffeevollautomaten mochte sie nicht und setzte immer noch auf die gute alte Hand-Filtertechnik. Über Geld musste sie sich keine Sorgen machen. Klaus versorgte Elli jeden Monat mit einem hohen Betrag, und sie verfügte über mehr Geld, als sie ausgeben konnte. Es war eine Freude gewesen, beim Kauf des Laptops aus dem Vollen schöpfen zu können.

Sie holte zwei Tassen ihres Sonntaggeschirrs aus dem Schrank und stellte sie auf den Mahagoniesstisch, daneben einen Teller mit selbstgebackenem Gebäck. Alles wirkte wie immer, nur wenn man ganz genau hinschaute, bemerkte man, wie angestrengt sich Elli um Normalität bemühte.

Konstantin trank einen Schluck.

»Hast du etwas von Klaus gehört?«, wagte er zu fragen.

»Nein, er hat sich nicht mehr gemeldet, dieses junge Ding wird ihn in Beschlag nehmen, da bleibt keine Zeit.«

Sie schaute ihn prüfend an.

»Was ist bei dir los? Du wirkst unglücklich. Geht's um ein Mädchen?«

»Wie kommst du … Ja. Irgendwie schon.«

Konstantin machte eine Pause, holte tief Luft und erzählte von Sandra. Dass sie sich im Extrablatt treffen wollten, und dass er sich wie ein Idiot benommen hatte, als er seinen Rivalen im Gespräch mit Sandra vertieft gesehen hatte.

Im Gegensatz zu seiner Mutter hörte Elli zu. Sie blickte ihn an, nahm Anteil, schüttelte den Kopf, wo es angebracht war und nickte, wenn sie ihm recht gab.

»Magst du sie sehr?«, fragte Elli, als er geendet hatte.

Konstantins Augen leuchteten, als er Sandra beschrieb.

»Sie ist toll. Hat immer gute Laune, sieht gut aus, geht ihren Weg, wirkt immer ehrlich. Und dann sitzt sie mit diesem Idioten am Tisch. Es sah so aus, als würden die sich schon länger kennen. Nicht nur, dass mir dieser Schönling meinen Job wegnehmen will, jetzt nimmt er mir noch mein Mädchen weg.«

»Jetzt hör aber auf, Konstantin. Es kann sein, dass die sich schon Ewigkeiten kennen und wirklich nur Freunde sind. Außerdem besteht überhaupt kein Grund für dich anzunehmen, dass Sandra dein Mädchen ist!«

»Ja aber, ich dachte«, er stockte und wusste nicht, was er sagen sollte. »Vielleicht weißt du, eventuell ...«

Er wusste nicht mehr, was er sagen sollte. Natürlich hatte Elli recht. Er steigerte sich in etwas hinein und bildete sich Dinge ein, denen jede Grundlage fehlte. Er stotterte weiter, wollte Eli nichts über seinen Verdacht erzählen.

»Was soll ich denn nun machen?«, fragte er. »Hast du eine Idee?«

»Du musst dich bei ihr entschuldigen. Du hast dich unmöglich benommen. Es ist gefährlich, sich Sachen einzubilden, die nicht da sind.«

Sie blickte aus dem Fenster und betrachtete ihren Garten.

»Mach nicht den Fehler, dir eine Traumwelt aufzubauen. Wenn du den Bezug zur Realität verlierst, kann es riskant werden. Träume von mir aus vor dich hin, vor dem Schlafengehen, aber mach dir nichts vor.«

Eindringlich sprach sie auf ihn ein. ›Sie wird wissen, wovon sie spricht, hat ja mit Klaus jahrelang in ihrer wir-kriegen-bald-ein-Baby-Welt gelebt‹, dachte Konstantin. Laut sagte er:

»Du hast recht, ich male mir Sachen aus, die ich gerne hätte. Wunschbilder. Ich kann verstehen, dass du mich warnst, mit Klaus ist es dir so ergangen, nicht wahr?«

»Klaus?«

Sie wirkte, als sei sie von weit her in die Wirklichkeit zurückgekommen.

»Ja natürlich Klaus. Wer denn sonst? Bau keine Luftschlösser, Konstantin. Sei ehrlich zu dir.«

Unnatürlich laut lachte sie plötzlich.

»Du machst das schon, du bist nicht so dumm wie ich.«

Sie schaute zur Uhr.

»Was? So spät ist es schon?«, rief sie aus. »Hast du noch Lust nach dem Computer zu schauen? Oder lieber morgen? Heute hab ich nicht mehr vor, ins Internet zu gehen. Weißt du was? Wir machen jetzt eine schöne Flasche Rotwein auf und hecken einen Plan aus, wie du Sandra erobern kannst!«

34. Kapitel

»André, schön, dass du hier bist. Kannst du auch nicht schlafen? Vielleicht können wir reden?«

Gerlinde Gruber trat in die Küche. In ihrem weißen Baumwollnachthemd wirkte sie unschuldig, engelhaft.

»Worüber soll ich mit dir reden? Gibt nichts zu reden.«

André saß am Küchentisch, ein Wasserglas vor sich stehend und stierte vor sich hin.

»Wieso schläfst du nicht, es ist mitten in der Nacht!«, blaffte er die Frau, die sich seine Mutter nannte, an.

Krampfhaft schaute er auf den Punkt im Nichts und vermied sie anzusehen.

»Bitte, André. Auch für mich ist die ganze Situation sehr schwer. Erinnerungen werden wieder lebendig, die ich verdrängt habe.«

Sie setzte sich ihm gegenüber. Er nahm immer noch keine Notiz von ihr.

»Meine Schwester ist ganz anders als ich gewesen. Schon als kleines Kind. Sie war spontan, lebendig, wild, voller Energie. Tat oft Unüberlegtes. Ich hingegen war immer die Besonnene. Die Nachdenkliche. Ich habe sie sehr bewundert und sie manches Mal beneidet. Und immer war ich da, um sie zu retten. Unsere Eltern haben oft gar nicht mitbekommen, was sie alles angestellt hat, waren oft mit ihrem Temperament überfordert. Ich war elf Jahre älter und fühlte mich für sie verantwortlich. Ich hab´s ja gerne gemacht.«

Sie machte einen Moment Pause.

Andrés Gesichtsausdruck veränderte sich nicht, nichts ließ darauf schließen, dass er zuhörte. Gerlinde redete weiter.

»Dein Vater und ich haben lange versucht ein Kind zu bekommen, ich hatte auch eine Fehlgeburt. Ich war untröstlich. Und dann passierte dieses Unglück mit Monika, und als ich dich in den Armen hielt, erschien es mir wie ein Wink des Schicksals. In meiner Trauer über ihren Tod hast du mir geholfen. Ich wollte doch nur alles richtig machen. Es erschien mir für alle das Beste.«

Sekundenlang dachte Gerlinde, dass ihre Worte André nicht erreichten. Plötzlich fegte sein Arm das Wasserglas vom Tisch, er stand auf und sagte mit fester Stimme:

»Dann war ja für dich alles in Ordnung.«

Eiskalt war seine Stimme, er verließ den Raum. Gerlinde starrte ihm hinterher, schlug die Hände vor ihr Gesicht.

»Was habe ich nur gemacht«, stöhnte sie. »War alles falsch?«

35.Kapitel

Konstantin wachte mit einem heftigen Kopfschmerz auf. Der Wein war gut gewesen, den Elli ausgesucht hatte. Die Menge war wohl schuld an seinem Kater. Der Versuch aufzustehen misslang beim ersten Mal. Er legte sich wieder hin, schloss die Augen. Er dachte an das Gespräch mit Elli. Sie war so anders als seine Mutter. Es machte ihm Spaß, sich mit ihr zu unterhalten, zu philosophieren, selbst nebeneinanderzusitzen und zu schweigen und nur zu trinken. Sie versuchte ihm nicht, Sandra auszureden. War nicht voller Vorurteile wie Sybille.

Plötzlich überfiel ihn ein anderer Gedanke. Ruckartig richtete er sich auf, den stechenden Kopfschmerz ignorierend. Wenn Sandra nur mit ihm zusammen sein wollte, um herauszufinden, wie weit er mit den Recherchen zu Hausmann war? Wenn sie irgendetwas mit der Vergiftung zu tun hatte? Wenn sogar sie die Geschenkpackung zu ihm ins Zimmer gebracht hatte? Ihm brach der Schweiß aus. Er stand auf, schleppte sich zu Bad und duschte eiskalt. Er brauchte einen klaren Kopf. Der Blick zur Uhr sagte ihm, dass er in einer halben Stunde bei Elli sein sollte. Der Computer! Den durfte er nicht vergessen. Er sprang in seine Jeans und ging hinüber.

Elli sah im Gegensatz zu ihm, wie das blühende Leben aus. Sie wirkte völlig aufgedreht.

Er nahm an dem altmodisch verschnörkelten Sekretär Platz, den Elli extra für ihren Computer gekauft hatte, während sie in der Küche hantierte.

Es war genauso, wie Konstantin vermutete. Ein kleiner Schieberegler am unteren Rand des Gerätes stand auf ›Wireless off‹. Doch das war zu einfach, Elli würde an seiner Kompetenz zweifeln, wenn er den Fehler zu schnell behob. Neustart war das Mindeste. Ein paar Mal den Kopf hin und her wiegeln, skeptisch schauen, ein paar Laute vor sich hin murmeln. Er kontrollierte alle Einstellungen und überprüfte den Virenscanner. Er lächelte, als er den Verlauf ihrer Suchaktivitäten sah. Hauptsächlich Seiten, die sich mit Gartengestaltung befassten. Herbstblumen, Pflanzenratgeber, Wintertipps, giftige Pflanzen und Tiere, Farbtupfer, Beschneiden, aber richtig.

Es war unübersehbar, dass Elli ein Händchen für Gartenarbeit hatte. In ihrem Garten blühte zu jeder Jahreszeit etwas. Selbst im Winter, wenn jeder Garten braun und grau war, gab es in ihrem Garten noch ein paar bunte Flecke. Sie behauptete immer, dass das Internet ihr helfen würde. Sie chattete wie wild mit Gartenexperten, tauschte Rezepte zur Kompostgestaltung und Adressen zum Kauf exotischer Pflanzensamen aus. Dann stutzte er. Giftpflanzen hatte sie sich angeschaut. Das war nicht weiter verwunderlich, doch sie hatte sich auch die Wirkung der Giftpflanzen angeschaut. Was passierte, wenn man sie versehentlich zu sich nahm. Aus Neugierde rief er die Seite auf und fand detaillierte Beschreibungen über Eiben, Brechnuss und Fingerhut. Konstantin war verblüfft. Strychnin, Digitalis alles Gifte, die tödlich sein konnten. Die Blätter der Lorbeerkirsche beinhaltete Blausäure. Mein Gott, dachte er, wenn es jemand darauf anlegte, konnte er aus seinem Garten ein Paradies für Giftmörder machen. Und dann stutze er erneut. Es tauchte vermehrt die Herbstzeitlose auf. Eine hübsche Pflanze, wie er fand, doch hochgiftig. Er erinnerte sich an sein Gespräch mit dem alten Kunz. Die toxische Substanz war Colchicin. Er schaute weiter. Elli hatte sich die Folgen einer Colchicinvergiftung genauestens angeschaut. War nicht von diesem Gift in Verbindung mit Eugen Hausmann die Rede gewesen? Er las, dass eine Vergiftung mit Colchicin zu 90 Prozent tödlich verlaufen würde. Interessant fand er auch die gedankliche Verknüpfung mit dem Begriff ›Herbstzeitlose‹. Einige Altenheime oder Vereine, die mit älteren Menschen arbeiteten, nahmen den Begriff der Herbstzeitlosen auf. Die Natur machte es vor, dachte er. Wenn man sich die alten Menschen anschaute, waren sie nicht wirklich alt. Sie steckten voller Erfahrung, von denen auch die Jungen profitieren konnten. Wie Herr Kunz aus dem Seniorenstift.

Seine Gedanken wanderten wieder zu Hausmann. Warum Herbstzeitlose? Die einfachste Erklärung war, dass das Motiv in der Vergangenheit zu suchen war. Davon war Konstantin sowieso überzeugt, denn alles andere machte keinen Sinn. Die Wahrscheinlichkeit, dass der Mörder ein älterer Mensch und weiblich war, lag sehr nahe. Gift war ein Frauenmordwerkzeug. Die Statistiken gaben ihm recht. Es gab weitaus mehr Giftmörderinnen als –mörder. Das hatte nichts mit heimtückischer Raffinesse zu tun, sondern mit körperlicher Unterlegenheit. Die Motive rührten weniger aus der Herzlosigkeit sondern vielmehr aus tiefen, seelischen Verletzungen. Der Tod Eugen Hausmanns beflügelte seine Fantasie und seine detektivischen Fähigkeiten. Er fand immer neuen Teilchen in einem Puzzle, die nicht zusammenzupassen schienen.

»Wieder alles in Ordnung? Was war es denn diesmal?«

Elli kam zu ihm und riss ihn aus seinen Gedankengängen.

»Alles wieder in Ordnung, Elli. Ein paar Einstellungen waren verstellt.«

»Ich freue mich so, dass du mir immer so schnell helfen kannst. Den Abend gestern habe ich sehr genossen, auch wenn ich heute Morgen ein wenig Kopfschmerzen habe.«

Sie lachte.

»Hast du dir einen Schlachtplan wegen deiner Sandra überlegt?«

Er hatte keine Lust mehr über Sandra und André zu plaudern und schüttelte nur den Kopf. Dann fiel ihm etwas ein.

»Sag mal kanntest du den Hausmann nicht von früher? Du bist doch älter als Mutter, fast ein Jahrgang mit ihm, oder?«

Gedanken verloren blickte Elli hinaus, und murmelte.

»Begnadeter Klavierspieler, er gab sogar ein paar Konzerte im Rathaussaal und wir Mädchen vom Marienberg sind öfter dahin gegangen. Daher kannte ich ihn. Ich weiß nur, dass er nach dem Abitur fortgegangen ist.«

36. Kapitel

Sandra war schlecht gelaunt. Sie verstand immer noch nicht, was gestern Abend im Extrablatt passiert war. Sie kannte André seit Ewigkeiten und hatte sich gefreut, als sie ihn zufällig traf. Er hatte getrunken, wirkte nicht mehr ganz nüchtern und hatte ihr seinen Kummer erzählt. Das war natürlich ein Hammer, dass dieser Hausmann sein Vater war. Sie konnte gut verstehen, dass er völlig verwirrt war. Und dass ausgerechnet André der berufliche Konkurrent von Konstantin war! Jetzt wo sie es wusste, wunderte sie sich, dass es ihr nicht von vornherein klar gewesen war. Aber musste Konstantin so reagieren? Blöd gucken und dann eingeschnappt davonlaufen. Was bildete er sich eigentlich ein! Wütend sortierte Sandra die Medikamente, die die Bewohner nach dem Frühstück nehmen sollten. Blutdruckmittel für Herrn Kramer, Kreislauf Stärkendes für Frau Sonntag. Dann die bunten Pillen für Lydia Liedberger. Stimmungsaufhellend, den Geist belebend. Sie war so eine nette Frau. Sandra hatte sie in ihr Herz geschlossen, allerdings häuften sich in letzter Zeit diese Verwirrungen. Die Geschichten von ihrer Freundin Lydia wurden immer abenteuerlicher, undurchsichtiger. Jeder wusste, dass sie von sich sprach. Und dann die Gedichte. Sie handelten immer vom Leben und Leid. Soweit Sandra wusste, hatte Lydia nichts Dramatisches in ihrem Leben erlebt. Reiche Eltern, Apotheker. Sie selber hatte einen Apotheker geheiratet. Jetzt war sie zwar alleine, wie viele alte Menschen, aber sie konnte sich wenigstens dieses Heim leisten. Hoffentlich war sie heute Morgen gut drauf! Sie suchte sie im Frühstücksraum, vergeblich.

»Ich habe sie heute Morgen nicht gesehen«, sagte ihr Herr Kunz. »Vielleicht schläft sie mal aus.«

Sandra schüttelte beunruhigt den Kopf. Sie ging in den ersten Stock und klopfte an Lydias Tür.

»Frau Liedberger ist alles in Ordnung?«

Sie hörte nichts und drückte die Klinke herunter. Das Zimmer war leer.

›Mist‹, dachte Sandra und überlegte, wo die alte Dame um diese Uhrzeit sein könnte. Sie lief die breite Treppe hinunter in den Park. Am hinteren Ende, auf einer Holzbank fand sie sie. Sie wirkte in ihrem weißen Nachthemd und wirr abstehenden Haare wie ein Geist aus dem letzten Jahrhundert. Sandra näherte sich ihr langsam und sprach sie behutsam an.

»Frau Liedberger? Lydia? Geht es Ihnen gut?«

»Das eilende Schiff, es kommt durch die Wogen
wie Sturmwind geflogen;
voll Jubel ertönt's vom Mast und vom Kiele:
»Wir nahen dem Ziele!«
Der Fährmann am Steuer spricht traurig und leise:
»Wir segeln im Kreise.«

Sandra setzte sich neben sie. Plötzlich begann Lydia normal zu sprechen.

»Kennen Sie das Gedicht? So ist das Leben, man kämpft sich durch alle Wogen, immer schnell, und will irgendwo ankommen. Aber …«

Sie brach ab und schaute gedankenverloren auf das Wasser.

»Sie sind noch so jung, Sandra. Man kann so viel falsch machen. Das merkt man erst, wenn es zu Ende geht.«

»Bei Ihnen geht es doch nicht zu Ende!«

»Nein, nicht in naher Zukunft, aber ewig werde ich auch nicht mehr leben. Ich rede oft von Lydia als Fremde. Ich bin nicht verrückt, aber wenn ich von mir in dritter Person rede, lässt sich das Älterwerden leichter ertragen.«

Ihr Gesichtsausdruck bat um Verständnis.

Sandra schwieg.

»Ich hatte mal eine Freundin. Als junges Mädchen. Wir haben alles zusammen gemacht, uns alle Geheimnisse erzählt, nur helfen konnte ich ihr nicht, als sie mich brauchte.«

»Sie haben bestimmt alles versucht?«

»Ja, ich hab sie noch gewarnt, dass sie nicht hingehen soll, doch sie war völlig vernarrt. Niemand hätte sie davon abhalten können. Und dann kommt der hierher!«

»Wen meinen Sie, Lydia? Wer kommt hierher?«

»Klavier spielen konnte der als Junge, einfach himmlisch. Alle waren verliebt ihn in, aber er war böse. Und jetzt ist er tot.«

»Reden sie von Eugen Hausmann?«

»Tot ist er, er hat´s verdient.«

Sandra versuchte erneut, mehr herauszufinden.

»Ihre Freundin kannte Eugen Hausmann?«

»War sehr verliebt in ihn.«

»Wie heißt ihre Freundin? Lebt sie noch hier in Neuss?«

»Ist alles so lange her, habe seit damals nie mehr gesprochen. Sie war krank, aber meine Eltern wollten nicht, dass ich sie besuche. Und dann war sie weg.«

»Warum wollten ihre Eltern nicht, dass Sie sie besuchen, sie war doch ihre beste Freundin.«

Sandra sprach leise und einfühlsam.

»Böses Mädchen haben sie mir gesagt, kein Umgang für mich. Lizzy und Lydia, die Unzertrennlichen. Für Zwillinge haben sie uns oft gehalten. Und plötzlich durfte ich nicht mehr zu ihr.«

Lizzy und Lydia. War Lizzy diese Freundin, die in Hausmann verliebt war? Was war da passiert? Sie musste mehr herausfinden.

»Wie heißt Lizzy mit Nachnamen, Lydia?«

Lydia schaute sie an, nahm sie aber nicht wahr. Sie summte eine Melodie vor sich hin und schwebte in anderen Spähren.

»Kommen Sie, ich bringe sie in ihr Zimmer.«

So konnte es nicht weitergehen. Es wurde immer schwieriger mit Lydia Liedberger. Doch es war unübersehbar, dass sie etwas wusste. Über Hausmann, vielleicht sogar über seinen Tod. Das könnte Konstantin weiterhelfen. Ihre Wut war verraucht. Nach Feierabend würde sie zu ihm nach Hause fahren, die Adresse müsste sie im Telefonbuch finden. Ganz professionell würde sie ihre Erkenntnisse weitergeben, wie sie es versprochen hatte. Sie hielt ihre Versprechen! Vielleicht könnte man noch mal über gestern sprechen.

Wenn sie ganz ehrlich war, musste sie zugeben, dass sie oft an Konstantin dachte. Er war nett, sehr nett. Seiner dunklen Stimme konnte sie stundenlang zuhören, und auch wenn er stets hilflos und schlaksig wirkte, verrieten seine Augen Intelligenz.

Sie waren an Lydias Zimmertür angekommen. Sandra begleitete sie ins Zimmer.

»Soll ich Ihnen etwas anderes zum Anziehen raus suchen, oder wollen Sie selber schauen?«

Lydia gab keine Antwort, sonders setzte sich an den Tisch und blätterte in den Fotoalben, die dort lagen.

»Schauen Sie mal, Sandra. Das bin ich.«

Sandra kam näher. Auf dem Tisch lagen aufgeschlagen drei Fotoalben. Schwarz-Weiß-Fotografien.

»Wer sind Sie denn, Frau Liedberger?«

Sie wirkte ganz aufgeregt. »Da bin ich.«

Ein junges Mädchen blickte in die Kamera, es war offensichtlich kein Schnappschuss. Ernst und schüchtern wirkte sie in der gestellten Pose. Dennoch konnte man erkennen, wie hübsch sie war.

»Das ist Lizzy. Ich nannte sie immer so, sie fand ihren Namen Elisabeth so streng.«

Sandra blickte in das Gesicht eines freundlich lachendes Mädchen, die neben Lydia stand.

»Sie war immer fröhlich, hat viel gelacht. Damals waren wir fünfzehn, und die besten Freundinnen.«

Nachdenklich blickte Sandra in das Gesicht von Lizzy und fragte sich, wie sie wohl heute aussah.

»Frau Liedberger darf ich mir das Foto mal ausleihen? Nur für einen Tag? Ich bringe es Ihnen auf jeden Fall wieder!«

»Nur wenn Sie mir etwas Ordentliches zum Anziehen rausgesucht haben!«

37.Kapitel

»Der Spranger sitzt im Raum drei. Ist ziemlich nervös!«

Natascha sortierte ganz nebenbei die Unterlagen auf dem Schreibtisch.

»Bin gespannt. Sie gingen nebeneinander zum Verhörraum, als Obermeier das Schweigen durchbrach.

»Sie ist eine echte Perle. Ich besorg nachher einen Blumenstrauß. Beteiligst du dich?«

Wurm nickte.

»Reichen zwanzig Euro?«

»Jeder zwanzig, dafür sollten wir etwas Anständiges bekommen.«

Eberhard Wurm öffnete die Tür, ließ Obermeier den Vortritt und setzte sein gewinnendes Lächeln auf.

»Herr Spranger, schön, dass Sie hier sind. Wir haben noch ein paar Fragen zu ihrem verstorbenen Arbeitgeber.«

»Ja?«

Spranger rutschte auf dem Stuhl hin und her.

Wurm begann das Gespräch.

»Wie ging Eugen Hausmann eigentlich mit Ihrer Spielsucht um?«

Sprangers Gesichtsfarbe wechselte von normal über krebsrot zu leichenblass.

»Er wusste davon.«

»Hat ihn das nicht beunruhigt?«

»Nein.«

Er presste die Worte aus seinem Mund. Die Kommissare blieben stumm und beobachteten ihn weiter.

Wie erwartet fuhr er flüsternd fort.

»Er wusste davon, bereits bevor er mich einstellte. Damals war es ganz schlimm, ich hatte jede Menge Schulden bei äußerst brutalen Menschen. Mir erschien es eine tolle Idee, mit einem berühmten Pianisten durch die Welt zu touren, und immer woanders zu sein. So hielt ich die Gläubiger auf Abstand. Ich selber kam immer wieder in fremde Städte und ich konnte mich, Gott sei Dank, nicht an eine Spielhalle gewöhnen.«

»Erzählen Sie weiter.«

»Vier Wochen, nachdem ich bei ihm angefangen hatte, rief er mich in sein Büro. Auf dem Schreibtisch lag ein schmaler Koffer. Ich kam rein, er schaute mich an, öffnete den Koffer und schloss ihn wieder. Da lag ein Haufen Geld drin. Er sagte mir dann, dass es exakt die Summe wäre, die ich einem Kumpel schuldete.«

»Um wie viel ging es da?«, wollte Obermeier wissen.

»Fünfundzwanzig Tausend Mark.«

Spranger schluckte.

»Keine Ahnung, woher er das wusste. Aber er hatte schon immer halbseidene Schnüffler für sich arbeiten. ›Damit werde ich dich heute kaufen‹, sagte er. Sie können sich vielleicht vorstellen, dass ich völlig perplex war. Ich verstand überhaupt nichts in dem Moment. Sah nur das Geld und wusste, dass mich das retten könnte.«

Um Verständnis bittend, schaute er die Kommissare an.

»Ich war so süchtig nach dem nächsten Spiel, wie ein Alkoholiker nach seinem Schnaps. Mir war alles egal, auch die Schläger, die mir auflauerten. Ich dachte, mit jedem Spiel könnte ich das Glück in eine andere Richtung zwingen.«

Spranger machte eine kleine Pause und holte tief Luft.

»Um es kurz zu machen: Er schlug mir einen Handel vor. Er zahlte die Schulden, ich besorgte ihm Frauen.«

»Bitte?«, rief Franjo? »Es ging um Frauen?«

»Na, er hatte mich in der Hand und wusste, dass ich den Mund halten würde. Eugen Hausmann stand nicht auf Frauen, die ihn anhimmelten. Er suchte Gegenwehr. Er musste sie bezwingen. Für ihn, der so häufig im Rampenlicht stand, war es schwierig, solche Frauen zu finden. Das organisierte ich. In jeder Stadt erkundigte ich mich diskret nach Studios, die auf solche Dienstleistungen spezialisiert waren. Er wollte niemals zweimal hintereinander die Gleiche. Das hätte auch keine Frau mitgemacht.«

Den letzten Satz flüsterte er.

»Eugen Hausmann konnte nur mit Gewalt? Sie besorgten Ihrem Chef Nutten, die er dann vermöbeln konnte? Meinen sie das?«

»Ja, ich hätte es nicht so brutal ausgedrückt, aber das trifft wohl den Kern.«

»Gab es mal Ärger mit einer der Frauen?«

»Nein, es waren ja immer Professionelle. Geld löste auch da alle Probleme.«

Es blieb still im Verhörraum.

»Haben Sie hier in Neuss auch diskrete Erkundigungen eingezogen?«

»Nein, sein Verlangen hat in den letzten Jahren nachgelassen. Vor neun Jahren zog er sich ja zurück und spielte kaum noch, schon gar nicht öffentlich. Ich bin kein Psychologe, doch es schien mir, als ob er die Gewalt als Gegenpol zur Musik brauchte. In Berlin hat ihn eine Dame regelmäßig besucht, aber da lief nichts Sexuelles. Den Namen und die Adresse kann ich Ihnen gerne geben.«

»Ich bitte darum.«

Es blieb eine ganze Zeit still im Raum, nachdem Walter Spranger den Raum verlassen hatte.

»Was hältst du davon?«, fragte Wurm als Erstes. »Ich glaube ihm. Das scheint zu Hausmanns Charakter zu passen. Menschen kaufen. Manipulieren. Ihnen Gewalt antun.«

Franjo spann den Faden weiter.

»Der wird in seinen jungen Jahren nicht anders gewesen sein, oder?«

»Vielleicht ist das der Grund, warum er nach Berlin ging? Kam ja ein bisschen plötzlich. Die Lehrerin hat uns doch von der Tochter des Bäckers erzählt. Natascha wollte doch den Namen herausfinden.«

»Erst mal machen wir jetzt Mittag und dann besorgen wir einen Blumenstrauß.«

38. Kapitel

»Hallo mein Sohn«, begrüßte ihn Sybille mit missbilligender Miene.

»Du hast Besuch!«

Verwundert schaute Konstantin sie an, als sie mit einem Kuchentablett im Türrahmen erschien.

»Eine Sandra. Ich glaube, die Sandra.«

Sandra war da? Seine Sandra? Das konnte gar nicht sein. Und doch als er ins Esszimmer trat, saß sie da und schaute ihn entschuldigend an.

»Tut mir leid mit gestern Abend. Ich hab überhaupt nicht darüber nachgedacht, dass André für dich ein rotes Tuch sein muss. Schade, dass du gestern Abend nicht konntest.«

»Ja. Dumm gelaufen. Den André kennst du den schon lange?«

»Ja.«

Ja? Das war nicht das, was er hören wollte. Er schluckte die Frage: ›Wie lange?‹ gerade noch runter.

»Wir waren mal zusammen in einem Malkurs im Kulturforum Alte Post. Ist schon Ewigkeiten her. Gestern hat er mir erzählt, dass er ins Ausland geht, mindestens für ein Jahr. Boston.«

»Mmh O.K.«

›Gute Nachrichten‹, dachte Konstantin.

»Wollte ihr ein Stück Kuchen? Ich lass euch dann alleine, Elli wartet!«

Hektisch deckte seine Mutter den Tisch, rümpfte noch ein letztes Mal die Nase und verschwand.

»Du bekommst nicht oft Damenbesuch, oder?«

»Ne, nicht sehr häufig.«

Niemand sprach. Die Kuchengabeln kratzten auf den Tellern. Die Stille war unangenehm, bis Sandra sie durchbrach.

»Hat den deine Mutter selbst gemacht? Lecker.«

»Ja, sie backt gerne und beglückt dann alle in ihrer Umgebung.«

»Ich muss dir was im Fall Hausmann erzählen. Du kennst doch Lydia.«

Mit ein paar Sätzen erklärte sie Konstantin das Erlebnis vom Vormittag. Konstantin war baff.

»Lizzy und Lydia. Ich habe Briefe gefunden, die in dem Besitz meines Vaters waren. An Hausmann geschrieben, mit L unterzeichnet. Mit Herzchen verziert. E und L. Für immer«, informierte er sie.

»Zeig mal.«

Sandra schluckte ein paar Mal schnell hintereinander. Konstantin holte die Kiste, nahm die Briefe heraus du gab sie Sandra zum Lesen.

»Die sind aber schon alt. Ob die von der Freundin von Frau Liedberger geschrieben wurden? Die war damals so in den Hausmann verliebt, und dann ist irgendetwas vorgefallen. Ich hab mir ein Foto ausgeliehen. Schau mal, das sind die beiden.«

»Beide sind hübsch, aber so unterschiedlich. Selbst beim Betrachten des Bildes spürt man Lizzys Lebensfreude. Und Lydia war schon als Kind die Grand Dame«, lachte Konstantin.

Sandra wühlte weiter in dem Karton.

»Hast du nichts gefunden, was dich zu dem richtigen Namen von der Verehrerin führt? Noch mehr Fotos! Schau mal, das muss der Hausmann in jungen Jahren sein. Kennst du den daneben?«

»Das ist mein Vater, da sehen sie wie echte Kumpel aus.«

»Ein Klassenfoto, deinen Vater erkenne ich, aber den Hausmann nicht. Nur Jungs! War dein Vater auch auf dem Quirinus-Gymnasium?«

»Ja, aber die waren nicht in einer Klasse, mein Vater ist ein Jahr älter gewesen. Sie müssen sich in der Milchbar kennengelernt haben, zumindest hat das meine Mutter erzählt.«

Sie kamen sich beim Wühlen in der Kiste so nahe, dass Konstantin den Duft ihres Haares riechen konnte und einsog. Orange, wenn er sich nicht vertat. Er schloss seine Augen und rückte näher an sie heran. Auf einmal rief Sandra aus:

»Das ist sie. Schau, das ist Lizzy.«

Sie bemerkte nicht, wie die Tür aufging und Konstantins Mutter hereintrat.

»Ihr schaute euch alte Fotos an? Das mache ich auch gerne.«

Konstantin trat erschrocken einen Schritt zurück.

»Wen kennen Sie auf dem Foto? Sandra, ist doch richtig, nicht wahr?«

Sandra nickte, und zeigte auf Lizzy.

»Das ist die Freundin einer Bewohnerin aus unserm Haus, Lizzy heißt sie.«

»Quatsch, das ist Elli, unsere Nachbarin«, entgegnete Sybille und marschierte in die Küche.

Sandra schaute Konstantin nachdenklich an.

»Lydia erzählte, dass Lizzy eigentlich Elisabeth heißt«, meinte sie. »Denkst du auch gerade, was ich denke?«

Konstantin nickte.

»Wir wissen beide, was das bedeuten könnte, oder?«

Konstantin überfiel eine seltsame Lethargie. Sandra merkte nichts und sprach weiter:

»Elli, deine Nachbarin hat Eugen Hausmann gekannt. Wenn sie diejenige ist, die die Briefe geschrieben hat, schwärmte sie für Hausmann und der muss ihr irgendetwas angetan haben.«

»Und mein Vater scheint alles gewusst zu haben und hat geschwiegen.«

Konstantin fühlte eine unbändige Wut in sich hochsteigen.

»Ich kenne einen, der die Wahrheit wissen muss.«

Sein Blick fiel auf ein Gruppenfoto, auf dem eine Handvoll junge Männer standen. Der Mann neben seinem Vater war Oskar Müller.

39.Kapitel

»Ich hab den Namen der Freundin!«

Natascha riss die Tür auf.

»Koch, hieß sie.«

»Kannst du nicht wie jeder andere normale Mensch, eine Tür an der Klinke anfassen, sie öffnen und gesittet einen Raum betreten? Wovon redest du überhaupt?«

Eberhard Wurm fing grade das Blatt Papier auf, das durch den Luftzug zu Boden flatterte.

»Nein, erst mal was ganz anderes. Liebe Natascha, eine Anerkennung von uns für dich. Wir wissen, was du alles für uns tust.«

Franjo Obermeier versteckte sein Gesicht hinter einem riesigen Blumenstrauß.

»Für mich?«, fragte sie irritiert. Ihre Augen glänzten und ihr Wangen färbten sich rot. »Ich weiß gar nicht, was ich sagen soll!«

»Danke reicht schon. So, wer oder was ist Koch?«, entgegnete Wurm, dem diese Gefühlsduselei peinlich war.

Natascha, immer noch sichtlich gerührt, erklärte:

»Ich sollte für euch doch den Namen der Freundin von Hausmann rauskriegen. Ihr erinnert euch? Frau Lobben hatte von dem Mädchen erzählt, die Tochter des Bäckers. Die Bäckerei war ›Bäckerei Koch‹. Die Tochter ist Margarete Koch, heute heißt sie allerdings Mausbach. Sie wohnt im Drei Königen Viertel. Hier ums Eck. Fahrt ihr gemeinsam hin?«

»Danke, die Freundin hatte ich schon fast wieder vergessen. Die kann uns bestimmt etwas über Hausmanns sexuelle Vorlieben sagen!«

Völlig verschwitzt erreichte Konstantin die Redaktion. Die Glückssträhne mit seinem Mini schien zu Ende zu sein; er hatte nicht anspringen wollen. Konstantin blieb nichts anders übrig, als das Fahrrad zu nutzen. Die Sonne schien vom Himmel und die Fahrt, von der Furth bis zur Zeitung, war eine schweißtreibende Angelegenheit.

»Oskar, ich muss mit dir reden!«

Die Tür schlug mit einem lauten Krach gegen die Wand, da Konstantin sie viel zu schwungvoll aufgestoßen hatte. Vier Augenpaare schauten ihn ungläubig an. Der Geschäftsführer Josef Gruber saß Oskar Müller gegenüber auf einem Drehstuhl und blickte erschrocken drein.

»Raus, und warten Sie gefälligst, bis jemand herein ruft!«

Der Tonfall duldete keinen Widerspruch und Konstantin begriff, warum der Name Gruber in der Redaktion stets Respekt und Angst einflößte. Wie ein Schuljunge zurecht gewiesen, merkte er, wie seine Gesichtsfarbe ein bis zwei Nuancen dunkler und ihm noch wärmer wurde.

›So ein Mist‹, dachte er, als Oskars Sekretärin Andrea wieder an ihren Platz kam.

»Konstantin, du bist doch nicht unangemeldet da rein, oder? Bitte sag Nein!«

Seine Gesichtsfarbe intensivierte sich noch ein wenig und er begann zu stottern.

»Dachte doch, weil du nicht da warst, und ich muss mit Oskar reden. Dringend!«

Das letzte Wort betonte er nachdrücklich und schaute Andrea um Verzeihung bittend an.

»Der Gruber ist bereits seit knapp einer Stunde drin. Ich konnte nichts hören, doch irgendwas ist im Busch. Die sind bestimmt bald fertig. Und fährst du nach Mallorca?«

Konstantin blickte irritiert. Er hatte völlig vergessen, dass er eigentlich Urlaub und ihm Oskar ein paar Tage Erholung auf der Mittelmeerinsel empfohlen hatte.

»Ich, nein, ist alles im Moment schwierig, und überhaupt, ich hab gar keine Zeit!«

»Du siehst nicht gut aus, Konstantin, Urlaub würde nicht schaden.«

»Noch nicht, ich muss erst etwas herausfinden.«

»Du machst doch nicht auf eigene Faust Jagd auf den Mörder? Das ist Sache der Polizei, die war übrigens vorhin hier und hat nach dir gefragt. Ein Herr Wurm und ein«, sie überlegte einen Moment, »nein, fällt mir gerade nicht ein.«

Konstantin blickte erschrocken auf. »Haben die gesagt was sie von mir wollten?«

»Nein, aber die werden wohl bei dir zu Hause auftauchen. Sie hätten noch ein paar Routinefragen bezüglich des Ablaufes mit dem Interview, was du vorhattest. Das tut mir übrigens echt leid, dass das Interview nicht zustande kam. Da wäre dir ein Glanzstück gelungen! Aber wer weiß, wofür es gut ist.«

›Als ob ich das nicht wüsste‹, dachte Konstantin, laut sagte er:

»Ja, danke Andrea. Weiß man ja nie.«

In diesem Moment ging die Tür auf und Herr Gruber trat hinaus. Er taxierte Konstantin von Kopf bis Fuß und schnaubte:

»Guten Tag Herr Degen. Ihr Vater hatte wesentlich mehr Benehmen und Feingefühl als Sie.«

Völlig perplex schaute Konstantin ihm nach, wie er den Flur entlang zu den Fahrstühlen schritt. Oskar Müller rief:

»Komm rein, Konstantin, jetzt hab ich Zeit.«

Konstantin stürmte erneut in das Büro, baute sich vor dem Schreibtisch auf und kam direkt zur Sache.

»Ihr habt mich alle angelogen. Mein Vater, der stets ehrliche, aufrechte Journalist. Von Wegen. Ein Verbrechen hat er gedeckt!«

Oskar schaute erschrocken auf. Dann nickte er verstehend und sagte:

»Es war klar, dass du es herausfindest. Du recherchierst gut.«

Konstantin nickte nur. Es schien zu stimmen. Die Indizien, die er gefunden hatte, ließen nur diesen Schluss zu, den er sich zusammengereimt hatte.

»Was weißt du genau?«

»Ne, Oskar, Du bist dran! Jetzt erzählst du mir alles, jedes Detail über das, was damals passiert ist. Ich will alles über das Mädchen wissen, über Eugen und meinen Vater!«

Oskar setzte sich und begann leise zu sprechen:

»Dein Vater und Eugen Hausmann haben sich damals in der Milchbar angefreundet. Wir konnten uns das nicht oft leisten, wir hatten kaum Geld. Aber wenn wir uns was verdient hatten und ein Mädchen beeindrucken wollten, dann gingen wir dahin.«

Er lachte auf.

»Wir haben Blut und Wasser geschwitzt, denn das Geld reichte nur für einen Milchshake für den ganzen Abend. Wehe, du hattest so eine Göre im Schlepptau, die sich wie Frau Rockefeller benahm! Nach dem Abitur hat dein Vater hier angefangen zu arbeiten, damals war es noch nicht nötig zu studieren, um Journalist zu werden. Er war gerade ein Jahr dabei, als die Geschichte passierte. Richard hat sich vertrauensvoll an mich gewandt, weil er nicht wusste, was er machen sollte. Er hatte das Mädchen damals gefunden. Das muss kurz nach der Vergewaltigung gewesen sein. Er war fix und fertig, und voller Wut. So wie du jetzt. Richard hat lange mit sich gerungen, was er machen soll. Hätte er Eugen angezeigt, wäre vielleicht seine Karriere zu Ende gewesen, bevor sie richtig begonnen hätte. Und damals wurden die Opfer von Vergewaltigungen noch anders als heute behandelt.«

Oskar sah Konstantin entschuldigend an.

»Ich habe deinem Vater zugeredet, Eugen zu decken. Eugen wollte sowieso nach seinem Abitur fort und es hätte niemanden geholfen, das Ganze an die große Glocke zu hängen.«

Er schwieg erschöpft.

»Ich glaube, der einzige Mensch, den Hausmann ein bisschen mochte, war dein Vater. Deshalb auch die Postkarten, nehme ich an. Diese Demonstration seines Könnens und Erfolgs war Hausmanns Art deinem Vater zu zeigen, dass das Schweigen richtig war.«

Oskar Müller seufzte laut. Konstantin räusperte sich.

»Ich gehe davon aus, dass das Schweigen zwei Menschen das Leben gekostet hat. Findest du das immer noch richtig? Rede wenigstens jetzt, damit nicht noch ein Unglück passiert. Weißt du, wer das Mädchen war?«

»Nein, ich wusste es damals nicht, genauso wenig wie heute. Ich wollte es auch nicht wissen. Später hat mir dein Vater erzählt, dass sie nach einer unsachgemäßen Abtreibung einen Selbstmordversuch unternommen hatte. Sie war lange Zeit in einem Sanatorium. Erst da hat Richard Eugen vor die Wahl gestellt: Entweder er verschwindet, oder dein Vater hätte dafür gesorgt, dass alles rauskommt.«

»Mein überaus solider, stets korrekter Erzeuger war ein Erpresser. Statt die Wahrheit zu sagen, hat er alles unter den Tisch fallen lassen. Und das als werdender Journalist! Wie verlogen ihr doch alle seid!«

»Dein Vater hat sich die Entscheidung nicht leicht gemacht, er war ein gewissenhafter Mensch. Aber das Mädchen war gestraft genug. Dass sich das Jahre später mit Andrés Mutter wiederholt und ihr Leben kostet, konnte doch zu der Zeit niemand ahnen. Aber mir werden jetzt die Kalendereinträge klar. Als sich Andrés Mutter umgebracht hat, glaubte dein Vater, dass er dafür verantwortlich war. Was für ein Unsinn! Monika Gruber hatte eine Wahl, und sie hat sich für die Tabletten entschieden. Ich denke dein Vater empfand seine Krankheit als gerechte Strafe. Richard war ein guter Mensch und ein hervorragender Journalist. Du bist ihm sehr ähnlich.«

»Ich hätte niemals diesen Kuhhandel zugelasen. Ich versteh es nicht.«

Konstantins Gesicht hatte vor Aufregung rote Flecke bekommen. Beim Aufstehen drohte sein Stuhl zu kippen, er wusste gar nicht wohin mit seiner Wut. Er wollte nichts mehr hören. Hass, Trauer und Mitgefühl kämpften in seinem Innern, er weigerte sich, die einzig logische Schlussfolgerung zu akzeptieren. Er schrie:

»Begreift du denn nicht, wer Hausmann umgebracht hat? Und diesen Detektiv? Das Mädchen von damals. Und weißt du, wer das ist? Unsere Nachbarin, Elli. Rache ist ein überzeugendes Motiv. Wenn ihr damals nicht geschwiegen hättet, wer weiß …«

Atemlos stand er vor seinem Chef. Alle hatten ihn belogen, hintergangen und betrogen. Und jetzt musste der einzige Mensch, dem er stets vertraut hatte und der immer für ihn da war ins Gefängnis.

»Konstantin, bitte beruhige dich. Nach dem Erlebnis mit Haus mann gab es keinen Kuhhandel mehr für deinen Vater. Mit Niemanden. Ich habe nie wieder, einen ehrlicheren Menschen, als Richard kennengelernt. Ja: Hausmann ist jetzt tot. Und du vermutest nur, dass deine Nachbarin ihn umgebracht hat. Lass die Polizei ihre Arbeit tun. Vielleicht ist ja alles ganz anders.«

»Ich kann nicht schweigen und abwarten. Alles spricht gegen sie. Die Polizei muss es wissen. Aber sie werden Verständnis haben, wenn sie ihre Geschichte erfahren. Was Hausmann ihr angetan hat. Ich werde die Hintergründe ans Tageslicht bringen, alles, was ihr vertuscht habt.«

»Konstantin, bitte. Lass die Toten ruhen. Willst du wirklich das Andenken an deinen Vater beschmutzen? Wer hat etwas davon?«

Konstantin verließ mit hängendem Kopf das Büro und nahm sein Mobiltelefon zur Hand.

40. Kapitel

»Guten Tag, mein Name ist Wurm, Eberhard Wurm, Kripo Neuss. Frau Mausbach?«

Die stämmige Frau, die ihnen öffnete, blickte erstaunt auf den Ausweis. »Polizei? Um Gottes willen, was ist passiert?«

»Frau Mausbach, wir hätten sie gerne gesprochen. Sie kannten doch Eugen Hausmann?«

»Nein, ich bin nicht Frau Mausbach, ich gehe ihr nur ein wenig zur Hand. Bügeln und Fenster putzen. Sie ist ja nicht mehr die Jüngste, aber doch noch ganz fit. Sie hat doch nichts angestellt, oder? Das kann ich mir gar nicht vorstellen, so eine liebe Seele. Und immer ein offenes Ohr für jeden. Immer nett, freundlich, höflich. Siebenundsechzig ist sie jetzt. Hat hier und da ein Zipperlein, aber das haben wir ja alle irgendwo, nicht wahr? Ach und sie macht auch kaum Dreck, so viel habe ich hier gar nicht zu tun. Einmal die Woche würde reichen, in drei Stunden bin ich hier fertig. Aber sie besteht darauf, dass ich doch drei Mal die Woche komme. Und manchmal habe ich gar nichts zu tun, da sitzen wir und trinken Tee. Eigentlich trinke ich lieber Kaffee ...«

»Entschuldigen sie bitte. Wir wollen mit Ihrer Chefin reden. Ist Frau Mausbach da?«

Franjo Obermeier durchbrach mit seiner kräftigen Stimme den Redefluss der Frau.

»Ach kommen Sie doch rein, wie unhöflich von mir, da rede ich und rede, und lasse Sie da draußen stehen. Kommen Sie rein, einen kleinen Moment, ich denke, sie wird sich freuen Besuch zu bekommen ...«

Sie redete im Gehen weiter.

»Mein Gott, hört die auch mal auf zu reden? Das hält ja kein Mensch aus.«

Franjo war genervt.

»Ich hab ja schon viel erlebt, aber so was!«

»Achtung, da kommt sie wieder. Ohren auf Durchzug!«

Eberhard lachte die Frau an.

»Ach, Sie sehen so viel netter aus, wenn sie lachen, richtig sympathisch. Aber das ist nicht gut für einen Kommissar, da sollte man nicht sympathisch aussehen, da sollte man respektvoll wirken. Sonst haben ja die Verbrecher gar keine Angst!«

»Es ist gut, Christa. Mach uns einen Tee, bitte.«

Die Frau, die wie aus dem Nichts aufgetaucht war, bestach durch eine angenehme, klare Stimme.

»Guten Tag, die Herren Kommissare. Ich habe mitbekommen, wer sie sind. Wie kann ich ihnen helfen?«

Sie zog das rechte Bein ein wenig nach, als sie sich zum Sessel begab. Man merkte ihren Bewegungen an, dass sie Schmerzen hatte, doch scheinbar kamen die nicht in ihrem Gesicht an. Ein warmherziges Lächeln, freundlich zu jedem. »Wie eine Heilige«, durchfuhr es Franjo. Diese Seligkeit kannte er von Heiligenbildchen, die es zuhauf in seiner bayrischen Heimat gab. Laut begann er das Gespräch:

»Frau Mausbach, ist es richtig, dass sie in ihrer Jugend mit Eugen Hausmann befreundet waren?«

»Eugen Hausmann? Wie kommen Sie denn auf ihn? Ich habe schon ewig nichts mehr von ihm gehört, gesehen schon gar nicht. Das muss mindestens … ach du meine Güte … ja fünfzig Jahre her sein.«

Neugierig blickten die Augen von einem zum anderen. Franjo nahm das Gespräch wieder auf.

»Eugen Hausmann ist tot.«

Er machte eine Pause, in der er das Gesicht seines Gegenübers nach einer Regung absuchte. In Frau Mausbachs Blick lag nur

Neugier, Anteilnahme, etwas Betroffenheit und ein wenig, ihm fiel es schwer den Ausdruck zu deuten. War das Wehmut? Ihre nächsten Worte bestätigten das.

»Tot? Seltsam, aber letzte Woche musste ich urplötzlich an ihn denken.«

Die alte Dame sprach weiter:

»Es ist schon so lange her, aber jetzt sehe ich alles wieder vor mir. Eugen war meine allererste große Liebe. Mein Gott, und wie verliebt ich war! Ich träumte von einer weißen Hochzeit, vielen Kindern, ein Häuschen im Grünen. Typische Jungmädchenträumereien. Für ihn hätte ich alles gemacht. Leider hat Eugen ganz anders empfunden.«

Sie machte eine Pause.

»Heute weiß ich, dass es nicht an mir lag. Es gibt Menschen, die nicht lieben können. So wie Eugen. Er interessierte sich nur für sich selbst. Dann kam seine Musik. Unglaublich, dass jemand so gefühlvoll Mozart spielen kann, aber selbst völlig gefühllos ist. Für ihn zählte nur sein Klavier, die Musik, am liebsten Mozart, aber an allererster Stelle er selbst. Alles andere war ihm gleichgültig.«

Die beiden Kommissare blickten sich an, die alte Dame schien in ihre Erinnerungen versinken zu sein, bis sie einen Seufzer hörten und Frau Mausbach sich aufrichtete.

»Aber warum kommen Sie zu mir? Sicher nicht, um den törichten Erinnerungen einer alten Dame zu lauschen?«

»Wir suchen seinen Mörder. «

»Er wurde ermordet? Wo? Und warum kommen Sie zu mir?«

Sie machte eine Pause und schaute neugierig von einem zum anderen.

»Zwei Tage, nachdem er nach Neuss gezogen ist, wurde er vergiftet. Wir suchen eine Verbindung, Hinweise auf seine Jugendzeit in Neuss und hoffen, dass Sie uns helfen können.«

Frau Mausbach blickte bestürzt.

»Ich wusste nicht, dass Eugen nach Neuss zurückkommen wollte. Woher wissen Sie überhaupt von mir?«, erkundigte sie sich in einem vorwurfsvollen Ton.

»Ihre alte Lehrerin, Frau Lobben, hat sich an Sie erinnert. Sie konnte sich noch gut an Eugen und eine damalige Freundin, die Tochter des Bäckers, entsinnen. Ihr fiel zwar der Name nicht mehr ein, doch den konnten wir auch so ermitteln. Uns ist es wirklich wichtig, mehr über Eugen zu erfahren. Wir wissen, dass er ein brillanter Pianist war, allerdings kein Menschenfreund. Das hören wir von jedem, der ihn kannte. Aber wir brauchen Geschichten, etwas Handfestes. Gab es Situationen, die sie mit ihm erlebt haben, wo er jemandem etwas angetan hat? Namen würden uns helfen. Ich bin ehrlich, wir tappen immer noch im Dunkeln.«

Frau Mausbach knetete ihre Finger, die verschränkt in ihrem Schoß lagen.

»Wie ich bereits sagte, Eugen war meine erste Liebe. Ich habe ihn vergöttert, so wie alle. Es war so normal für ihn, er konnte sich gar nicht vorstellen, dass ihn jemand nicht bewunderte und ihn für ein Genie hielt. Ich habe nie wieder einen Menschen getroffen, der so von sich überzeugt war, und auch zu Recht. Er war genial. Es gab viele Anzeichen, die mir im Nachhinein auffielen, die mich hätten warnen können, doch ich war blind vor Liebe. Eugen hat die Menschen benutzt, ohne Unrechtbewusstsein. Es kam ihm gar nicht in den Sinn, dass er sich falsch verhielt. Er nahm alles, was er kriegen konnte, und sie bekamen seine Musik. Damit er gut spielen konnte, waren sie quasi verpflichtet, ihm Gutes zu tun. Ich kann mich so schlecht ausdrücken, ich hoffe Sie verstehen, was ich meine.«

»Ich denke schon, Frau Mausbach. Geht es noch, Sie wirken erschöpft?«

»Sie strengen mich tatsächlich an, diese Erinnerungen, alles ist auf einmal wieder da. Mir steht eine Situation vor Augen: Da war ich mit ihm in der Milchbar. Er war ja an der Schule bereits der große Held. Er wurde vergöttert, alle Mädchen, egal welchen Alters, himmelten ihn an. Ich war natürlich stolz, dass er mich als seine Freundin gewählt hatte. Ich war so naiv! An diesem Abend, als wir die Milchbar betraten, saßen an einem Tisch ein paar Mädchen. Vier, fünf Jahre jünger als wir. Eigentlich noch richtige Kinder. Eine von ihnen, ich sehe sie noch vor mir, Pferdeschwanz, blond, blaue Augen, konnte den ganzen Abend nicht den Blick von Eugen lassen. Es war mir peinlich und sehr unangenehm. Sie tuschelte ständig mit ihren Freundinnen und schaute immer zu uns rüber. Ich bat Eugen mich nach Hause zu bringen, doch er hatte keine Lust. Er sonnte sich in der Aufmerksamkeit.«

»War das etwas Besonderes, dieser Abend, meine ich? Sicher ist Ihnen das doch öfter passiert, oder? Warum ist Ihnen dieser Abend in Erinnerung geblieben?«, wollte Franjo Obermeier wissen.

»Da komm ich jetzt drauf. Dieses Mädchen mit dem Pferdeschwanz, mir fällt ihr Name nicht ein, ich meine er begann mit L oder E. Ja, Elisabeth hieß sie, ließ sich aber von allen Lizzy nennen. Ich schweife ab, wo war ich denn?- Ach so, dieses Kind war seit dem Abend ständig in Eugens Nähe. Waren wir in der Stadt, im Café, im Kino, ich konnte sicher sein, dass sie irgendwo auftauchte. Immer wenn ich mit Eugen darüber sprechen wollte, winkte er ab. Ich würde unter Verfolgungswahn leiden und sei eifersüchtig. Es war offensichtlich, dass sie, heute würde man es wohl stalken nennen, hinter ihm her war.«

Sie lächelte.

»Ich beschloss, die Beziehung zu beenden. Nicht das Verhalten des Mädchens, sondern Eugens Benehmen veranlasste mich dazu. Ich fand es widerlich, dass er das Mädchen auch noch ermutigte.«

»Wie müssen wir uns das vorstellen?«, fragte Eberhard Wurm.

»Ungefähr eine Woche nach dieser ersten Begegnung saßen wir erneut mit ein paar Freunden in der Milchbar. Diese Lizzy war auch wieder da. An diesem Abend lag etwas in der Luft – eine Atmosphäre voller Spannung. Er schaute mich an und lächelte. Während er den Blick nicht von mir ließ, ging er zu dem Mädchen und machte ihr Komplimente über ihr schönes Haar. Die ganze Zeit beobachtete er mich, wie ich reagierte. Er berührte sogar den Pferdeschwanz der Kleinen. Sie giggelte, wurde ganz rot. Es war peinlich. Ich bin aufgestanden und habe mich vor ihn hingestellt. Erst wollte ich ihm eine Ohrfeige geben, doch dann habe ich nur den Ring, den er mir geschenkt hatte, auf den Boden geworfen und bin gegangen. Ohne, dass irgendjemand ein Wort über diesen Vorfall verlor, war unsere Beziehung beendet. Ich fand Eugens Verhalten sadistisch. Man munkelte, dass mit der Kleinen irgendetwas gelaufen sein sollte. Aber das kann ich mir nun wirklich nicht vorstellen. Das Mädchen wurde später schwer krank und musste in ein Krankenhaus. Eugen sprach nie wieder mit mir, behandelte mich wie Luft. Ich hatte es gewagt, ihn zu kritisieren. Das alleine hätte bereits gereicht mich zu bestrafen, doch ich hatte ihn vor seinen Kumpeln lächerlich gemacht, dafür musste ich noch schlimmer büßen. Glauben Sie mir, manchmal hatte Eugen sadistische Züge. Kurze Zeit später ging er nach Berlin.«

»Wie fühlten Sie sich?«

Eberhard Wurm war wie immer etwas einfühlsamer, als sein Kollege.

»Ein paar Wochen Liebeskummer. Letztendlich war ich froh darüber, dass es beendet war. In der Zeitung las ich von seinen Erfolgen. Mir war klar, dass er ein großartiger Pianist werden würde und er hat es geschafft. Wahrscheinlich braucht man diese Ellenbogenmentalität um sich ganz oben im Musikerolymp behaupten zu können. Und davon hatte er mehr als genug.«

Sie lächelte: »Erfolg und Ellenbogen.«

»Wissen Sie den Nachnamen von dieser Lizzy?«

»Ja, damals hieß sie Sauber. Aber sie hat geheiratet. Ein paar Mal habe ich sie noch in Neuss gesehen, aber ich bezweifel, dass sie wusste, wer ich bin. Ihr Mann war mal Schützenkönig vor ein paar Jahren, Gärtner heißt sie jetzt.«

Wurm wiederholte erstaunt:

»Lizzy Gärtner. Sie lebt heute immer noch in Neuss?«

»Soviel wie ich weiß, ja. Aber das können wir sofort nachsehen.«

Sie rief nach Christa.

»Sei so gut, hol mir bitte das Telefonbuch, ja?«

Christa erschien mit einem kleinen gelben Buch.

Frau Mausbach blätterte unbeholfen in den Seiten.

»Da steht sie ja. Klaus und Elisabeth Gärtner, Jostenallee.«

Sie hatte noch nicht ausgesprochen, als sich die Kommissare bereits auf dem Weg nach draußen befanden.

»Vielen Dank, Frau Mausbach!«

Sie stürmten zum Wagen.

»Nichts wie hin, Eberhard, aber hurtig!«

Franjos Handy klingelte.

»Wieso gehst du nicht ran?«

Nataschas Stimme klang gehetzt.

»Ich habe mehrfach versucht, euch zu erreichen. Ich hab wichtige Neuigkeiten!«

»Tut mir Leid, in dem Haus von der Mausbach gab es keinen Empfang.« Obermeier hörte konzentriert zu.

»Was sagst du da? Wo ist er jetzt hin?«

Franjo fluchte.

»Eberhard, sofort in die Jostenallee! Konstantin Degen war im Präsidium. Wollte uns den Mörder von Hausmann und diesem Detektiv nennen. Elli Gärtner, sie ist seine Nachbarin!«

»Wer ist denn noch mal Konstantin Degen? Mir geht das jetzt alles ein bisschen schnell.«

»Der Journalist. Ich frage mich, woher er das wissen will.«

41. Kapitel

Konstantin saß auf Ellis Sofa und schwieg. Elli begann leise zu sprechen:

»Mir war klar, dass du es herausfinden würdest.«

Ihre Stimme klang ganz normal, als ob sie weiterhin über das Wetter sprächen. »Ich war der Grund, dass Hausmann damals nach Berlin ging. Ich hatte mich in ihn verliebt, habe von einem Leben an seiner Seite geträumt. Als er sich mit seiner Freundin gestritten hatte, nahm er mich zum ersten Mal wahr. Ich sah mich am Ziel und wir trafen uns am Schrebergarten. Dort ist es dann passiert.« Elli machte eine Pause. »Dein Vater hat mich kurz danach getroffen und nach Hause gebracht. Meine Mutter wusste ein paar Wochen später was los war. Hat mich zu dieser Frau gebracht, die eine Abtreibung durchgeführt hat. Da ist dann einiges schief gegangen der Grund, warum ich keine Kinder bekommen konnte. Deine Mutter weiß nichts davon, sie ist einfach zu sehr mit sich beschäftigt. Klaus und ich sind erst nach dem Tod deines Vaters hierhin gezogen. Du warst für mich wie ein Sohn, den ich nicht haben konnte. Dank Eugen Hausmann.«

Sie spie den Namen hasserfüllt aus.

»Wegen ihm konnte ich keine Kinder bekommen; wäre er nicht gewesen, würde meine Ehe noch existieren. Und der hat tatsächlich die Dreistigkeit besessen, hier seinen Lebensabend verbringen zu wollen. Das Gequatsche über seine Heimat, sentimentales Geschwätz. Der kannte solche Gefühle überhaupt nicht. Er wollte wieder Macht ausüben, zeigen, wie überlegen er ist.«

Ihre Augen sprühten vor Hass.

»Ich dachte, ich wäre darüber hinweg. Dann erfuhr ich, dass Klaus Vater wird. Das hat mir den Boden unter den Füßen fortgerissen. Ich wollte nicht allein sein. Kannst du dich erinnern?

Ich saß bei euch und wollte mich trösten lassen. Da habe ich von Sybille erfahren, dass ER, der für mein ganzes Elend verantwortlich ist, nach Neuss ziehen will. Da war auf einmal dieser unbändige Hass da. Ganz plötzlich, mit voller Wucht! Ich wollte, dass er stirbt, wollte ihn umbringen. Als ich wieder klar denken konnte, habe ich mir überlegt, wie ich es anstellen könnte. Ich habe mir unzählige Möglichkeiten ausgedacht. Erschlagen, erstechen, ersticken und auch vergiften. Als ich von seinem Tod erfuhr, war ich so erleichtert, und habe weder Trauer, noch Mitleid empfunden. Höchstens Ärger, dass ich es nicht war …«

Konstantin sprang auf.

»Du hast ihn nicht vergiftet? Aber das kann doch gar nicht sein. Ich dachte, dass …«

Elli schaute erstaunt

»Nein, ich habe nichts mit Hausmanns Tod zutun. Aber ich hätte es tun können. Aber ich war es nicht. Nur den Garbsen, diesen schleimigen Menschen.« Sie machte eine Pause und suchte nach treffenden Worten. »Das war ein Unfall, im Affekt, das musst du mir glauben. Ich hab mich selber so erschrocken, und dachte, dass ich es verdrängen kann. Weißt du, im Verdrängen bin ich Meister. An dem Abend, als jemand die Pralinen für Hausmann in die Schöne Aussicht gebracht hat, bin ich auch da gewesen. Ich wollte Eugen sehen, schauen, ob er sich verändert hat. Die Gänge waren verwaist, niemand war zu sehen und dann verließ mich mein Mut. Ich bin wieder gegangen, ohne mit Eugen oder sonst jemanden zu sprechen. Aber dieser Garbsen hat mich gesehen, glaubte, dass ich für die vergifteten Pralinen verantwortlich bin. Dann stand dieser Schnüffler auf einmal hier vor der Tür und behauptete, ich habe Eugen Hausmann umgebracht. So ein Quatsch, ich habe ihm die Tür vor der Nase zugeschlagen. Durch den Türschlitz schob er dann seine Visitenkarte und rief, dass wir über alles reden können. Ich sollte am nächsten Tag in sein Büro kommen.«

Ellis Stimme wurde immer lauter.

»Ich bin hingefahren. Wollte mit ihm reden, ihm erklären, dass ich mit dem Tod nichts zu tun habe. Dass es so schmerzhaft für mich sei, und ich ihn bitten würde, die Vergangenheit ruhen zu lassen. Er lachte und wollte mich erpressen! Ich habe gesagt, dass er von mir kein Geld erwarten kann. Und dann hat er mich beschimpft. Ich hätte doch genug, würde ja ein Vermögen in mein Aussehen stecken! Gutes Aussehen könnte ich mir kaufen, aber keine Jugend, keinen Mann, schon gar nicht eine Familie. Ich hab an Klaus gedacht, an seine Neue und dann sah ich rot. Hab den Aschenbecher genommen und zugeschlagen. Er sollte endlich aufhören zu reden, ich wollte das nicht hören! Als er still wurde und alles voller Blut war, bekam ich Panik und bin fortgelaufen. «

Konstantin war sprachlos. Was konnte er darauf sagen? Er flüsterte:

»Ich verstehe dich nicht. Du hättest zur Polizei gehen müssen. Das ist doch erklärbar. Aber einfach schweigen?!«

»Ich war so unentschlossen. Ich hab einfach weiter gemacht, wie bisher.«

Ihre Augen baten um Verständnis, aber er konnte nicht. Er schüttelte den Kopf. Es war unmöglich für ihn.

Als er weiter schwieg, fragte sie:

»Was passiert jetzt?«

»Die Polizei weiß Bescheid, allerdings glaubt sie, dass du auch für Hausmanns Tod verantwortlich bist. Ich frage mich, wer ihn …«

»Hast du dich mal gefragt, warum Hausmann nach Neuss gekommen ist?«, unterbrach Elli seine Gedanken, »und warum er dir ein Interview geben wollte? Ausgerechnet einem Volontär?

Um deiner Mutter einen Gefallen zu tun? Glaubst du tatsächlich daran?«

Konstantin schluckte. Im Moment konnte er keinen klaren Gedanken fassen. Das war eine gute Frage von Elli, auf die er keine Antwort hatte. Hausmann war kein barmherziger Samariter, er unternahm nichts ohne Hintergedanken. Fakt war, dass er mit Richard noch eine Rechnung offen hatte. Und der war nicht mehr da, blieb noch Konstantin. Lag das Motiv für Hausmanns Mord darin? Wollte der Mörder Konstantin schützen? Aber wer kam dann in Frage?

»Bevor die Polizei kommt, möchte ich mich frisch machen. Du hast doch nichts dagegen?«

»Nein, natürlich nicht«, antwortete er mechanisch.

Elli verschwand im Bad und Konstantin verharrte in seinen Bewegungen, stand sekundenlang regungslos im Flur. Er war verwirrt, seine Gedanken kreisten um Eugen Hausmann und seinen Mörder. Hatte Elli Recht? War er, Konstantin, der Grund, der Auslöser für einen Mord? Er schüttelte den Kopf. Der Gedanke schien ihm weit hergeholt. Und doch, wenn Elli es nicht war, gab es einen Menschen, der ihm einfiel. War das möglich? Er wollte es nicht glauben, weigerte sich diese Idee weiter zu verfolgen. Doch sie ließ sich nicht verdrängen, tauchte immer auf. Er hatte gewusst, dass Elli nichts mit Hausmanns Tod zu tun hatte. Hatte ihn, Konstantin, schon wieder belogen, und die ganze Zeit im Hintergrund die Fäden zusammen gehalten. Elli war noch immer im Bad, es war still im Haus. Er fasste einen Entschluss, trat ins Freie. Mit immer größer werdenden Schritten eilte er zum Auto.

Seine Mutter stand mit zwei Männern auf der Straße und übergab ihnen einen Schlüssel. Das mussten die Kommissare sein.

Konstantin grüßte, lief an ihnen vorbei. Er wollte sich nicht aufhalten lassen.

»Konstantin, wo willst du denn hin? Ich kann das immer noch nicht glauben, was mir die Herren hier erzählen. Wusstest du das? Stimmt das wirklich? Bleib doch mal stehen. «

Konstantin reagierte nicht auf den Wortschwall seiner Mutter. Er nickte den Männer zu und bemerkte nur:

»Frau Gärtner erwartet Sie«.

Während er den Autoschlüssel ins Schloss steckte, rief er noch:

»Ich muss noch mal in die Redaktion.«

»Mein Junge, immer so fleißig und pflichtbewusst. Natürlich, als Journalist muss er immer am Ball sein«, plapperte Sybille Degen und lächelte die Kommissare an.

»Eberhard, mach du das. Ich fahr dem Jungen nach, verhafte du die Gärtner. Ich hab da so ein Gefühl, melde mich später.«

Wurm wunderte sich, was sein Kollege nun schon wieder vor hatte. Aber ihm war wichtig, dass sie endlich eine Verhaftung vornahmen. Morde geklärt, Schützenfest konnte kommen. Er schloss auf und wunderte sich, über die leeren Räume. Er rief, erhielt keine Antwort. Er stieg die Treppen in die obere Etage hoch. Er vermutete, dass sich Elli die Nase pudern, die Frisur mit Haarspray fixieren, eventuell einen Pullover oder eine Bluse überziehen wollte. Frauenkram halt. Er drückte die Klinke der Badezimmertür und stieß sie leicht auf. Kein Widerstand. Das Zimmer war leer. Es wirkte nicht, als habe sich gerade jemand darin aufgehalten. Nichts war zu hören. Der Kommissar drehte sich nach rechts, ging zu einer anderen Zimmertür. Auch hier lauschte er zuvor, bevor er zur Klinke griff. Das Bild, was sich ihm bot, ließ ihn den Atem anhalten. Elisabeth Gärtner saß auf dem Bett, ein Foto vor sich, daneben ein großes Wasserglas, gefüllt mit einer trüben Flüssigkeit. Und leere Tablettenröhrchen. Mit schnellen Schritten nahm er das Wasserglas an sich, brüllte

»Nein!«

Und wunderte sich über Ellis Teilnahmslosigkeit. Ihre Stimme klang klar und fest, als sie die Stille durchbrach.

» Wollte alles beenden, bevor Sie kommen. Habe alles vorbereitet, aber ich kann es nicht. Ich habe nichts zu verlieren, bin alleine, niemand wartet auf mich. Aber ich kann mich nicht so fortstehlen. Ich will nicht sterben. Verrückt, oder? Damals, als sie das Baby getötet haben, wollte ich sterben, doch die Ärzte haben mich zurückgeholt. Gegen meinen Willen. Es hat so lange gedauert, bis ich wieder leben wollte. Ich habe alles verloren, keinen Grund mehr zum Leben,– und doch ....«

»Frau Gärtner, ich verhafte Sie wegen Mordverdachts. Alles, was Sie jetzt sagen kann und wird vor Gericht gegen Sie verwendet.«

Er ratterte den Rest der Belehrung herunter, nahm sie am Arm und führte sie hinaus.

42. Kapitel

Konstantin kam am Verwaltungsgebäude der Niederrheinischen Morgenpost an und nahm den Parkplatz vor dem Eingang, der dem Geschäftsführer vorbehalten war. War ihm egal. Er brauchte Antworten, wollte den Verdacht nicht glauben, der sich in seinem Kopf festsetzte. Sein Gefühl sagte ihm, dass es nicht sein konnte, doch sein Verstand wusste es besser. Aber die Frage blieb nach dem ›warum‹.

Er ignorierte den Aufzug und nahm zwei Stufen der Treppe auf einmal und japste nach Luft, als er in der vierten Etage ankam. Oskars Vorzimmer war verwaist. Konstantin schritt in das Büro. Er stand im Eingang, behielt die Klinke in seiner Hand und blickte Oskar Müller an, der am Schreibtisch saß. Sein Freund, der väterlich in den letzten Jahren auf ihn geachtet hatte. Ihm geholfen hatte, wo immer es in seiner Macht stand. Er atmete tief durch, kam einen Schritt näher.

Der Chefredakteur schaute ihn an und rief:

»Konstantin, hast du dich anders entschieden? Ich wusste, dass du zur Besinnung kommst. Lass die Vergangenheit ruhen. «

Er lächelte. Ein Siegerlächeln. Konstantin zeigte keine Reaktion. Die Mimik des Redakteurs gefror. Er legte seinen Stift zur Seite. Schob einen Papierstapel von links nach rechts, hielt dann inne. Er lehnte sich zurück. Nahm erneut den Kugelschreiber zur Hand und spielte mit ihm. Das Klicken der Mine war für einige Sekunden das einzige Geräusch, was zu hören war.

»Jetzt ist es soweit: das Schützenfest steht bevor«, bemerkte Oskar lapidar.

Konstantin öffnete den Mund, schloss ihn wieder. Was hatte er erwartet? Er schloss die Tür, kam näher und setzte sich auf einen Stuhl.

»Ja«, sagte er, »ich habe gerade mit Elli gesprochen«, fuhr er fort.

»Aha. Dann gehe ich davon aus, dass du mehr weißt.«

»Ich weiß, dass sie Hausmann nicht vergiftet hat. Mehr nicht. Aber ich vermute einiges. Verstehen tu ich nichts.«

Oskar Müller nahm das Spiel mit dem Kugelschreiber wieder auf.

»Ja, kann ich nachvollziehen. Ich habe gedacht, es bleibt alles im Verborgenen. Glaube nicht, dass man einen Beweis gegen mich finden würde. Aber du hast mich zum Nachdenken gebracht. Ich weiß gar nicht, wo ich anfangen soll.«

Sein Lächeln misslang.

Konstantin verzog keine Miene.

»Am Anfang, ganz einfach«, forderte er Oskar auf.

»Der Anfang, ja das ist eine gute Idee. Nur wo liegt der Anfang? Bei Elli? Vielleicht. Hätte man Hausmann damals angezeigt, bestraft, wäre das mit Monika vielleicht nicht passiert. Dann würde sie noch leben.«

Er verstummte und blickte aus dem Fenster.

»Ich hätte sie auch mit dem Kind genommen. Wollte ihr ein Zuhause bieten. Hatte alles vorbereitet und geplant. Natürlich habe ich nicht erwartet, dass sie mich liebt, aber auch Freundschaft ist eine gute Basis für eine Ehe. Mir hätte es gereicht.«

Es klopfte. Niemand reagierte. Das Klopfen wurde energischer. Oskar rief:

»Jetzt nicht.« An Konstantin gewandt, fuhr er fort:

»Ihr nicht, wie du weißt, sie hat sich umgebracht. Als mir deine Mutter erzählte, dass Hausmann kommt, klingelten bei mir sämtliche Alarmglocken. Hausmann tat nie etwas, ohne anderen Menschen zu schaden. Als ich erfuhr, dass er dir, ausgerechnet dir, ein Interview geben wollte, war mir klar, dass er etwas im Schilde führte. Soweit durfte es nicht kommen.«

»Und hast ihn umgebracht«, vervollständigte Konstantin, »die Mozartkugeln vergiftet und ihm gebracht. Wie hast du das gemacht?«

In diesem Moment wurde die Tür aufgerissen und Franjo Obermeier stand im Raum.

Konstantin blickte ihn erschrocken an, dann entspannten sich seine Gesichtszüge. Er schaute auf den alten, weißhaarigen Mann, der sich erhob, und begrüßte Obermeier:

»Grandioser Auftritt, perfekter Zeitpunkt, Herr Kommissar. Sie können mich verhaften.«

Franjo Obermeier blickte irritiert abwechselnd von Konstantin zu Oskar Müller.

Der Chefredakteur hielt den Blick des Kommissars stand, beantwortete aber Konstantins Frage.

»Herbstzeitlose. Der Name gefiel mir. Die Symbolik. Hochgiftig, dieses Colchicin. Den Sud habe ich ganz einfach aus der Pflanze gewonnen. Hausmann hat es verdient«, Oskar erhob sich und ging auf Obermeier zu, »ich bin bereit.«

Konstantin ging ohne ein weiteres Wort aus dem Raum. Es gab nichts mehr zu sagen. Oskar Müller hielt dem Kommissar seine Arme mit gekreuzten Händen entgegen:

»Ich gestehe, Eugen Hausmann umgebracht zu haben, vergiftet mit präparierten Mozartkugeln. Aus Rache und Fürsorge.«

In seinen Blick trat Trotz. »Er hätte noch mehr Menschen ins Unglück gestürzt. Der Mann konnte gar nicht anders. Und dieses Mal wäre Konstantin dran gewesen, das konnte ich nicht zulassen. Er ist ein guter Junge.«

Obermeier nickte, obwohl er nicht alles verstand. »Kommen Sie. Erzählen Sie uns die Einzelheiten im Kommissariat«, und führte ihn, an den Schulter packend, hinaus.

43.Kapitel

Konstantin hatte sich chic gemacht. Das erste Rendezvous mit Sandra. Der hellgraue Anzug kam ihm noch ungewohnt vor, aber er fühlte sich wohl. Er wartete draußen. In einer Kneipe zu sitzen und versetzt zu werden war nicht schön, aber noch hinnehmbar. Jedoch in einem Restaurant an einem reservierten Tisch alleine zu sitzen und vergeblich auf die Verabredung zu warten, war ein Albtraum. Also besser vor der Tür warten. Der Blick zur Armbanduhr zeigte eine Minute nach sieben. Konstantin schaute die Straße entlang, konnte Sandra aber nirgends entdecken. Nichts hasste er mehr als Unpünktlichkeit und Warten. Am Himmel bildete sich eine imposante Wolkenformation: Im Westen sammelten sich dunkle Wolken, die wie Wolkenkratzer aussahen. Zu beiden Seiten kamen wilde Tiere aus dem Himmel, die angriffslustig die Hochhäuser bewachten.

›Mit meiner Fantasie sollte ich Roman schreiben‹, dachte er. In diesem Moment legte jemand ihm zwei Hände vor die Augen und lachte:

»Wer bin ich?«

Konstantin nahm seine rechte Hand um die Augenbinde zu entfernen, und grinste auch.

»Dachte schon, du kommst nicht mehr!«

Als er sich umdrehte, blieb ihm der Mund offen stehen. Sandra trug ein weinrotes Samtkleid, mit quadratischem Ausschnitt. Konstantin konnte seinen Blick nicht von dem Dekollté abwenden.

»Ich freue mich, dass du es geschafft hast. Der Italiener soll eine tolle Pizza Hawaii machen.«

Konstantin zwang sich, in Sandras Augen zu schauen.

»Und das Tiramisu ist vom Feinsten. Dazu einen leckeren Weißwein.«

Sandras Unbeschwertheit war ansteckend. Er fühlte sich wie der glücklichste Mann der Welt, bot ihr, ganz Gentleman, seinen Arm zum Einhaken, den sie lächelnd annahm. Ein vielversprechender Anfang!

Nach dem Essen warteten sie auf einen Espresso, als Sandra das Schweigen brach.

»Wie geht es dir?«

»Ganz ok. Ich vermisse Elli und Oskar. Sie sind beide gute Menschen, denen Hausmann viel angetan hat. Irgendwie kann ich sie sogar verstehen. Aber Mord?«

Konstantin spielte mit dem Untersetzer und vermied Sandra anzuschauen.

»Ich glaube Elli war am Rande eines Nervenzusammenbruchs. Dass der Detektiv sie erpressen wollte, hat bei ihr sämtliche Sicherungen durchknallen lassen. Sie ist von so vielen Menschen ausgenutzt und hintergangen worden. Als sie zum gleichen Zeitpunkt erfuhr, dass ihr Mann mit seiner Geliebten ein Kind erwartet und Hausmann nach Neuss zieht, gab es für sie nur die eine Lösung.« Sandra blickte ihn intensiv an.

»Wie geht es Lydia Liedberger?«, erkundigte sich Konstantin, um das Thema zu wechseln.

»Es geht ihr gut, sie singt, rezitiert Gedichte, lebt immer mehr in der Vergangenheit. Für die Anderen ist es schwierig. Sie bekommt jetzt ihre eigene Pflegerin, die sie den ganzen Tag betreut. Dafür sorgt, dass sie sich anzieht, ihre Tabletten nimmt, genug isst und trinkt. Lydia ist goldig.«

»Ohne sie hätten wir den Fall nicht gelöst.«

»Was sind deine weiteren Pläne? Sprichst du mit deiner Mutter?«

»Ja, wir werden einen Weg finden, ich muss da raus. Und ich habe beschlossen Journalist zu werden. Es gibt in Köln eine private Schule, da habe ich nicht das Problem mit dem Numerus clausus und Josef Gruber setzt sich für mich ein. Er hat da ein paar Kontakte. Die Chancen stehen gut, angenommen zu werden.«

Er schwieg einen Moment.

»Weißt du eigentlich, dass ich zwischendurch den schrecklichen Verdacht hatte, dass du etwas mit dem Mord an Hausmann zu tun hattest? Deine Suche nach deinem Vater. Und dann deine Freundschaft mit André. Ich dachte, ihr beiden hättet ein gemeinsames Thema. Ich muss mich dafür entschuldigen.«

Sandra blickte ihn ungläubig an.

»Das meinst du ernst?! Ach du meine Güte, quatsch. Nee, das Thema ist echt vom Tisch. Meine Mutter hat mir vor ein paar Jahren gesagt, wer mein Vater ist. Nichts zum Angeben, glaub mir. Urlaubsbekanntschaft. Kein Name, keine Adresse.«

Sie schaute verlegen und lächelte schief.

»Hab also keinen eindeutigen Stammbaum. «

Konstantin lachte.

»Bist du von allen guten Geistern verlassen? Als ob das wichtig ist. Du bist du, das ist alles, was zählt!«

Schon wieder wurde er rot. Liebend gern hätte er ihre Hand genommen, aber er traute sich nicht.

Sandra wirkte erleichtert.

»Danke. Ich sehe das genauso. Freut mich mit der Schule. Du wirst ein guter Journalist!«

Ihre Hand suchte seine und drückte sie leicht. Konstantins Gesichtsröte nahm zu, doch beherzt drückte er zurück.

»Der Fall wäre gelöst. Auch wenn ich Oskar Müller niemals für Hausmanns Mörder gehalten hätte. Wenn der sich nicht gestellt hätte, wer weiß, wann wir den Fall gelöst hätten.«

Wurm drehte die Zigarettenschachtel um einhundertachtzig Grad, legte sie quer, hochkant, balancierte sie auf der Zeigefingerspitze. Franjo Obermeier beobachtete ihn dabei und wartete, dass er eine Zigarette entnahm und zum Trockenrauchen überging. Er antwortete:

»Früher oder später wären wir ihm auf die Schliche gekommen. Wie immer.«

Seine Blicke spürend, drehte sich Wurm um.

»Warum ist es so schwer, sich gegen diese Sucht zu wehren? Ich habe mich lang genug zum Sklaven der Glimmstängel gemacht, oder was meinst du? War nicht immer leicht in letzter Zeit mit mir. Komm, jetzt ist die Zeit der Wahrheit, tu dir keinen Zwang an.«

»Ich habe noch nie geraucht, mir ist das völlig unverständlich. Was können einem diese stinkigen Dinger geben? Außer Luftnot, schlechten Atem und Geschmack? Du bist wirklich unerträglich, aber das sitzt ein Bayer aus.«

Eberhard grinste, knüllte die Packung mit der rechten Hand zusammen und warf sie in den Mülleimer.

»Komm lass uns ein Altbier auf der Rollmops-Allee trinken gehen. Und was essen: Currywurst oder ein Fischbrötchen. Das ist ein guter Anfang, um sich hier heimisch zu fühlen, du Bayer. Es wird dir gefallen.«

»Die Trennung wird uns allen gut tun. Glaub mir Gerlinde. Der Junge braucht Zeit um alles zu verarbeiten. Ein Jahr Boston, da wird viel passieren und sich ändern.«

Josef Gruber paffte an seiner Cohiba und streichelte den Arm seiner Frau.

»Und du hast wirklich Angst gehabt, ich hätte ihn umgebracht? So etwas traust du mir zu?«

Gerlinde lächelte nervös.

»Du warst so verstört, ich wusste nicht, was sich denken sollte. Diese ganzen Erinnerungen, ich weiß doch, wie sehr du deine Schwester geliebt hast. Erst hat Hausmann sie auf dem Gewissen gehabt, dann wollte er dir André entfremden. Ein bisschen viel auf einmal, da kann man auf seltsame Gedanken kommen, oder?«

»Ja, ich habe tatsächlich seinen Tod gewünscht. Schrecklich, so etwas zu sagen, oder? Aber dass Oskar .... Hat er Monika so geliebt, oder ging es ihm um diesen Jungen?«

»Das weiß nur er. Ich verliere einen guten Mitarbeiter. Naja, das Leben geht weiter«, stellte Josef Gruber fest und blies den Zigarrenrauch genüsslich aus.

Der Makler wartete bereits.

»Wir sollen schon mal mit der Besichtigung anfangen, Ihr Mitbewohner rief grad an.«

»Typisch«, brummte Konstantin. »Ob das mit dem Zusammenziehen so eine gute Idee ist?«, zweifelte er weiter.

Er dachte an das Gespräch mit seiner Mutter letzte Woche. Sie hatte geschluckt, es dann aber locker genommen.

»Wurde eigentlich auch Zeit. Es wäre schön, wenn du mich mal besuchen kommst. Wenn ich da bin.«

»Wieso wenn du da bist? Was hast du vor?«

»Der Kinderschutzbund sucht ständig ehrenamtliche Mitarbeiter. Dass ich da nicht vorher drauf gekommen bin! Hausaufgabenbetreuung, Elterncafé, Krankenhausbesuche, die sind ganz aktiv. Die brauchen jemanden wie mich!« Einen Moment musste er schlucken, dann freute er sich. Für sie und für ihn. Von der Trennung profitierten beide.

Die Wohnung befand sich in der Hölderlinstraße im Erdgeschoss und war mit Parkettboden ausgestattet. Zwei Panoramafenster sorgten für viel Licht. Beide Zimmer verfügten über einen Zugang zu dem Süd-West Balkon. Ein Traum, noch dazu bezahlbar. Konstantin zuckte zusammen, als ihn ein Schlag auf den Rücken traf.

»Ist das nicht geil?«, begeisterte sich Gernot. »Die Küche bleibt drin, wir können bereits nächste Woche einziehen. Was meinst du?« Der Makler hatte sich diskret zurückgezogen.

»Und alles Halbe, Halbe? Alles geregelt?«, versicherte sich Konstantin.

»Na klar, für was hältst du mich denn?«

Ein Handschlag besiegelte den Mietvertrag, der Makler hatte alles vorbereitet.

»Komm, ich lade dich auf einen Döner am Dönerdreieck ein.«

»Du lädst mich ein? Hast du nachgeschaut, ob du deine Brieftasche dabei hast? Auch Bargeld? Die nehmen keine Kreditkarten. Hast du auch keinen dringenden Termin, wegen dem du mich dann wieder mit der Rechnung sitzen lässt?«, neckte Konstantin.

Gernot lachte und zog ihn mit auf die Straße.

»Nein, dieses Mal zahle ich wirklich. Ehrenwort, ernsthaft.«

Er schaute einen Moment nachdenklich, bevor er weitersprach:

»Eigentlich bin ich froh, dass mit Gabi Schluss ist. Sie hat mich ganz schön eingeengt. Ich ziehe doch lieber mit dir zusammen!«

Er tanzte übermütig herum.

»Die erste eigene Wohnung! Endlich! Freiheit!«

Konstantin folgte ihm grinsend.

»Ja«, flüsterte er, »endlich frei.«

Kerstin Lange

wurde 1966 in Bergneustadt geboren. Nach dem Gymnasium begann sie eine kaufmännische Ausbildung, bildete sich zur Bilanzbuchhalterin weiter und arbeitete jahrelang in diesem Beruf. Sie zog mit ihrer Familie an den Niederrhein und kehrte 2008 dem Büroalltag den Rücken. Seitdem blickt sie auf eine stetig steigende Anzahl von Veröffentlichungen. Sie ist Mitglied der Autorenvereinigung ›Mörderische Schwestern‹. Weitere Informationen finden Sie unter:

www.KerstinLange.com

›Schattenspiel in Moll ‹ ist ihr erster Roman.

DAS
VIERTE
STÖCKWERK
Chiara Varus | Sven Norstrøm
AAVAA

Hansjörg Anderegg
IM WESTEN GEHT
DIE SONNE UNTER
日落
Thriller
AAVAA

ALEXANDER BÁLLY
Eine Frage
von
Leben und Tod
FANTASY · THRILLER

Gisela Garnschröder
LARISSAS
GEHEIMNIS
Kriminalroman

Maternus Millett
Alphacrash
Roman

DANIEL KOHLHAAS
AMYGDALA
Psychothriller

MORD
statt
SPORT
Hans Lebek
Krimi

Sigrid Lenz
NOAHS AUSZEIT
Romantischer Krimi

AAVAA

VERLAG

www.aavaa.de